W0289228

Ulrich Alexander Boschwitz

De reiziger

Met een nawoord van Peter Graf

Uit het Duits vertaald door Izaak Hilhorst en Irene Dirkes

LEBOWSKI PUBLISHERS
AMSTERDAM 2019

De vertaler ontving voor deze vertaling een projectsubsidie van het Nederlands Letterenfonds

Nederlands letterenfonds dutch foundation for literature

Eerste druk, september 2018
Tweede druk, oktober 2018
Derde druk, september 2019

This edition is published by arrangement with Literarische Agentur Michael Gaeb, Berlin, in conjunction with Marianne Schönbach Literary Agency, Amsterdam.

Oorspronkelijke titel: *Der Reisende*
Oorspronkelijk uitgegeven door: Klett-Cotta. J.G. Cotta'sche Buchhandlung, 2018

Omslagontwerp: Riesenkind, 's-Hertogenbosch
Omslagbeeld: © Roman Vishniac Estate
Typografie: Crius Group, Hulshout

ISBN 978 90 488 5228 4
ISBN 978 90 488 4622 1 (e-book)
NUR 302

www.lebowskipublishers.nl
www.overamstel.com

OVERAMSTEL
uitgevers

Lebowski Publishers is een imprint van Overamstel uitgevers bv

‘*De reiziger* is de beklemmendste roman die ik ooit over de aanloop naar de Shoah heb gelezen. Het boek handelt over verraad, massahysterie en individuele gekte’ NRC HANDELSBLAD *****

‘Medelijden, apathie, jodenhaat: het komt allemaal aan bod en zo schetst Boschwitz op een ongedwongen manier een grimmige tijdgeest die onthutsend veel op de onze lijkt. Xenofobie, nepnieuws, ontmenselijking, victimshaming: het is té herkenbaar en het stemt pessimistisch. Jammer en beschamend dat het nog gezegd moet worden, maar dit is noodzakelijk leesvoer’ KNACK FOCUS ****

‘Beklemmend en opvallend evenwichtig proza’ DE VOLKSKRANT ****

‘Zijn poging het land via België te verlaten mislukt... De uitzichtloosheid van zijn toestand verergert, de verwarring neemt toe, zijn waarnemingen beginnen van een groteske naïviteit te getuigen. Daarin schuilt de kracht van het boek: Boschwitz slaagt erin Silbermanns tragische paranoia in zijn gedrag en uitlatingen pijnlijk direct te tonen’ DE GROENE AMSTERDAMMER

‘Een beklemmende beschrijving van escalerend antisemitisme – met gelijkenissen met het huidige sociale klimaat’ HUMO

‘Dit boek vliegt je op elke pagina naar de keel. Het maakt je boos, het maakt je verdrietig, de dialogen zijn snerpend goed. Het is een voorrecht om het boek in handen te hebben: goed geschreven, heel levendig, dwingend’ DWDD BOEKENPANEL

‘De kwalificatie “herontdekt meesterwerk” is volledig op z’n plaats... Een in nerveuze vaart geschreven roman die aan Fallada doen denken. Boschwitz evoceert een klimaat van wurgende angst, intimidatie en willekeur dat je bij de strot grijpt’ VPRO BOEKEN

Noot van redacteur Peter Graf, herontdekker van *De reiziger*

Het Duitse manuscript dat aan deze roman ten grondslag ligt, is geschreven onmiddellijk na de Kristallnacht in november 1938, een serie pogroms die het begin vormden van de systematische Jodenvervolging in Duitsland.

De toen pas drieëntwintigjarige schrijver was op dat moment al gevlucht. In een paar weken tijd schreef hij in Luxemburg en deels waarschijnlijk in Brussel zijn roman over de Joodse zakenman Otto Silbermann, die eerst have en goed, dan zijn waardigheid en ten slotte zijn verstand verliest.

Het originele typoscript kwam in de jaren zestig via omwegen in Frankfurt am Main terecht, waar het werd opgenomen in het Exilarchiv van de Deutsche Nationalbibliothek.

In de oorlogsjaren verscheen alleen een Engelse vertaling van *De reiziger*, begin 2018 verschijnt het voor het eerst in het Duits. Omdat het voor Ulrich Boschwitz destijds niet mogelijk was het manuscript zoals gebruikelijk te laten redigeren, is het nu, bijna tachtig jaar na voltooiing, met toestemming van zijn familie, zorgvuldig geredigeerd, om het aangrijpende en indrukwekkende werk de vorm te geven die het verdient.

Meer informatie over het boek en de schrijver is te vinden in het nawoord.

Peter Graf

De Duitse redacteur Peter Graf (1967) geeft leiding aan uitgeverij Das Kulturelle Gedächtnis en is eigenaar van literair agentschap Walde+Graf. Een belangrijk deel van zijn publicistische werk is het herontdekken van vergeten teksten, zoals de in 2013 opnieuw uitgegeven internationale bestseller *Bloedbroeders* van Ernst Haffner.

De reiziger

Hoofdstuk een

Becker stond op, drukte zijn sigaar uit in de asbak, knoopte zijn jasje dicht en legde zijn rechterhand beschermend op Silbermanns schouder. 'Het beste, Otto. Ik denk dat ik morgen alweer in Berlijn ben. Als er iets is, kun je me gewoon in Hamburg bellen.'

Silbermann knikte. 'Doe me een plezier,' zei hij, 'en ga niet gokken, je hebt te veel geluk in de liefde. Bovendien is het... ons geld dat je verliest.'

Becker lachte zuur. 'Waarom zeg je niet jóúw geld?' zei hij. 'Heb ik soms ooit...?'

'Dat niet,' onderbrak Silbermann hem snel, 'ik maakte maar een grapje, dat weet je, maar toch: je bent echt roekeloos. Als je eenmaal begint te gokken weet je van geen ophouden, en helemaal als je eerst die cheque hebt geïncasseerd...'

Silbermann brak zijn zin af en ging op rustige toon verder.

'Ik heb het volste vertrouwen in je. Tenslotte ben je een verstandig mens. Maar ondanks dat is het zonde van elke mark die je op de speeltafel achterlaat. En omdat we compagnons zijn, maakt het voor mij geen verschil of je jouw geld verliest of het mijne.'

Beckers brede, goedmoedige gezicht vertrok even van ergernis, maar het klaarde meteen weer op.

'We hoeven elkaar niets wijs te maken, Otto,' zei hij luchtig. 'Als ik verlies, verlies ik uiteraard jouw geld, want ik heb nu eenmaal niets.' Hij onderdrukte een lachje.

'We zijn partners,' herhaalde Silbermann nadrukkelijk.

'Natuurlijk,' zei Becker, nu weer serieus, 'maar waarom praat je dan tegen me alsof ik nog steeds je ondergeschikte ben?'

'Heb ik je gekwetst?' vroeg Silbermann met een ondertoon van subtiele ironie en lichte schrik.

'Nee hoor,' antwoordde Becker trouwhartig, 'oude vrienden zoals wij! Drie jaar westelijk front, twintig jaar samenwerking en verbondenheid. Kerel, kwetsen kun je me niet, hooguit een beetje irriteren.'

Hij legde zijn hand opnieuw op Silbermanns schouder.

'Otto,' zei hij met krachtige stem, 'in deze onzekere tijden, in deze duistere wereld, is er maar één ding dat telt, en dat is vriendschap, echte mannenvriendschap! Laat dat je gezegd zijn, ouwe jongen, voor mij ben je een man. Een Duitser, geen Jood.'

'Jawel, ik ben wel een Jood,' zei Silbermann; hij kende Beckers voorliefde voor ontactisch en kernachtig taalgebruik, en vreesde dat Becker zijn trein zou missen als hij op zijn onbehouwen maar goedbedoelde wijze begon te oreren. Maar Becker had een van zijn sentimentele buien en liet zich daar geen seconde van afpakken.

'Ik wil nog iets zeggen,' riep hij uit, zonder acht te slaan op de nervositeit van zijn vriend, bij wie hij al zo vaak zijn hart had gelucht. 'Ik ben nationaalsocialist. God weet dat ik je nooit iets anders heb voorgespiegeld. Als je een Jood was als de andere Joden, gewoon een echte Jood, was ik waarschijnlijk altijd je procuratiehouder gebleven en nooit je compagnon geworden. Ik ben geen excuusgoj, maar jij bent een gemankeerde ariër, dat weet ik zeker. Marne, IJzer, Somme, wij met zijn tweeën, man! Je moet van goeden huize komen om mij te vertellen...'

Silbermann keek of hij de kelner ergens zag. 'Gustav, je mist je trein nog,' onderbrak hij Becker.

'Dat kan me niks schelen.' Becker ging weer zitten. 'Ik wil nog een glas bier met je drinken,' verklaarde hij geëmotioneerd.

Silbermann sloeg met zijn vuist op tafel. 'Voor mijn part ga je in de restauratiewagen door met drinken,' antwoordde hij geprikkeld. 'Ik heb nu een bespreking.'

Becker snoof verongelijkt. 'Zoals je wilt, Otto,' antwoordde hij toegeeflijk. 'Als ik antisemiet was zou ik dat commandotoontje niet zo makkelijk accepteren. Wat zeg ik, ik accepteer het nooit! Van niemand. Behalve van jou.'

Hij stond weer op, pakte zijn aktetas van tafel en zei lachend: 'En dat beweert dat hij een Jood is.' Met gespeelde verbazing schudde hij zijn hoofd, knikte Silbermann nogmaals toe en verliet de Wachtkamer Eerste Klasse.

Zijn vriend keek hem na. Bezorgd constateerde Silbermann dat Becker nogal onvast op zijn benen stond, tegen de tafeltjes stootte en krampachtig rechtop liep, zoals altijd wanneer hij erg dronken was.

Dat hij compagnon is geworden heeft hem geen goed gedaan, dacht Silbermann, hij had procuratiehouder moeten blijven. Als procuratiehouder was hij betrouwbaar, zwijgzaam en beleefd, een prima medewerker. Maar zijn geluk doet hem geen goed. Als hij maar niet alles op het laatste moment verknoeit. En hopelijk gaat hij niet gokken.

Silbermann fronste zijn voorhoofd. 'Zijn geluk heeft hem incompetent gemaakt,' mompelde hij ontstemd.

Nu pas kwam de kelner waar hij eerder tevergeefs naar had uitgekeken.

'Zit ik hier eigenlijk op de kelner of op de trein wachten?' informeerde hij op scherpe toon, want hij had een afkeer van elke vorm van nonchalance en was in een slecht humeur.

'Mijn verontschuldigingen,' antwoordde de kelner, 'in de Tweede Klasse dacht een heer dat er een Jood tegenover hem zat en daar beklaagde hij zich over. Maar het was helemaal geen Jood, het was een Zuid-Amerikaan, en omdat ik een beetje Spaans spreek werd ik erbij gehaald.'

'Het is al goed.'

Silbermann stond op. Zijn mond versmalde tot een streep, en de kelner werd getroffen door de strenge blik in zijn grijze ogen.

Hij probeerde Silbermann wat te kalmeren. 'Het was echt geen

Jood,' verzekerde hij. Kennelijk hield hij zijn gast voor een bijzonder rechtlijnig partijlid.

'Het kan me niet schelen. Is de trein naar Hamburg al vertrokken?'

De kelner keek op de klok boven de uitgang naar de perrons.

'Twintig over zeven,' dacht hij hardop, 'de trein naar Maagdenburg vertrekt nu. De trein naar Hamburg gaat om vierentwintig. Als u opschiet, haalt u hem nog. Ik wou dat ik ook eens achter een trein aan kon rennen, maar ons soort mensen...'

Hij veegde met zijn servet een paar kruimels van het tafellaken.

'Het beste zou zijn,' bedacht hij, het vorige onderwerp weer oppakkend, 'als Joden een gele band om hun arm moesten dragen. Dan kon je je in elk geval niet vergissen.'

Silbermann keek hem aan. 'Bent u echt zo wreed?' vroeg hij zachtjes, en voordat hij was uitgesproken had hij al spijt van zijn woorden.

De kelner keek of hij hem niet goed had verstaan. Hij was zichtbaar verbaasd maar kreeg geen argwaan, omdat Silbermann over geen van de kenmerken beschikte waaraan je volgens de leer van de rassenkundigen een Jood kon herkennen.

'Mij maakt het allemaal niet uit,' zei de kelner voorzichtig, 'maar anderen zou het goed uitkomen. Mijn zwager ziet er bijvoorbeeld een beetje Joods uit, hoewel hij echt een ariër is, maar tegenwoordig moet hij dat overal uitleggen en aantonen. Dat kun je iemand op den duur niet aandoen.'

'Nee, dat zal wel niet,' zei Silbermann instemmend. Hij betaalde en vertrok.

Ongelooflijk, dacht hij, gewoon ongelooflijk...

Hij liep het station uit, stapte in een taxi en ging naar huis. Het was druk op straat en hij zag opmerkelijk veel uniformen. Krantenverkopers brachten luid schreeuwend hun bladen aan de man en Silbermann had de indruk dat ze gretig aftrek vonden. Even overwoog hij ook een krant te kopen, maar hij zag ervan af want hij had geen zin in het vermoedelijk slechte en in elk geval voor hem vijandige nieuws dat hij vroeg genoeg te horen zou krijgen.

Na een korte rit arriveerde hij bij het gebouw waar hij woonde. Mevrouw Friedrichs, de vrouw van de portier, stond op de trap. Ze groette hem beleefd en ergens was Silbermann blij dat haar gedrag niet was veranderd. Terwijl hij de met een rode pluchen loper bedekte marmeren trap op liep, werd hij zich weer eens bewust van de kennelijke halfslachtigheid van zijn bestaan; hij was de laatste tijd gewend geraakt aan zulke gedachten.

Ik leef alsof ik geen Jood ben, dacht hij verbaasd. Op dit moment ben ik weliswaar een bedreigde maar welgestelde burger en tot nu toe heeft niemand ook maar een vinger naar me uitgestoken. Hoe komt dat eigenlijk? Ik woon in een modern zeskamerappartement. De mensen praten met me en behandelen me normaal, alsof ik erbij hoor. Je zou er haast een slecht geweten van krijgen, en tegelijk zou ik de leugenaars die doen alsof ik nog steeds ben wat ik geweest ben – namelijk een Jood en sinds gisteren iets anders – eens goed de waarheid willen zeggen. Wat was ik? Nee, wat ben ik? Wat ben ik eigenlijk? Een scheldwoord op twee benen dat je niet voor een scheldwoord aanziet!

Ik heb geen rechten meer, alleen doen veel mensen uit beleefdheid of gewoonte alsof dat nog wel zo is. Mijn hele bestaan berust alleen op het slechte geheugen van de mensen die mijn bestaan als zodanig willen vernietigen. Ze zijn me vergeten, ik ben al gedegradeerd, alleen is mijn degradatie nog niet officieel voltrokken.

Toen hij de weduwe van geheimraad Zänkel haar deur uit zag komen nam Silbermann zijn hoed af en groette haar met een 'Goedendag, mevrouw.'

'Hoe maakt u het?' vroeg ze vriendelijk.

'Het gaat. En hoe gaat het met u?'

'Dank u. Niet slecht. Zoals het gaat met een oude vrouw.'

Ze gaf hem ten afscheid een hand.

'Het zullen wel moeilijke tijden voor u zijn,' zei ze enigszins bedrukt, 'verschrikkelijke tijden...'

Silbermann reageerde met een voorkomend glimlachje, tegelijk voorzichtig en nadenkend, niet instemmend maar ook niet afwijzend.

'Eigenlijk is ons een merkwaardige rol toebedeeld...' zei hij ten slotte.

'Maar het zijn ook grote tijden,' zei ze troostend. 'Weliswaar wordt u onrecht aangedaan, maar u moet de billijkheid daarvan inzien en er begrip voor tonen.'

'Is dat niet wat veel gevraagd, mevrouw?' vroeg Silbermann. 'Overigens denk ik helemaal niet meer. Dat heb ik mezelf afgeleerd. Dan is alles makkelijker te verdragen.'

'U zullen ze nooit iets doen,' verzekerde ze, waarbij ze resoluut op de traptrede tikte met de paraplu die ze stevig in haar rechterhand hield, alsof ze wilde beklemtonen dat ze niet zou toestaan dat iemand hem te na kwam. Daarop knikte ze hem bemoedigend toe en liep langs hem heen.

Eenmaal binnen vroeg Silbermann aan het meisje of de heer Findler al was gearriveerd. Toen ze bevestigend antwoordde gaf hij haar snel zijn jas en hoed en liep naar de herenkamer waar zijn bezoeker op hem wachtte.

Theo Findler stond met norse blik een schilderij te bekijken. Toen hij de deur hoorde opengaan, draaide hij zich vlug om en glimlachte naar Silbermann.

'Nou?' vroeg hij, en zoals altijd wanneer hij sprak, fronste hij diep en naar hij zelf meende veelbetekenend. 'Hoe gaat het, mijn beste? Ik was al bang dat u iets was overkomen. Je kunt immers niet weten... Hebt u nog nagedacht over mijn laatste bod? Hoe gaat het met uw vrouw? Ik heb haar vandaag nog helemaal niet gezien. Dus Becker is naar Hamburg.'

Findler haalde diep adem, want hij was pas aan het begin van zijn monoloog.

'U bent allebei vaklui. Daar kunnen wij nog iets van leren. Becker heeft een Joods koppie. Haha, die komt er wel. Ik had graag meegedaan aan die laatste zaak, maar te laat is te laat, nou... Waar hebt u overigens deze verschrikkelijke schilderijen opgedoken? Ik begrijp niet dat iemand zoiets aan de muur wil hebben. Er zit toch totaal geen structuur in, oude cultuurbarbaar. En denkt u maar niet dat ik mijn laatste bod ook maar met één duizendje verhoog. Nooit van mijn leven, kan ik helemaal niet.

U denkt dat ik rijk ben. Dat denkt iedereen. Wist ik maar hoe de mensen op het idee zijn gekomen. Zelfs bij de belasting sta ik in het krijt. À propos belasting: kunt u me niet een bekwame accountant bezorgen of aanraden? Ik begrijp er wel iets van, maar ik heb geen tijd me er echt in te verdiepen. Die belastingen, die verdomde belastingen. Moet ik soms in mijn eentje het hele Duitse Rijk overeind houden? Wat zegt u ervan? Nou?

U zegt helemaal niets. Wat is er? Hebt u erover nagedacht? Accepteert u mijn bod? Dus uw vrouw heeft iets tegen me. Ze laat zich helemaal niet zien. Daar begrijp ik niets van. Neemt ze me kwalijk dat we haar onlangs 's avonds niet hebben gegroet? Mensenkinderen, dat kon toch niet! Het restaurant zat vol met nazi's! Mijn vrouw is me achteraf aan mijn hoofd blijven zeuren dat we haar goedendag hadden moeten zeggen. Maar ik heb haar verteld dat die Silbermann veel te verstandig is. Die begrijpt heus wel dat ik me niet om zijnentwille kan compromitteren. Nou?

Vooruit Silbermann, zeg eens wat. Wilt u uw huis nu verkopen of niet?'

Findler leek uitgepraat te zijn, in elk geval keek hij Silbermann vol verwachting aan. Ze gingen aan het rooktafeltje zitten, maar Findler liet zich waarschijnlijk een beetje te abrupt in de fauteuil vallen, want hij wreef met een pijnlijk en buitengewoon geconcentreerd gezicht over zijn linkerheup.

'Negentigduizend,' zei Silbermann, zonder in te gaan op de vragen en opmerkingen die Findler, zoals hij heel goed wist, er voornamelijk tussendoor had gestrooid om hem van zijn stuk te brengen. 'Dertigduizend contant, voor het restant geef ik u een hypotheek.'

Findler schoot overeind alsof hij een elektrische schok had gekregen.

'Praat toch geen onzin,' riep hij bijna beledigd uit, 'houdt u eindelijk eens op met die grappenmakerij. Vijftienduizend in het handje, hoort u! Dertigduizend mark, welja! Als ik dertigduizend mark had liggen, wist ik wel iets beters dan uw huis te kopen. Dertigduizend mark!'

'Maar rekent u eens uit wat er aan huur binnenkomt. Omdat de koopprijs toch al belachelijk laag is, wil ik in elk geval een fatsoenlijke aanbetaling hebben. Het huis is tweehonderdduizend mark waard, u koopt het...'

'Waard, waard, waard,' onderbrak Findler hem, 'hoeveel denkt u dat ik waard ben? Alleen geeft niemand daar iets voor. Geen mens kan mij betalen, en tegelijk komt niemand op het idee ook maar een duizendje voor me op tafel te leggen. Ik ben onverkoopbaar. Net als uw huis. Hahaha, Silbermann, vrienden onder elkaar. Ik help u van die keet af, want als ik het niet doe doet de staat het. Dan krijgt u geen cent.'

In de aangrenzende kamer rinkelde de telefoon. Silbermann overwoog even of hij zelf moest opnemen, sprong toen op, excuseerde zich tegenover Findler en liep de kamer uit.

Ik zal het wel moeten accepteren, dacht hij, terwijl hij de hoorn van de haak nam. In wezen is Findler nog een betrekkelijk fatsoenlijke vent.

'Hallo, met wie spreek ik?'

De centrale meldde zich. 'Blijft u alstublieft aan de lijn, een gesprek uit Parijs,' klonk de koele stem van de telefoniste.

Opgewonden stak Silbermann een sigaret op. 'Elfriede,' riep hij met gedempte stem.

Zijn vrouw, die zoals hij al vermoedde in de salon zat, kwam binnen en deed zachtjes de deur achter zich dicht.

'Dag Elfriede,' begroette hij haar, terwijl hij de microfoon met zijn hand afdekte, 'ik ben net vijf minuten binnen. Findler is er. Wil je niet even met hem praten?'

Ze was naast hem komen staan en ze kusten elkaar vluchtig.

'Het is Eduard,' fluisterde hij, 'zijn telefoontje komt echt heel ongelegen. Ga even naar Findler, anders luistert hij mee. Het is tegenwoordig al haast een misdaad om met Parijs te telefoneren.'

'Doe Eduard de groeten,' zei ze, 'ik wil hem ook graag even spreken.'

'Onmogelijk,' zei hij. 'Alle lijnen worden afgeluisterd. En jij bent te onvoorzichtig, je zou je mond voorbij kunnen praten.'

'Maar ik mag mijn zoon toch wel gedag zeggen?'

'Dat mag juist niet. Begrijp dat nou toch.'

Ze keek hem smekend aan. 'Even maar,' zei ze, 'ik zal echt goed opletten.'

'Het kan niet,' zei hij vastberaden. 'Hallo? Hallo... Eduard? Dag, Eduard...' Hij wees bezwerend naar de deur van de herenkamer.

Ze liep weg.

'Luister eens,' vervolgde Silbermann, 'heb je al groen licht gekregen?' Hij zei het heel langzaam en overdacht elk woord voor hij het uitsprak.

'Nee,' antwoordde Eduard aan de andere kant, 'het is ontzettend moeilijk. U kunt er niet van uitgaan dat u een vergunning krijgt. Ik doe er alles aan, maar...'

Silbermann schraapte zijn keel. Hij moest het wat steviger aanpakken.

'Zo gaat het niet,' zei hij, 'of je doet je best of je doet niets. Dat het een zaak van het grootste belang is hoef ik je niet te vertellen. Aan zulke slappe praatjes heb ik niets.'

'U overschat wat ik doen kan, vader,' antwoordde Eduard gepikeerd. 'Een halfjaar geleden zou het veel makkelijker zijn geweest. Maar toen wilde u niet. Dat is niet mijn schuld.'

'Gaat het erom wie de schuld heeft?' vroeg Silbermann kwaad. 'Je moet een vergunning regelen. Voor mooie praatjes koop ik niets.'

'Luister nou toch eens, vader,' zei Eduard verontwaardigd. 'U vraagt me het onmogelijke te doen en snauwt me af omdat ik dat nog niet voor elkaar heb! ... Maar hoe gaat het met u? En met moeder? Ik zou haar graag even spreken.'

'Zorg zo snel mogelijk voor die vergunning,' zei Silbermann nog een keer met nadruk, 'meer vraag ik niet. Je moeder doet je de hartelijke groeten. Ze kan nu helaas niet zelf aan de telefoon komen.'

'Het zal wel lukken,' antwoordde Eduard, 'ik doe er in elk geval alles aan.'

Silbermann hing op.

Dit is de eerste keer in mijn leven dat ik iets van mijn zoon vraag, dacht hij geïrriteerd en teleurgesteld. Het lukt hem vast niet! Als ik een zakenvriend in Parijs had, zou die binnen een paar dagen een visum voor me regelen, maar Eduard... Van hem kan ik dat niet vragen. Hij is gewoon niet gewend iets voor ons te doen. Als je zo lang voor iemand hebt klaargestaan, is het voor diegene lastig om te schakelen. Eduard is gewend dat ik hem help, en nu vraag ik hem mij te helpen. Die rol ligt hem niet.

Beschaamd over deze gedachten schudde Silbermann zijn hoofd. Ik ben onrechtvaardig, dacht hij, en, erger nog, sentimenteel.

Hij liep weer naar de herenkamer.

'Ik heb uw vrouw net uitgelegd,' zei Findler ter begroeting, 'dat het erg onvoorzichtig van u is om de oude gelegenheden nog te bezoeken. Als u een bekende treft die u niet goedgezind is, kunt u de grootst mogelijke problemen krijgen. Uw vrouw is arisch, zij kan overal naartoe, maar u... God weet dat ik dit zeg in uw eigen belang en zonder dat ik de situatie goedkeur waardoor dit soort adviezen noodzakelijk is. U kunt beter thuisblijven, of bij kennissen. Al ziet geen mens dat u Joods bent, de vraag is of de duivel dat ook weet. Hoe gaat het trouwens met zoonlief? Hij heeft net op tijd de benen genomen, hè? Hahaha, het zijn rare tijden. Nou?'

'Luister Findler,' begon Silbermann, 'ik stel het volgende voor: u krijgt het huis tegen een aanbetaling van twintigduizend mark.'

'Dat slaat toch nergens op. Waarom probeert u uw oude Findler voor de gek houden? Aan de grens pakken ze u het geld toch af. Om u een plezier te doen wil ik best een paar mark meer betalen dan de tent eigenlijk waard is, maar niet om de Pruisische staat een dienst te bewijzen, nee.'

'Voorlopig ben ik niet van plan uit Duitsland weg te gaan.'

'Lieve hemel, doe wat jullie willen. Ik gun jullie echt wat beters dan deze toestand nu. Het Duitse volk wordt met Jodenbloed aan elkaar gelijmd. En waarom zou nu juist mijn vriend Silbermann die lijm moeten zijn? Dat zie ik niet in. Redde wie zich redden kan. Begrijp ik helemaal.'

'Wordt er geen verschrikkelijke misdaad tegen de Joden begaan?' vroeg mevrouw Silbermann, die door het zinnetje 'Het Duitse volk wordt met Jodenbloed aan elkaar gelijmd' met afgrijzen vervuld was en nog niet had verleerd naar de moraal van de gebeurtenissen te zoeken.

'Zeker,' zei Findler droogjes, 'er is veel ellende in de wereld. En ook veel goeds. Soms voor de een, soms voor de ander. De een is teringlijder, de ander Joods, en de grootste pechvogels zijn het allebei tegelijk. Zo gaat het nou eenmaal. Hoeveel pech denkt u dat ik in mijn leven heb gehad? Daar kun je niets aan doen.'

'Dat u niet al te tactvol bent, wist ik al, meneer Findler,' zei mevrouw Silbermann verontwaardigd, 'maar dat u vanbinnen zo koud bent en zo...' ze kon het woord 'meedogenloos' nog net inslikken, '... zo onverschillig, is nieuw voor me.'

Findler glimlachte onaangedaan. 'Ik hou van mijn vrouw en van mijn dochtertje. Met de rest van de mensheid heb ik een zakelijke verhouding. Zo sta ik, kort gezegd, tegenover de wereld. Ik hou niet van Joden, ik haat Joden niet. Ze laten me koud, ik bewonder ze alleen als goede zakenlui. Als hun onrecht wordt aangedaan, betreur ik dat, maar het verbaast me ook niet. Zo gaat dat in het leven. Wie aan de beurt is gaat failliet en een ander heeft succes.'

'En als u nou eens Jood was?'

'Maar dat ben ik niet! Ik heb afgeleerd me het hoofd te breken over die "wat als"-vragen. Ik heb genoeg aan wat er is.'

'Denkt u altijd alleen aan uzelf? Hebt u geen begrip voor andermans ellende?'

'En wie bekommert zich om mij als ik pech heb? Geen hond! Theo Findler heeft niemand behalve Theo Findler. Die twee moeten elkaar bijstaan, twee handen op één buik. Haha.'

'En u beweert dat u van uw vrouw en uw dochtertje houdt.' Mevrouw Silbermann werd steeds bozer. 'Iemand die zo beestachtig onverschillig is kan niet ook...'

'Hoor eens, mevrouw, dit gaat te ver. Ik mag een dikke huid hebben en kan een hoop flauwekul verdragen, maar ik laat me niet graag beledigen!'

Mevrouw Silbermann stond op. 'Verontschuldigt u me,' zei ze ijzig tegen Findler en ze verliet de kamer.

'God, wat zijn jullie gevoelig,' lachte Findler, 'mijn hemel! Nou, een eerlijk iemand als ik moet zich heel wat laten aanleunen. Terug naar de zaken. Nou, hoe staat het ermee?'

Opnieuw rinkelde de telefoon.

'Twintigduizend,' eiste Silbermann, 'de rest onder hypotheek.'

De deur ging open en een zeer opgewonden mevrouw Silbermann vroeg haar man naar de zijkamer te komen. Silbermann was niet erg te spreken over deze nieuwe onderbreking. 'Denk er even over na,' zei hij tegen Findler terwijl hij de kamer verliet.

'Wat is er, Elfriede?' vroeg hij aan zijn vrouw.

Ze wees naar de telefoon. 'Je zus. Luister maar. Ze zal je alles vertellen...'

Hij pakte de hoorn. 'Hilde?'

'Ja, ja?' stamelde zijn zus opgewonden. 'Günther is opgepakt.'

Van verbazing wist hij niet meteen wat hij moest zeggen. 'Hoezo?' vroeg hij ten slotte. 'Wat is er dan gebeurd?'

'Alle Joden worden opgepakt.'

Hij trok een stoel naar zich toe en ging zitten.

'Rustig nou maar, Hilde, alsjeblieft,' zei hij. 'Dat moet een vergissing zijn. Vertel alles eens van voor...'

'Daar heb ik geen tijd voor. Ik heb je alleen gebeld om je te waarschuwen. In ons gebouw zijn vier mannen opgepakt. O, wist ik maar wat er met Günther gebeurt.'

'Maar dat kan toch niet! Ze halen toch geen onschuldige mensen uit hun huizen! Dat kunnen ze toch niet doen!'

Hij zweeg. Jawel, dat kunnen ze wel, dacht hij toen, zeker kunnen ze dat.

'Zal ik naar je toe komen?' vroeg hij na een korte stilte. 'Of kom je naar ons?'

'Nee, ik ga de deur niet uit, ik blijf hier. En jij hoeft ook niet te komen, dat is nergens goed voor. Tot ziens, Otto.' Ze hing op.

Ontdaan keek Silbermann zijn vrouw aan.

'Godallemachtig,' fluisterde hij, 'ze pakken alle Joden op! Misschien is het maar een tijdelijke maatregel om ons te laten schrikken. Günther is in elk geval opgepakt, maar dat wist je al.'

Silbermann zweeg even.

'Wat moeten we doen? Wat denk jij, Elfriede? Moet ik hier blijven? Misschien vergeten ze me. Ik ben nog nooit serieus lastiggevallen. Was Becker er maar. Hij heeft allerlei relaties in de partij en zou in geval van nood kunnen ingrijpen. Maar als de arrestaties van bovenaf worden bevolen, kan hij ook niets doen. En eer hij uit Hamburg terug is, kan ik al per ongeluk zijn doodgeslagen. Ach, onzin. Mij zal niets overkomen. In het ergste geval bel je Becker op en vraag je hem meteen terug te komen.'

'Een halfjaar geleden hadden we nog uit Duitsland weg gekund,' zei zijn vrouw langzaam. 'Maar we zijn gebleven, omdat ik geen afscheid kon nemen. Als jou nu iets overkomt, is het mijn schuld. Jij wilde weg, maar ik...'

'Welnee.' Hij wuifde haar zelfbeklag weg. 'Niemand heeft schuld. Is een mens die vergeten is een kogelvrij vest aan te trekken soms schuldig als hij neergeschoten wordt? Dat is toch onzin. Bovendien wilde jij liever vertrekken dan ik. Als jij je zin had gekregen waren we allang weg geweest. Jij kon makkelijker afscheid nemen van je familie dan ik van mijn zaken. Maar zo is het niet gegaan. Hoe en waarom maakt nu ook niets meer uit.'

Hij gaf haar een zoen en ging terug naar Findler. Hij probeerde niets te laten merken, maar iets in zijn gelaatsuitdrukking, een zekere spanning, een krampachtig glimlachje, wekte Findlers achterdocht.

'Nou, wat is er voor nieuws?' informeerde Findler. 'Een slecht bericht?'

'Familiezaken,' antwoordde Silbermann terwijl hij weer bij hem ging zitten.

'Zo, zo,' zei Findler langzaam, en hij fronste zijn voorhoofd nog nadrukkelijker dan gewoonlijk. 'Nou, slecht nieuws zeker? Familieberichten zijn altijd slecht. Ik ken dat.'

Silbermann opende het doosje sigaretten dat op tafel stond. 'Zullen we ter zake komen?' vroeg hij zo rustig mogelijk.

'Nou,' antwoordde Findler, 'eigenlijk trekt het me niet zo. Ik weet niet eens of je nog onroerend goed van Joden mag kopen. Geen idee, als het ze uitkomt luizen ze me erin voor ik tot drie kan tellen. Nou?'

Dat eeuwige zelfvoldane, laatdunkende 'nou' bracht Silbermann zo langzamerhand tot wanhoop.

'Wilt u mijn huis kopen of alleen praten over huizen kopen? Wat wilt u?'

'Ah,' kreunde Findler en hij strekte zich uit in de fauteuil. 'Ik ben zo-even verkeerd gaan zitten. Wat zegt u daarvan? Ja... Zullen we niet liever afwachten wat er voor nieuwe verordeningen komen? Het is me te riskant. Straks koop ik een huis en krijg ik het niet. Want de staat is nog lang niet klaar met jullie Joden.'

'Vijftienduizend dus?'

'Ik weet het niet, Silbermann, ik heb echt geen idee of ik het wel of niet moet doen. Als u het goed vindt, wachten we nog een paar weken. Als er niets tussen komt kan ik het huis altijd nog kopen. En ik moet hoe dan ook eerst met mijn advocaat overleggen.'

'Maar tien minuten geleden...'

'Nou, ik heb me intussen bedacht. Ik wil ook niet dat u in de problemen komt omdat u uw huis hebt verkocht. En bovenal wil ik zelf geen problemen krijgen.'

'Misschien kunnen we het zo doen: voor een aanbetaling van veertienduizend mark is het huis van u. Maar dan moet u nu beslissen.'

'Zo? Ja... Laten we het er morgen nog eens over hebben. Veertienduizend mark is een hele hoop geld, dat is een feit. Ik ben de kwaadste niet, ik hoef het ook niet cadeau te krijgen. Maar de vraag is nu: is het huis me eigenlijk een aanbetaling van veertienduizend mark waard? Afgezien daarvan kan de betaling natuurlijk pas plaatsvinden na de notariële akte en de kadastrale overdracht. En in geval van overmacht is de overeenkomst vanzelfsprekend nietig. Veertienduizend mark... Bent u ermee akkoord als we het vanavond hier met een handdruk bezegelen?'

'U bood aan om vijftienduizend aan te betalen en nu moet u nadenken over veertienduizend?'

'Ik zit net te denken dat je met dat geld ook andere zaken kunt doen, misschien zelfs betere. Je moet altijd kijken waar je zelf staat in het leven. Nou!' Hij zuchtte vergenoegd.

Silbermann sprong op. 'Ik heb natuurlijk geen invloed op uw beslissing,' zei hij boos, 'maar omdat ik geen tijd meer heb, zou ik u dankbaar zijn als u die nu direct neemt. Zo niet, dan kunt u mijn aanbod als vervallen beschouwen. Want ik weet echt niet meer of u serieus geïnteresseerd bent.'

'U moet niet zo vervelend doen,' antwoordde Findler ontstemd, 'ik heb het altijd geweten: jullie Joden deugen niet voor de handel, als jullie met de juiste mensen te maken zouden krijgen, nou...'

Silbermann zag hoe Findler genoot van zijn woekeraarstrots. Hij wilde scherp reageren, bijvoorbeeld dat hij, Silbermann, natuurlijk niet kon concurreren met afpersers en dat ook helemaal niet wilde, dat hij gewend was zijn zaken op beschaafde wijze af te handelen. Maar in bepaalde situaties was een fantasieloze schurk de intelligentste en beschaafdste mensen verreweg de baas.

Hij kwam er niet toe om Findler de grofheden die in hem opkwamen naar het hoofd te slingeren, noch, wat wellicht verstandiger was, hem op iets mildere toon te antwoorden, want op dat moment werd er plotseling hard aangebeld. Zonder op het verbaasde gezicht van zijn bezoeker te letten of zich zelfs maar te verontschuldigen, haastte Silbermann zich de kamer uit. Op de gang stond zijn vrouw.

'Je moet weg,' fluisterde ze zenuwachtig.

'Nee, nee, ik kan jou toch niet alleen laten!'

Omdat hij niet wist wat hij moest doen, liep hij naar de deur. Ze hield hem tegen.

'Als jij weg bent laten ze mij wel met rust,' verzekerde ze hem, terwijl ze hem de weg versperde. 'Neem vannacht een hotel. Maar schiet op... ga...'

Hij dacht na. Weer ging de bel en er werd op de deur gebonkt.

'Doe open, Jood, doe open...' brulden allerlei stemmen door elkaar. Silbermanns mond viel open. Roerloos staarde hij naar de deur.

'Ik pak mijn revolver,' zei hij bijna onhoorbaar. 'De eerste die mijn huis binnenkomt schiet ik overhoop! Niemand heeft het recht hier binnen te dringen!'

Hij probeerde langs zijn vrouw naar de slaapkamer te komen.

'Dat zullen we nog wel eens zien,' zei hij, 'dat zullen we zien...'

Opnieuw werd er met vuisten op de deur gebonkt en klonk het schrille geluid van de deurbel.

'Nou?' vroeg Findler die bij het horen van het lawaai naar de gang was gekomen. 'Wat is er aan de hand? Mooie boel. Als die kerels me hier te pakken krijgen, zien ze mij in hun enthousiasme misschien ook voor een Jood aan en slaan ze mijn tanden eruit.'

Voorzichtig streek hij met een hand over zijn mond.

'Hebt u geen achterdeur?' vroeg hij toen aan Silbermann, die was blijven staan en hem aankeek alsof hij hulp van hem verwachtte. 'En dit ellendige huis van u mag u iemand anders aansmeren, verdomme,' voegde hij eraan toe.

'Ik pak mijn revolver,' herhaalde Silbermann mechanisch, 'en de eerste die mijn huis binnenkomt schiet ik overhoop!'

'Nou nou,' zei Findler geruststellend, 'altijd kalm blijven. U kunt er beter vandoor gaan. Ik zal met ze praten. Zorgt u er maar voor dat u door de achterdeur wegkomt. En het huis neem ik voor tienduizend. Akkoord?'

'U bent… Goed, ja, akkoord.'

'Mooi, en nu wegwezen! Ik heb u nog levend nodig bij de notaris.'

'Ga toch!' smeekte zijn vrouw.

De bel bleef maar gaan en Silbermann vroeg zich af waarom niemand de deur intrapte.

'En wat moet er van mijn vrouw worden?' stamelde hij.

'Vertrouw maar op mij,' zei Findler zelfverzekerd, 'ik regel het wel. Maar maak nu dat u wegkomt!'

'Als mijn vrouw iets overkomt… krijgt u het huis niet.'

'Ja, ja, ja,' suste Findler, 'maar als u nu niet verdwijnt, brengt u uw vrouw in gevaar en mij ook.'

Hij trok zijn jasje recht, streek met zijn rechterhand over zijn stekeltjeshaar, haalde diep adem en liep naar de deur.

'Nou?' vroeg hij dreigend. 'Wat is er aan de hand?'

'Doe open, Jood!'

'Hebt u weleens een politiek functionaris gezien die Jood is?' vroeg Findler korzelig.

'Hou je bek, smeerlap. Doe open!'

Findler draaide zich om, vergewiste zich ervan dat Silbermann met jas en hoed de gang uit was, gaf mevrouw Silbermann een teken zich in een van de kamers te verstoppen en brulde toen: 'Ik ben lid van de partij!' Hij rukte de deur open. 'Er is hier geen Jood,' riep hij.

Er stonden een stuk of zes jonge knapen voor de deur. Even waren ze onder de indruk van zijn imposante verschijning. Hij voelde in zijn borstzak naar zijn partijboekje.

'Alle Joden zijn oplichters,' zei een van hen, 'Silbermann en partijgenoot, wat een Joodse brutaliteit!'

'Maar ik ben Silbermann helemaal…' Theo Findler zakte in elkaar en rolde op de grond. Een van de jongens had hem in zijn kruis getrapt.

Hoofdstuk twee

Silbermann haastte zich de achtertrap af. Ze zullen me beneden wel opwachten, dacht hij. Ach, ik had gewoon thuis moeten blijven. Wat gaat er nu met Elfriede gebeuren? Hij dacht er al over om terug te gaan. Maar Findler is er toch, stelde hij zichzelf gerust. Dat is maar goed ook. Een fatsoenlijke vent, ondanks alles. Als ik boven was gebleven had ik vast iets wanhopigs gedaan. Ik had me verzet, misschien zelfs echt geschoten, gewoon omdat je iets wilt doen. Je kunt toch niet met je laten sollen. Zin zou het niet hebben gehad, integendeel. Het was pure angst. Hij zou uit angst hebben geschoten, dat wist hij. Hij was bang voor het concentratiekamp, bang voor de gevangenis en bang om geslagen te worden.

Je menselijke waardigheid, dacht hij, je hebt toch je menselijke waardigheid, die mag je je nooit laten afpakken.

Hij hield zijn pas in, want onder aan de trap zag hij iemand staan. Silbermann rechtte zijn rug en liep de man, die een sigaretje stond te roken, rustig tegemoet en bleef dat ook toen deze hem zag aankomen. Toen hij naast hem stond vroeg hij een vuurtje.

De man voelde in zijn zak, haalde een doosje lucifers tevoorschijn, streek er een af en hield hem het vlammetje voor.

'Alstublieft,' zei hij. Toen vroeg hij: 'Wonen hier eigenlijk veel Joden?'

'Geen idee,' antwoordde Silbermann, en het verbaasde hem hoe onverschillig hij klonk. 'Dat moet u aan de portier vragen, ik ben hier niet bekend.' Hij hief zijn arm ten afscheid: 'Heil Hitler.'

De man groette terug en zonder tegengehouden te worden liep Silbermann langs hem heen. Niet omkeren, dacht hij. Niet te vlug lopen, niet te langzaam. Want als je je opvallend onopvallend gedraagt, te verdacht onverdacht, dan... Mijn god, wat moeten die mensen eigenlijk van me?

Hij was buiten en stak de binnenplaats over. Onder het lopen voelde hij even aan zijn neus. Wat ben jij belangrijk, dacht hij. Van jou hangt het af of ik een vrij man ben of een gevangene; hoe ik leef, óf ik leef. Als iemand pech heeft met zijn neus is dat voldoende reden om vermoord te worden.

Voor de buitendeur stuitte hij opnieuw op iemand die hem verdacht voorkwam. 'Nou,' zei hij daadkrachtig, onwillekeurig Theo Findler imiterend, 'waar wacht u op, hè?'

De aangesprokene schrok zichtbaar en nam onwillekeurig de houding aan die onbeheerste mensen beheerst zouden noemen.

'Ach,' zei hij vertrouwelijk en respectvol, 'we zijn een beetje op Jodenjacht.'

'Aha.' Silbermann hoorde het schijnbaar onverschillig aan, en met zijn hand achteloos tot een groet geheven liep hij ook deze post zonder problemen voorbij. Eenmaal op straat bleef hij afwachtend staan. Wat zou er daar boven gebeuren, dacht hij angstig. Wist ik het maar. Ze zullen toch niet... Ja, dat zullen ze wel. Maar Findler is er toch!

Opeens werd hij heel erg bang. Die lui konden elk moment naar buiten komen en hem oppakken, een van de wachtposten zou alsnog argwaan kunnen krijgen. Hij zette zich weer in beweging en ging steeds sneller lopen.

Vreemd, dacht hij, terwijl hij de weg overstak omdat hij geloofde dat hij aan de andere kant veiliger zou zijn, tien minuten geleden ging het nog over mijn huis, een stuk van mijn vermogen. Nu gaat het al om leven of dood. Het kan verkeren. Ze hebben me de oorlog verklaard, mij persoonlijk. Dat is het. Daarnet hebben ze me definitief, echt de oorlog verklaard, en nu ben ik alleen in vijandelijk gebied.

Was Becker er maar. Hopelijk is de zaak niet afgeketst. Dat mankeert er nog maar aan! Ik moet dat geld absoluut hebben. Ik hoop dat Becker het niet verspeelt. Maar ja, hij is uiteindelijk de enige op wie ik kan vertrouwen. En ook al zou hij een paar honderd mark verspelen, wat dan nog? Het gaat nu om iets veel belangrijkers.

Maar je hebt geld nodig, geld is leven, zeker in oorlogstijd. Een Jood in Duitsland zonder geld is als een gekooid dier zonder voer: hopeloos verloren.

Hij kwam langs een telefooncel, keerde om en liep weer terug. Ik bel hem gewoon, dacht hij, dan weet ik hoe het ervoor staat.

Hij was erg blij over zijn idee, maar de cel was bezet en hij moest een tijdje wachten. De luide stem van de dame was buiten te horen, en hij kwam alles te weten over een bontjas die gerepareerd moest worden, over de film *Liebe im Süden* en over een zekere Hans die keelontsteking had.

Onrustig liep Silbermann op en neer. Uiteindelijk tikte hij vermanend tegen het glas. De dame draaide haar gezicht naar hem toe, en dat maakte zoveel indruk dat hij haar nog vijf minuten spreektijd gaf voor hij besloot opnieuw tegen het glas te tikken.

Eindelijk had hij het toestel tot zijn beschikking en haastig draaide hij het nummer van zijn huis. Niemand nam op, hij probeerde het nog twee keer, opnieuw zonder succes.

Findler is vast nog aan het onderhandelen, probeerde hij zichzelf gerust te stellen voor hij ophing. Het valt niet mee om van die knapen af te komen. Het was trouwens dom om op te bellen, want zolang die lui daar zijn kan niemand iets zeggen. Hij draaide het nummer van zijn advocaat.

Er meldde zich een door tranen verstikte vrouwenstem.

‘Mevrouw en mijnheer zijn er niet.’

‘Waar zijn ze dan?’

‘Ik weet het niet.’ Korte stilte. ‘Hij is er niet…’

‘Goed, en wie bent u?’

‘Ik ben het dienstmeisje.’

‘Kunt u dan tegen dr. Löwenstein zeggen dat...’

‘Het is beter als u een andere keer belt,’ onderbrak het meisje hem. ‘Het is niet duidelijk wanneer hij terugkomt.’

Silbermann hing op.

‘Als ze hem niet ook hebben opgehaald,’ mompelde hij, ‘dan weet ik het niet meer.’

Hij probeerde het nummer van een bevriende Joodse zakenman, maar ook daar kreeg hij geen gehoor.

Silbermanns verbijstering werd steeds groter. Hilde had gelijk, concludeerde hij, alle Joden zijn opgepakt, misschien ben ik de enige die ontsnapt is.

Hij belde zijn zus.

‘Met Otto,’ zei hij. ‘Ik bel vanuit een cel. Bij mij...’

‘Ik wil het niet horen, Otto,’ antwoordde ze afwijzend. ‘Ons hele huis is één grote puinhoop. Ik wou dat ik hier was geweest. Voor mijn part hadden ze mij ook mogen meenemen. Nu zit ik hier te bedenken wat er van Günther is geworden. Een man van zesenvijftig. Zesenvijftig! En hij kan absoluut niet tegen opwinding. Dit is het einde...’

‘Ze zullen hem wel weer laten gaan,’ probeerde hij haar gerust te stellen. ‘Kan ik je ergens mee helpen? Maar ik kom liever niet naar je toe.’ Er klikte iets op de lijn. ‘Tot ziens,’ riep hij geschrokken, ‘ik hoop dat het heel, heel goed met je gaat. Je hoort van me.’

Vlug verliet hij de cel en keek om zich heen. De gesprekken worden afgeluisterd, dacht hij. Zo dadelijk komen ze. Mag je eigenlijk nog wel telefoneren?

Hij stapte in een bus en reed naar het Schlesischer Bahnhof. Daar stond hij ingeklemd tussen vele anderen op het perron. Naast zich zag hij een jong meisje en een jonge man dicht tegen elkaar aan staan. Hij bleef naar hen kijken, keek naar het ontspannen gezicht van het meisje, toen naar dat van de man.

Vrede, dacht hij, zij leven nog in vrede! Hun bestaan wordt beschermd door dat van miljoenen anderen, mensen als zij, met wie ze samen liefhebben en haten, altijd in de meerderheid. Maar aan het eind zal het ook hun niet baten.

Hij kocht een kaartje en toen hij betaald had, controleerde hij hoeveel geld hij bij zich had. Hij telde de biljetten.

Honderdtachtig mark, stelde hij met enige opluchting vast. Daarmee kon je het land uit komen. Als dat nog ging. Maar zelfs dan zou hij het niet doen. Hij wilde zijn vermogen redden. Dat zou hij zich niet zo snel laten afpakken, nee.

Als alles goed gaat, dacht hij hoopvol, brengt Becker morgen tachtigduizend mark mee. Voor het huis krijg ik tienduizend contant, rekende hij verder, en als ik geluk heb kan ik de hypotheek met winst aflossen. Hij glimlachte flauwtjes. Ik ben nog steeds een vermogend man, stelde hij vast. Heel wat arme antisemieten, als er nog echt arme antisemieten zijn, zouden ondanks alles best met mij, een rijke Jood, willen ruilen. Het idee monterde hem een beetje op. Je zou het hun echt eens moeten vragen, vond hij. Maar waarom zouden ze ruilen? Ze pakken gewoon mijn geld af en dan zijn het rijke antisemieten.

De bus stopte en Silbermann kocht een krant van een van de zich om hem heen verdringende jongens. Met gefronste wenkbrauwen las hij de koppen. 'De moord in Parijs.' 'De Joden verklaren het Duitse volk de oorlog.' Onthutst en woedend tegelijk frommelde hij de krant in elkaar en gooide hem weg.

Ik ben me ervan bewust dat het oorlog is, dacht hij. Maar pas nu hoor ik dat ík degene ben die hem heeft verklaard. Wat is dat voor idiote grap? De geldloper heeft de rovers overvallen en ernstig toegetakeld. Om de dokter te betalen pakken ze hem zijn portemonnee af, en als een snoek buikpijn krijgt van een karper verklaart hij hem de oorlog omdat hij medeplichtig is aan poging tot moord.

Silbermann stak een sigaret op.

Dus een jongen van zeventien heeft in plaats van zelfmoord te plegen in de richting geschoten van waaruit hem dat werd geadviseerd. En dus heeft hij, en hebben wij dus allemaal, het Duitse Rijk aangevallen.

Silbermann stapte uit de bus, wrong zich door de mensenmassa op straat en ging naar het hotel waar hij vroeger vaak overnachtte toen hij in een buitenwijk woonde waar 's nachts geen trein meer kwam. Als hij in de buurt was gebruikte hij hier zijn middagmaal.

Hij liep langs de portier die hem al jaren kende, en het deed hem pijn dat de man met zijn onbewogen en gelijkmoedige gezicht meteen bij Silbermanns binnenkomst de andere kant op keek om hem niet te hoeven groeten.

Dat is weleens anders geweest, herinnerde Silbermann zich, en hij voelde een doffe pijn in zijn maag.

Zoekend naar een bekend gezicht liep hij langzaam door de hal naar de leeskamer. Er zaten maar een paar heren, voornamelijk wachtende zakenlieden, ze bladerden in tijdschriften, bestudeerden de koersen op de laatste pagina van de krant of schreven een brief. Silbermann keek in de grote, comfortabel ingerichte kamer om zich heen en even had hij het aangename gevoel van geborgenheid.

Alles is net als anders, dacht hij. Toen hij daarna weer zenuwachtig werd, herhaalde hij die zin: alles is net als anders. En toch verbeeld ik me dat er iets is veranderd, en niet alleen voor mij.

Mismoedig keek hij naar de anderen.

Daar zitten jullie nu, jullie buitenlanders, dacht hij. Bij jullie is het niet normaal dat vredelievende burgers thuis worden overvallen en naar de gevangenis of het concentratiekamp worden gesleept. In jullie land heeft de president-commissaris geen machinegeweer naast zich liggen als hij de vergadering om een votum van vertrouwen vraagt. Maar als het hier gebeurt, bij ons, vinden jullie het eigenlijk wel origineel. Want jullie wordt geen haar gekrenkt, en hetzelfde hotel dat voor mij een oerwoud vol gevaren is geworden, is voor jullie een vredig thuis, waarin jullie net als altijd kunnen doen wat je wilt. En als jullie dan weer thuiskomen vertellen jullie dat je in het Derde Rijk heel behoorlijk kunt eten.

Silbermann ging zitten, bladerde een Engelse krant door en keek af en toe vol afkeer naar de mensen die hij als vreemdelingen beschouwde. Toen stak hij een sigaret op en begon een artikel te lezen.

Opeens had hij het gevoel dat er iemand in zijn buurt was en hij keek op. Voor hem stond de heer Rose, de directeur van het hotel, die hij al heel lang kende. De gegeneerde uitdrukking op zijn gezicht deed Silbermann vermoeden wat Rose van hem wilde. Desondanks begroette hij hem ongedwongen met een 'goedendag' en stak hem zijn hand toe.

Rose deed eerst zijn best om het niet te zien en fluisterde toen: 'Alstublieft niet.'

Snel trok Silbermann zijn hand terug. Hij liep rood aan, realiseerde zich dat en schaamde zich voor zijn schaamte.

'Meneer Silbermann,' zei Rose zachtjes en beleefd, zoals je dat onder alle omstandigheden mocht verwachten van een man die vergrijsd is in het hotelvak. 'Ik vind het buitengewoon pijnlijk. U bent een oude en gewaardeerde gast. Maar... Begrijpt u? Het is niet mijn schuld, en het zal zeker ook niet zo blijven, maar...'

'Wat is er dan?' vroeg Silbermann, die heel goed wist waar Rose heen wilde maar niet van plan was hem te ontzien, hij hoopte juist dat Rose openlijk toegaf dat hij geen karakter had. De verlegenheid van de directeur deed hem bijna goed en hielp hem in elk geval over de zijne heen.

'Dus u wilt me op straat zetten?' vroeg hij ten slotte droog, terwijl hij Rose aankeek.

'Alstublieft, zo moet u het niet opvatten,' smeekte Rose, die slecht tegen de situatie was opgewassen: het bruuskeren van een gewaardeerde gast die altijd goed van betalen was geweest. 'We stelden het altijd zeer op prijs,' ging hij snel verder, 'u zo vaak bij ons te gast te mogen hebben, en het stuit ons tegen de borst dit nu van u te moeten vragen, we hopen...'

'Het is al goed, Rose,' onderbrak Silbermann hem, de goedaardige formuleringen deden hem meer dan hij wilde toegeven. 'Ik begrijp het.'

Verdere uitleg wimpelde hij met zijn rechterhand weg, hij knikte naar de directeur, die een buiging maakte, kwam langzaam overeind en verliet de leeskamer. Hij liep door de hal, bleef alsof hij iets wilde zeggen een ogenblik voor de portier staan, die nu toch een buiginkje voor hem maakte, en liep toen verder. Bij de draaideur bleef hij opnieuw staan.

Waar kan ik eigenlijk heen, dacht hij bij zichzelf. De Joodse pensions zijn vast al door de SA overvallen. En kleine hotels zijn sowieso niet veilig, vaak zelfs verzamelplaatsen van de SA en consorten. Moet ik dan in een passantenhotel gaan slapen? Dat is het enige soort hotel dat voor ons overblijft. Maar is dat wel zo? Ook dat risico kun je niet nemen, want als je er in je eentje heen gaat en een kamer neemt, maak je je meteen verdacht. Je bent trouwens altijd verdacht, wat je ook doet.

Hij besloot toch naar een klein hotel te gaan waar hij een enkele keer zakenvrienden uit de provincie had ondergebracht, en nadat hij enige tijd tevergeefs op de tram had gewacht nam hij een taxi. Toen hij bij het hotel aankwam, zag hij bij de ingang een SA-man staan, maar na enige aarzeling liep hij bedaard langs hem heen en betrad de kleine vestibule.

'Ik wil graag een kamer,' zei hij tegen een kelner die kwam aanlopen.

'Moeten we uw bagage van het station laten halen?'

Natuurlijk, als je in een klein hotel gaat overnachten heb je bagage nodig, anders val je op.

'Nee, dank u,' zei Silbermann en hij deed zijn best er verstrooid uit te zien. 'Mag ik de kamer eerst even zien?'

De kelner, die waarschijnlijk de portier verving, pakte een kamersleutel van het sleutelbord, liep met Silbermann naar de lift en ging met hem mee naar boven.

'Slecht weer,' merkte hij op.

'Nogal,' antwoordde Silbermann met tegenzin.

'Excuseert u me,' ging de kelner desondanks door, 'is er vandaag veel gedoe in de stad?'

'Hoezo?' vroeg Silbermann, die slechts met moeite zijn kalmte wist te bewaren. 'Wat zou er moeten zijn?'

'Er overnachten zoveel Joden hier. Ik weet niet of we daar geen last mee krijgen.'

'Zo?' bromde Silbermann. 'Waarom dan? Is er soms een verordening uitgevaardigd die het verbiedt Joden onderdak te verlenen?'

'Dat weet ik juist niet,' antwoordde de kelner. 'Het maakt me overigens ook niet uit. Gaat uw gang.'

De lift was op de vierde etage gestopt. Eigenlijk konden ze meteen weer naar beneden, dacht Silbermann terwijl hij de gang in liep waar de kelner hem de kamer wilde laten zien.

Silbermann kon niet meteen beslissen en daarom liep hij met de chagrijnige uitdrukking van een ontevreden gast een paar keer heen en weer door de kamer. De opmerking van de kelner had hem ongerust en wantrouwig gemaakt. Er was veel om over na te denken. Ten slotte nam Silbermann de kamer toch, omdat hij dacht dat het in een ander hotel niet minder gevaarlijk zou zijn.

Samen met de kelner ging hij weer naar beneden en zoals hij al vreesde, legde de man hem een registratieformulier voor.

'Goed, goed,' zei hij stuurs en gejaagd. 'Straks... Wat was ook alweer het kamernummer? Zevenenveertig? ... Zo, zo... zevenenveertig...'

Bij het verlaten van het hotel botste hij op straat tegen iemand op. 'Pardon,' gromde hij onvriendelijk, want recente ervaringen hadden hem geleerd dat grof en onbeleefd gedrag de beste bescherming bood.

'Neemt u me niet kwalijk,' verontschuldigde de man zich heel wat beleefder, bijna nederig. Toen voegde hij er verbluft aan toe: 'Silbermann, goddank, Silbermann. De eerste mens die ik tegenkom.'

Het was Fritz Stein, de voormalige eigenaar van Stein & Co en een oude zakenvriend. Ze schudden elkaar de hand. Maar van opwinding bleef Stein Silbermanns hand vasthouden, zonder acht te slaan op diens pogingen hem weer los te trekken.

'Wat zegt u?' vroeg Stein, en Silbermann zag dat de kleine, dikke man volkomen van slag was. 'Weet u het al?' Silbermann slaagde er eindelijk in zijn hand uit de omklemming los te maken.

'Ik weet alles,' verklaarde hij, ietwat bevreemd door de nervositeit van Stein, hoe begrijpelijk die ook was, en hij probeerde een zo rustig en beheerst mogelijke indruk te maken.

'Dan weet u meer dan ik,' antwoordde Stein.

'Zijn ze dan ook bij u geweest?' informeerde Silbermann glimlachend.

'Misschien,' antwoordde Stein, die zijn terughoudendheid liet varen nu hij een lotgenoot had getroffen met wie hij kon praten. 'Wat zullen we doen?' vroeg hij. 'Ik wilde u de afgelopen dagen al eens bellen over iets zakelijks. Eigenlijk zouden we dat heel goed nu kunnen bespreken. Ik denk dat het reuze-interessant voor u is.'

'Ik weet het niet,' weerde Silbermann af, verbaasd over de stemmingswisseling van Stein. 'Denkt u echt dat ik op het ogenblik zin heb om zaken te doen? Ik heb niet zo'n vitale constitutie als u, mijn beste.'

'U hebt het niet zo hard nodig, zullen we maar zeggen. Maar ik word al maanden met een faillissement bedreigd, en hoor in mijn hoofd steeds: "Beslag gelegd." Ik heb bijna medelijden met mijn schuldeisers. Hun spullen zijn in de woning van mijn vrouw vernield alsof ze nog van mij waren.'

Ze liepen wat heen en weer en bleven toen voor een etalage staan.

'Ik bewonder u,' zei Silbermann peinzend. 'U weet wat u doet. Als ik uw optimisme bezat zou ik niet bang zijn.' Hij lachte. 'U verdient nog aan de strop waaraan ze u ophangen.'

'Laten we het hopen,' haastte Stein zich opgewekt te antwoorden. 'Waarvan moet mijn vrouw anders haar weduwensluier betalen?'

'Gaat het echt zo slecht met u, of maakt u maar een grapje? Dat moet u niet doen.'

'Ik meen elk woord dat ik zeg,' zei Stein. 'Zoals u weet heb ik mijn zaak verkocht, maar de koper betaalt niet. Wat moet je dan? Je moet toch ergens van leven? Maar om ter zake te komen, als u er dertigduizend mark aan waagt...'

'Nee, nee,' antwoordde Silbermann. 'Laat maar. Ik heb nu echt andere zorgen.'

'Ja, u hebt het goed,' antwoordde Stein langzaam. 'U bent alleen ongelukkig. Maar ik heb ook nog eens niets te eten.'

Verbaasd keek Silbermann hem aan en trok toen zijn portefeuille. 'Als u met vijftig mark geholpen bent?' vroeg hij. 'Ik heb helaas weinig geld bij me.'

'Zeker ben ik daarmee geholpen, geeft u maar. U krijgt het volgende week terug. Af en toe geeft de kerel die mijn zaak heeft overgenomen me een bedragje, maar dat is natuurlijk afhankelijk van zijn stemming.' Hij stak het geld bij zich. 'Wat zullen we gaan doen?' vroeg hij toen en keek vol ondernemingslust om zich heen.

'Ik moet Becker bellen, die zit momenteel helaas in Hamburg.'

'En hoe staat het met de verkoop van uw huis? Ik zou niet te lang treuzelen, als ik u een advies mag geven.'

Silbermann vertelde over de onderhandelingen. Bij elke zin knikte Stein, alsof hij al had verwacht dat het zo zou gaan.

'U hebt het goed,' zei hij ten slotte met de lichte jaloezie die een compliment is aan degene op wie men jaloers is. 'U ziet er arisch uit. Voor u zijn de mensen tenminste niet bang, voor mij wel. Ik kan nergens heen, mij mijden ze als de pest. Ik zeg altijd: de mensen zijn bang dat ik ze besmet met mijn Joodse neus.' Hij lachte cynisch.

'Ik heb in elk geval nog twee arische vrienden,' zei Silbermann. 'Becker en Theo Findler.'

'Ik vind het nogal driest van u om Findler als vriend te beschouwen,' zei Stein. 'Niemand heeft zich ooit op Findlers vriendschap kunnen beroemen.'

'Vermoedelijk hebt u gelijk, maar als je geen vrienden meer hebt moet je ze verzinnen. Dat geeft tenminste een beetje rust. Maar wat gaat u nu doen?'

'Ik heb hier een kamer genomen.' Stein wees naar het hotel waar Silbermann zojuist vandaan was gekomen.

'Ja... misschien zien we elkaar dan nog.'

Ze namen afscheid.

Silbermann keek hem na. Steins manier van lopen had iets rustgevends, iets betrouwbaars en optimistisch. Hij zette zijn voeten niet recht neer, maar een beetje schuin, en al lopend schommelde zijn lichaam haast onmerkbaar heen en weer. Zijn bolhoed droeg hij zoals gewoonlijk ver achter op zijn hoofd, en terwijl hij hem zo nakeek vergat hij de tijd en de situatie en het leek alsof ze net nog zaken hadden gedaan, niet erg goed, niet erg slecht, gewoon voor de relatie, om zaken met elkaar te blijven doen.

Ooit heb ik hem vijftigduizend mark krediet gegeven, herinnerde Silbermann zich met enige weemoed. Stein & Co, serieuze mensen, geen grote firma, maar solide. En daar loopt het jammerlijke restant ervan.

Hij ging een restaurant binnen om iets te eten. Eigenlijk had ik Stein moeten uitnodigen, bedacht hij, terwijl hij het menu bekeek, maar ik was daarnet ook bang voor zijn Joodse neus.

Hij at met smaak. Na het eten stak hij een sigaar op en bleef nog even zitten, gedachteloos, in vredige rust. Toen herinnerde hij zich zijn plichten en hij ging op zoek naar een telefoon. Nadat hij het nummer van zijn huis had gedraaid, bleef hij, steeds onrustiger, luisteren hoe de telefoon overging. Minuten verstreken. Er werd niet opgenomen. Ten slotte hing hij op.

Hij zocht naar een onschuldige verklaring: misschien is er iets met het toestel. Dat kan gebeuren. Waarom nu niet? Maar uitgerekend vandaag? Dat zou wel heel vreemd zijn.

Hij probeerde het nog een keer, met hetzelfde resultaat. Steeds bezorgder vroeg hij zich af of het ondanks het gevaar dat dit voor hemzelf en zijn vrouw meebracht, niet beter was thuis poolshoogte te gaan nemen. Toen kwam de geruststellende gedachte bij hem op dat zijn vrouw er natuurlijk uit veiligheidsoverwegingen de voorkeur aan had gegeven de nacht niet thuis maar bij een vriendin door te brengen. Dat was ook heel logisch, gezien haar, vooral in de huidige omstandigheden, grote behoefte aan gezelschap en bescherming. In dat geval had weliswaar het meisje moeten opnemen, maar Silbermann nam zonder meer aan dat zij van de gelegenheid gebruik had gemaakt om naar de bioscoop te gaan, waar ze erg dol op was.

Dus draaide hij, alweer veel rustiger maar nog niet echt gerustgesteld, het nummer van een goede vriendin van zijn vrouw omdat hij dacht dat ze daar misschien heen was gegaan.

Toen juffrouw Gersch hem vertelde dat ze zijn vrouw al weken niet meer had gezien, verontrustte hem dat niet al te zeer, omdat het de juistheid van zijn theorie niet uitsloot. Juffrouw Gersch vertelde dat zij en zijn vrouw woorden hadden gehad. Ze verklaarde zich echter bereid meteen naar zijn huis te gaan om haar, als ze daar tenminste was, gezelschap te houden. Vermoedelijk was ze zelfs blij een excuus te hebben. Ze gaf hem ook de geruststellende verzekering dat bij de acties van vandaag, voor zover zij wist, geen enkele vrouw iets was overkomen.

Hij liet zich ook de namen en nummers van andere vriendinnen van zijn vrouw geven, om ook hen te kunnen bellen. Hijzelf was altijd te veel met zijn zaken bezig geweest om te weten met wie zijn vrouw tegenwoordig bridgete.

Ook juffrouw Gersch was maar gedeeltelijk op de hoogte van de kennissenkring van zijn vrouw, en toen hij de opgegeven nummers zonder succes had gebeld, leek het hem nog steeds mogelijk dat ze bij een andere kennis was.

Ter afleiding van de zorgen om zijn vrouw vroeg hij een gesprek naar Hamburg aan. Binnen enkele minuten had hij verbinding met hotel De Vier Jaargetijden waar Becker, die het tegenwoordig nogal hoog in de bol had, de laatste tijd bij voorkeur verbleef. Silbermann moest lang wachten en hij was kwaad op zichzelf dat hij het gesprek niet vooraf had aangemeld, want zelfs nu had hij een hekel aan geldverspilling. Uiteindelijk kreeg hij te horen dat de heer Becker niet aanwezig was.

Die zit te gokken, concludeerde Silbermann geschrokken. Op ditzelfde moment verspeelt hij míjn geld, mijn kans om te overleven.

Gedeprimeerd verliet hij het restaurant en ging terug naar zijn hotel.

Ik had ergens een koffer vandaan moeten zien te halen, bedacht hij toen hij naar binnen ging. Zo maak ik een rare indruk. Hopelijk zien ze me aan voor een getrouwde man die de deur is uit gezet. Dat soort pech wordt heel normaal gevonden en niet als een misdaad beschouwd.

Moet ik me eigenlijk wel inschrijven als Silbermann, bedacht hij toen. Dan nemen ze me bij een controle meteen mee, maar als ik een valse naam opgeef overtreed ik de wet. Verschrikkelijk! De staat dwingt je gewoon om een misdaad te plegen.

Maar het inschrijfformulier werd hem niet opnieuw voorgelegd, hij kreeg de sleutel en het bericht dat meneer Stein in de vestibule op hem zat te wachten. Hij zou best een beetje rekening met me mogen houden, dacht Silbermann, maar hij schaamde zich daar meteen voor.

'Goed nieuws?' vroeg Stein, die bij een al even Joods uitziende man zat.

'Helemaal niets.'

'Geen nieuws is goed nieuws. Waarom gaat u niet zitten?'

'Ik ben van alle opwinding erg moe geworden en ga het liefst meteen slapen.'

Hij zei welterusten, liep naar de lift en ging naar boven naar zijn kamer. Een kelner met een groot, vol dienblad in zijn handen stond naast hem.

'Is de portier ontslagen?' informeerde Silbermann tijdens het omhooggaan.

'Die is vanmiddag opgepakt. Het was een Jood.'

Silbermann zweeg, pijnlijk getroffen.

In zijn kamer deed hij vlug de deur op slot en liet zich op het bed vallen om na te denken. 'Het was een Jood,' hoorde hij de nuchtere stem van de kelner. 'Het was een Jood...' Voor die man was dat uiteraard voldoende uitleg. Het leek of hij vond dat het oppakken van Joden normaal was, iets alledaags, zoiets als een fooi geven. Er was een Jood opgepakt, daar was het een Jood voor. Meer uitleg had je volgens de kelner niet nodig.

Hier blijf ik niet, besloot Silbermann, hij sprong overeind en keek de ruime kamer rond. Hier kan ik onmogelijk slapen. Misschien lichten ze me vannacht wel van mijn bed, en als ze dan lawaai maken en de hotelgasten boos hun deur opendoen en aan het kamermeisje vragen wat er aan de hand is, krijgen ze te horen: 'Ach, niets. Ze hebben een Jood opgepakt, dat is alles.' En misschien zouden ze dan reageren met: 'Aha... En moeten ze daar dan zoveel lawaai bij maken?' Die slaapkoppen willen niet gestoord worden, voor hen is dat het enige wat telt.

Overigens maakt het, als ik eenmaal opgepakt ben, niets uit wat anderen daarvan zeggen en hoe ze dat zeggen. Nee, dat het niets uitmaakt is niet helemaal juist uitgedrukt, want als de anderen niet zo indolent zouden zijn... In elk geval ben ik hier niet veilig. Ze zullen me oppakken en wie weet zelfs doodslaan. Alleen al om te zorgen dat ik niet vervelend kan worden door te gaan protesteren en zo de brave burgers te storen die recht hebben op hun nachtrust. Want slapen is het enige wat ze willen.

Silbermann ijsbeerde door de kamer.

Waarom leef ik eigenlijk nog, dacht hij. Dat ze me zijn vergeten, geloof ik niet meer. Maar misschien kleden ze ons eerst helemaal uit en slaan ons dan pas dood, zodat onze kleren niet onder het bloed komen te zitten en onze bankbiljetten niet beschadigd worden, ze moorden tegenwoordig economisch.

Voor de spiegel trok hij zijn das recht en haalde een kam door zijn haar. Toen deed hij voorzichtig de deur open en keek de brede gang in, maar hij zag niemand.

Wat ben ik toch bang uitgevallen, dacht hij, daarnet leek het of ik iemand hoorde lopen. En ik heb nog wel een wereldoorlog meegemaakt. Maar toen was het anders. Met velen tegen velen. En nu ben ik alleen en moet ik in mijn eentje oorlog voeren. Ben ik soms een samenzweerder? Dat zou fijn zijn, want dan wist ik tenminste wat me te doen stond. Nee, ik ben gewoon een zakenman, dat is alles. Ik heb helemaal geen energie, ik krijg nergens energie van, dat is het. Ik ben alleen bang, ik kan niet eens spottend grijnzen als een dief die er met zijn buit vandoor gaat.

Hij zuchtte zachtjes, liep met snelle passen door de gang naar de lift en drukte op het knopje. Beneden in de hal trof hij Stein, die daar nog steeds met de andere man oude of misschien nieuwe zaken zat te bespreken.

'Luister, Stein,' zei Silbermann gejaagd, 'ik ga hier weg. Vandaag is de Joodse portier opgepakt. Ik neem aan dat een of ander personeelslid contacten heeft bij de politie, of erger nog, bij de partij. Het kan zijn dat ze de SA op ons dak sturen.'

'Waar ga je dan heen?' informeerde Stein, die Silbermanns mededeling nogal laconiek opnam.

'Dat weet ik nog niet, maar hier blijf ik in geen geval.'

'Ik blijf,' verklaarde Stein, 'vanavond kom ik toch het Duitse Rijk niet uit. U ook niet. Wat heeft het voor zin om je mesjogge te laten maken? Het komt allemaal...'

'Als u een fatalist wilt zijn, is dat uw zaak,' onderbrak Silbermann hem. 'Ik doe mijn best om die kerels niet in handen te vallen.'

'Maar waar gaat u dan heen? Het is in elk hotel hetzelfde, een kwestie van geluk. Als Jood weet je zelfs op de begraafplaats niet zeker of ze je niet lastigvallen. Wat wilt u dan?' Berustend haalde hij zijn schouders op.

'Gaat u mee of niet?'

'Luister Silbermann, als u mij meeneemt kunt u net zo goed hier blijven, met die neus van mij...' Hij verwierp die gedachte lachend en bijna minachtend. 'Vluchten, met die neus van mij? Absurd.'

'U zou best een Zuid-Amerikaan of een Italiaan kunnen zijn,' probeerde Silbermann hem te troosten.

Stein maakte een wegwerpgebaar. 'Dat zou kunnen, maar zo is het niet. Ik heb een Duits paspoort.' Hij schudde zijn hoofd. 'Nee,' zei hij, 'niemand kan me helpen. Ik moet zien dat ik goede zaken doe, dat is het enige. Een rijke Jood is nog altijd meer waard dan een arme. Maar laat u zich niet tegenhouden. Het ga u goed. Ik bel u de komende dagen wel, als die risjeskoppen dan tenminste wat zijn gekalmeerd. Die zaak waar ik het over had zou ik graag met u doen, weet u. Dat wil zeggen: u voert het uit en betaalt mij provisie. Ik zeg u, uw sloopschepen zijn er niets bij. Het is echt een goudmijn.'

'Ik denk niet dat ik nog zakendoe,' zei Silbermann langzaam, 'maar u kunt me de komende dagen gerust bellen.'

Hij betaalde de kamer, verklaarde zijn vertrek met een reis die geen uitstel kon velen, gaf de als portier optredende kelner een riante fooi zonder te weten waarom en verliet het hotel.

Eenmaal buiten besloot hij spontaan naar Hamburg te gaan. Dat is het allerbeste. Daar heb ik Becker, een prima kerel. Met hem kan ik alles bespreken en hij kan ook ingrijpen. Dat van vandaag was natuurlijk maar een wilde actie, en misschien verklaart de regering morgen al dat ze nergens van wist. Ook al bestaat ze uit vijanden van de Joden, het is en blijft onze regering, en dit, dit kan ze niet tolereren. Dagen als deze moet je zien te overleven en gezond van lichaam en geest proberen door te komen. Wie verongelukt, heeft altijd ongelijk. Wie ontsnapt, heeft gelijk. Ik wil gelijk hebben.

Hij nam de tram naar Bahnhof Zoo. Onderweg rekende hij opnieuw na hoeveel geld hij nog had: zevenennegentig mark.

Wat gaat dat snel, dacht hij verbaasd. Van honderdtachtig naar zevenennegentig. Dat betekent dat ik het zuinig aan moet doen, in elk geval tot ik Becker heb gezien, want in mijn situatie betekent geldgebrek gewoon het einde. Op het station kocht hij een kaartje naar Hamburg, en hoewel hij nog een uur had voor de trein vertrok, liep hij meteen naar het perron. Hij trok een pakje kauwgom uit de automaat, en omdat hij geloofde dat dit hem zou afleiden en kalmeren, stopte hij het ene stukje na het andere in zijn mond en schoof de taaie massa die langzaam zijn pepermuntsmaak verloor, geconcentreerd heen en weer, zoals hij anderen vaak had zien doen, ervoor zorgend dat zijn kaken een constante kauwbeweging bleven maken.

Hij beleefde er geen plezier aan en gehoorzaamde slechts aan de plicht die hij zichzelf had opgelegd. Zo liep hij een hele tijd ijverig en opzettelijk stompzinnig kauwend over het perron heen en weer. Hij probeerde aan iets prettigs te denken en stelde zich uiteindelijk voor dat zijn vrouw inmiddels wel in bed zou liggen. Maar de ene gedachte leidde tot de volgende en in plaats van tot rust te komen werd hij opnieuw angstig en ongerust.

Ze zal zich wel zorgen maken, dacht hij. Ik moet haar op zijn minst een kaart sturen.

Hij ging naar het buffet in de wachtkamer en vroeg om een kaart, waarna hij ging zitten, een kop koffie bestelde en begon te schrijven, maar hij bleef onafgebroken en bezorgd kauwen.

Lieve Elfriede,

Ben voor een bespreking naar Hamburg. Morgen weer terug. Maak je geen zorgen. Het gaat goed met me. Ik heb geprobeerd je te bellen, maar kon je helaas niet bereiken. Ik hoop van harte dat het goed met je gaat.

Hartelijke groeten,
Otto

Hij las vluchtig wat hij had geschreven en vond het er niet verdacht uitzien, ook al wist hij niet eens wat hij voor verdachts had kunnen schrijven. Hij verliet de wachtkamer, ging door het hekje om de kaart op de bus te doen, keerde terug naar het perron en begon weer te ijsberen. Hij had het koud, en rillend wreef hij in zijn handen. Zijn handschoenen had hij thuis laten liggen. Opeens zag hij naast zich een SD-officier opdoemen.

Spoorwegpolitie, bedacht hij met schrik. Zouden ze op jacht naar Joden de trein doorzoeken? Hij kon zich niet herinneren ooit zo zenuwachtig te zijn geweest. Hoeveel SS'ers en SA'ers had hij dagelijks niet gezien, zonder er bij die inmiddels vertrouwd geworden aanblik iets van te denken. Maar nu betrok hij elk uniform op zichzelf, en opnieuw, sterker nog dan vlak na de nationaalsocialistische 'machtsovername', had hij bij het zien van iemand van de partij het gevoel: 'in principe is dit mijn doodsvijand' en 'hij heeft me in zijn macht'.

Silbermann begon weer te lopen. Op twintig meter van de SS-man keerde hij weer om. Ben ik eigenlijk banger dan andere mensen, vroeg hij zich af. Wat zou zo'n SS'er ervan vinden als hij bijvoorbeeld in een bolsjewistisch land zou moeten rondlopen, vooral als hij met een opvallend herkenningsteken was uitgerust, zoals die arme Fritz Stein?

Deze wraakgedachte, een rechtvaardiging voor zijn eigen vrees en tegelijk een troost op deze dag vol angst voor zijn vijanden, deed Silbermann, die de onteigeningspartij zijn hele leven met afkeuring en walging had bekeken, daar nu bijna sympathie voor voelen. Hij bleef een tijdje met deze buitengewoon bevredigende gedachte spelen.

Silbermann wierp de nietsvermoedende uniformdrager van veilige afstand een blik toe die zo ongeveer moest betekenen: pas maar op, wat niet is kan nog komen.

De trein kwam de hal binnen en Silbermann, die bij het bordje met TWEEDE KLASSE was gaan staan, ontdeed zich van de kauwgom waar hij de hele tijd braaf aan had doorgewerkt, wat hem opeens heel onnozel leek. Daarna stapte hij in. Hij ging in een rookcoupé zitten, op een plaats bij het raam in de rijrichting, en keek naar het perron, dat nog steeds tamelijk leeg was. Hij geeuwde, keek op zijn horloge en stelde vast dat het nog een hele tijd zou duren voor de trein vertrok. Het wachten beviel hem niet, want hij geloofde dat zijn innerlijke rust pas zou terugkeren zodra ze reden.

In elk geval ben ik blij dat ik Becker binnenkort kan spreken, dacht hij. Hij voelde de toenemende behoefte hem te zien, waarbij hij meer naar zijn compagnon dan naar de mens Becker verlangde.

Hopelijk is hij nog op, maar als hij al in bed ligt maakt dat niet uit. Ik maak hem gewoon wakker. Ik moet hem absoluut vandaag nog spreken. Hoe komt het eigenlijk dat hij me niet heeft gewaarschuwd? Anders weet hij altijd alles van tevoren.

Plotseling kwam een verschrikkelijke verdenking bij Silbermann op.

Hij heeft het geweten. En het komt hem goed uit. Nu is hij mij de baas. In één klap kan hij me van mijn hele vermogen beroven. Ik heb hem ook nooit echt vertrouwd. Misschien is hij wel net zo'n schurk als die Findler. En hij krijgt nog wel de helft van de winst, maar dat is blijkbaar niet genoeg. Hij is op het hele kapitaal uit. Daar heeft hij al eerder op gezinspeeld. Hoe zei hij het laatst ook weer? 'Ik heb een fundament nodig, Otto. Als ik er goed over nadenk, heb ik helemaal geen fundament.'

Bovendien is hij een nazi. Daar heeft hij nooit een geheim van gemaakt. Misschien heeft hij alleen het juiste moment afgewacht: alles in één klap. Een gokker. Hoe heb ik ooit een gokker kunnen vertrouwen? Maar alleen een gokker durft het tegenwoordig nog aan om met een Jood samen te werken.

Silbermann kon niet langer blijven zitten. Hij liep naar het gangpad en leunde uit het raam. De koele buitenlucht deed hem goed.

Hoe heb ik het in mijn hoofd kunnen halen dat Becker van plan zou zijn me te bedriegen, vroeg hij zich af. Hij is altijd een fatsoenlijke kerel geweest, en we kennen elkaar al ons halve leven. In deze tijd ga je aan alles en iedereen twijfelen. Maar je moet je niet van de wijs laten brengen.

Hij deed een stap opzij om plaats te maken voor een echtpaar dat, na in verschillende coupés te hebben gekeken, uiteindelijk in de zijne ging zitten. De man zou heel goed een Jood kunnen zijn, vond Silbermann, en hij leunde weer uit het raam. De trein bleef vrijwel leeg, en Silbermann was blij dat er niet meer mensen bij kwamen.

Ik zou kunnen slapen, dacht hij terwijl hij opnieuw geeuwde, ik ben er moe genoeg voor.

Langzaam zette de trein zich in beweging en Silbermann verliet het gangpad. Hij maakte het zich gemakkelijk op zijn zitplaats, deed zijn ogen dicht en probeerde te slapen. Maar ook al maakte het ritme van de wielen, dat voor hem altijd iets slaapverwekkends had gehad, hem nog vermoeider dan hij al was, hij bleef wakker. Van tijd tot tijd ving hij flarden op van het gesprek van zijn medereizigers. Voor zover hij begreep, ging het over kritiek op gemeenschappelijke kennissen en de voor- en nadelen van het reizen per vliegtuig.

Na tien minuten vergeefs te hebben geprobeerd om in slaap te vallen ging Silbermann weer rechtop zitten. Nu pas viel hem op dat de man een gouden partijinsigne op zijn revers droeg. Onwillekeurig fronste Silbermann zijn wenkbrauwen, hij wierp een misnoegde blik op de man tegenover hem en leunde toen weer achterover, maar hield zijn ogen open en staarde zonder aan iets speciaals te denken vermoeid voor zich uit.

Morgenochtend zal ik meteen Elfriede bellen en haar een telegram sturen, nam hij zich voor. Overigens had ik ook juffrouw Gersch nog een keer kunnen bellen. Van Becker heb ik trouwens geen woord meer gehoord, vreemd. Ben benieuwd of hij het geld heeft gekregen. En Eduard moet ik ook weer eens schrijven, die jongen heeft geen idee hoe het er hier aan toegaat, die denkt… Wat zou er thuis gebeurd zijn? Had ik er niet iemand naartoe moeten sturen? Ik zit hier maar en heb geen flauw idee, mijn god, ze kunnen haar wel wat hebben aangedaan. Maar Findler, die onbehouwen, maar betrouwbare Findler was er toch? Die brave… Ja dat is ie, een en al valse braafheid, net als de rest van die schurken. Tienduizend mark aanbetaling, het is een schande! Goddank heeft ze geld. Hoe gaat dit allemaal aflopen? Ik ben zo hulpeloos als een klein kind. Wie had dat kunnen denken? Zoiets als dit. Midden in Europa! In de twintigste eeuw!

De conducteur kwam langs om de kaartjes te knippen.

Vanuit een zekere behoefte iets te zeggen, informeerde Silbermann hoe laat ze in Hamburg aankwamen, hoewel hij dat al wist.

Zijn overbuurman, de man met het gouden partijinsigne, was de conducteur voor. Silbermann bedankte hem voor de informatie en er ontspon zich een gesprek. Nadat ze een paar woorden over het weer en de snelheid van D-treinen en auto's hadden gewisseld, vroeg de man met het partijinsigne of hij schaakte.

Silbermann knikte toegeeflijk, waarop de man meteen een reisschaakspelletje uit zijn aktetas haalde en de stukken begon op te steken. Ook al was het een volkomen nieuwe situatie voor hem, Silbermann kon geen reden bedenken om zich aan het verzoek te onttrekken. Hij hoopte dat het spel hem zou afleiden en helpen ontspannen. Bovendien zou het ook de ander bezighouden en tot zwijgen verplichten.

Algauw bleek dat Silbermann veruit de beste speler was, en zelfs toen hij even overwoog zijn tegenstander voorzichtigheidshalve te laten winnen, kon hij dat niet over zijn hart verkrijgen en na een zwijgende strijd van een uur zette hij hem mat.

'Heel goed,' zei de man met het gouden partijinsigne waarderend, en hij begon zijn vrouw, die was ingedut maar nu weer wakker werd en Silbermann slaperig aankeek, uit te leggen hoe hij zijn koningspion was kwijtgeraakt en welke andere fouten hij nog meer had gemaakt waardoor zijn tegenstander had kunnen winnen.

'Als ik met mijn toren,' begon hij vervolgens geestdriftig tegen Silbermann, 'in plaats van naar G4 naar A3 was gegaan, dan had u... Nee, ik had beter eerst kunnen rokeren, maar dan had u met uw paard, nee... Ik had natuurlijk eerst mijn dame terug moeten zetten. Ik weet het niet meer, normaal speel ik veel beter. Maar ik ben oververmoeid, dat zal het zijn.'

Silbermann knikte.

'Ik was onder de indruk van uw opening,' zei de man met verstand van zaken. 'Nou ja, ik... Zullen we misschien nog een partij spelen?'

Het was hem duidelijk aan te zien dat hij revanche wilde.

'Ik weet niet of we dan voor Hamburg klaar zijn,' zei Silbermann voorzichtig.

'We doen gewoon een potje snelschaken. Trouwens, mag ik me voorstellen, Turner.'

'Aangenaam,' zei Silbermann droogjes.

Nu verwachtte hij de vraag: en met wie heb ik het genoegen?

Ik zeg gewoon Silb, besloot hij.

Maar Turner vroeg niets en ze begonnen aan hun tweede partij. Dit keer deed de man met het partijinsigne erg zijn best, en het lukte hem een klein voordeel te behalen. Maar ook Silbermann concentreerde zich en hij speelde met verbeten ernst en vlammende woede, alsof er iets speciaals op het spel stond.

Het hoofd van zijn tegenstander werd roder en roder. Hij klemde zijn lippen op elkaar, knipperde opgewonden met zijn ogen, stootte steeds opnieuw zijn vrouw aan om haar op de verschillende stellingen te wijzen, wilde een zet terugnemen maar liet dat na vanwege Silbermanns enigszins opgetrokken wenkbrauwen, deed twee keer een andere zet dan hij eigenlijk van plan was en moest ten slotte ook deze partij opgeven.

'U speelt erg sterk,' zei hij, maar dit keer klonk zijn stem eerder verwijtend dan waarderend.

'Ik heb slecht gespeeld,' loog Silbermann hatelijk. Hij wist heel goed dat zijn bescheidenheid laatdunkend was en voor de verliezer een nog grotere vernedering betekende, maar die kon zich er in elk geval op beroepen dat Silbermann behoorlijk zijn best had moeten doen.

De man schoof onrustig heen en weer, bestudeerde zijn nagels, keek naar het schaaketui dat naast hem lag en zei toen: 'Driemaal is scheepsrecht. Wilt u me niet nog een keer mat zetten?'

'Zo zeker ben ik nou ook weer niet van mijn zaak,' zei Silbermann terughoudend en ze begonnen aan hun derde partij.

Ik moet slim zijn en verliezen, nam Silbermann zich voor. Maar hij won opnieuw. Ze speelden een vierde en een vijfde partij, en toen de trein Hamburg binnenreed had de man met het partijinsigne zes partijen verloren. Zijn bewondering voor Silbermann was bijna grenzeloos.

'Ik moet u terugzien,' zei hij toen ze afscheid namen. 'Ik heb lang niet meer met zo'n goede speler te maken gehad.' Hij gaf Silbermann zijn visitekaartje.

Herrmann Turner, hoofdingenieur, Kleiststraße 14, las Silbermann. Hij keek naar het telefoonnummer.

'Misschien bel ik u een keer,' zei hij goedgehumeurd.

'Ja, doet u dat vooral,' zei Turner met de overgave van de middelmatige speler tegenover de schaakgrootheid die hij tot nog een partij probeert te verleiden.

Ze gaven elkaar een hand en gingen uiteen.

Een mens, dacht Silbermann blij. Dit was absoluut een mens, ondanks zijn partijinsigne. Misschien valt het allemaal wel mee. Mensen met wie je kunt schaken en die verliezen zonder beledigd te zijn of brutaal te worden, kunnen toch geen dieven en moordenaars zijn.

Zijn overwinningen hadden Silbermann goed gedaan, en toen hij het station uit liep had hij niet meer het gevoel dat hij een vluchteling, een zwakke eenling was. Hij kon nog steeds winnen, dat had hij bewezen. Hij overwoog een taxi te nemen maar besloot te voet te gaan, aangezien het hotel vlakbij lag. Er waren weinig mensen op straat en ook was er vrijwel geen autoverkeer meer. Toen hij op de Jungfernstieg kwam, liep hij naar de Alster en staarde even naar het grijze water. Hij keek naar de weerspiegeling van het licht van de lantaarns op het donkere oppervlak, haalde diep adem en voelde hoe de vochtige, koude lucht hem verkwikte.

Wat is er nu eigenlijk aan de hand, vroeg hij zich af. Je hebt problemen, je wordt lastiggevallen, zeker. Maar ze laten je ook weer met rust, je kunt gewoon emigreren. Het valt allemaal wel mee, want je leeft nog, je leeft, ondanks alles.

Hoofdstuk drie

Goedgemutst en volkomen op zijn gemak zat Becker met twee Sturmführers te eten, hij dronk er sekt bij, wat de afgelopen jaren na het beklinken van een zaak een prettige gewoonte was geworden. Toen Silbermann verscheen en aan het tafeltje naast hen plaatsnam, was het met zijn aangename rust gedaan en werd hij nerveus. Woedend keek hij naar zijn vriend. Waag het niet naar onze tafel te komen, seinden zijn ogen, waar tegelijkertijd in te lezen was: waarom ben je hierheen gekomen? Waarom kom je me achterna? Wat denk je wel, hè?

Silbermann deed of hij de vermanende en afkeurende uitdrukking op het gezicht van zijn compagnon niet zag. Na langdurig de menukaart te hebben bestudeerd, bestelde hij met een onbevangen, maar enigszins onzekere stem een biefstuk en een halve fles rode wijn. Hij had de hele ochtend liggen slapen en was pas een uur geleden, tegen kwart voor een, wakker geworden.

Het was de vorige avond erg laat geworden. In het hotel had hij Becker niet aangetroffen en nadat hij langdurig en vergeefs had zitten wachten, was hij op zoek gegaan naar een verblijf voor die nacht. In De Vier Jaargetijden had hij geen kamer durven nemen, het 'Heil Hitler' van de nachtportier was hem iets te overtuigd geweest. Dus was hij naar een pension voor buitenlanders gegaan dat hij kende, en daar had hij ongestoord kunnen uitslapen. Maar toen hij tegen de middag het registratieformulier invulde en ze zijn naam lazen, werd hem duidelijk te verstaan gegeven dat hij voortaan beter in een Joods pension kon overnachten. Die opmerking was zijn humeur niet ten goede gekomen.

Silbermann wierp Becker een korzelige blik toe.

Die man daar, dacht hij, mijn vriend, ja, hopelijk mijn vriend, heeft mijn hele vermogen bij zich. Daarna vroeg hij zich af of hun Hamburgse zakenvrienden nog geprobeerd hadden de voorwaarden te veranderen. Eigenlijk was alles helder, zei hij bij zichzelf. Toch kon ook iets helders altijd troebel worden. Maar Becker was een handige zakenman, en hij was betrouwbaar. Zeker, betrouwbaar was hij. Absoluut. Alles bij elkaar verdienden ze zevenduizend mark aan dit schip. Het had hun enorm veel werk en rompslomp gekost en als ze het sloopwerk voor eigen rekening hadden genomen, hadden ze nog veel meer aan de hele handel kunnen verdienen. Ik ben gelukkig en tevreden, als ik mijn geld maar terugkrijg, dacht Silbermann.

Hij bracht het wijnglas naar zijn mond. Dit was mijn laatste zaak in Duitsland, beloofde hij zichzelf. Om vijfendertighonderd mark te verdienen, hadden ze achtenzeventigduizend mark geriskeerd. Hij schudde zijn hoofd. Dat nooit meer. Resultaat gegarandeerd? Dat moest hij nog zien. Zolang Becker met zíjn geld rondliep, was niets gegarandeerd. Maar hij kon Becker vertrouwen, natuurlijk. Weer keek hij angstig en gekweld naar zijn vriend. Waarom verzon die eigenlijk geen excuus om afscheid te nemen en naar zijn tafeltje te komen? Wat had hij trouwens met die Sturmführers te maken?

En waarom zou ik hem eigenlijk vertrouwen, begon Silbermann te piekeren. Ik kan het me helemaal niet permitteren hem te vertrouwen. Je hoeft niet voortdurend wantrouwig zijn, nee, dat niet, maar wel voorzichtig. Voorzichtig zijn of vertrouwen hebben? Mijn broer Hans is in de oorlog voor Duitsland gesneuveld. Die was ook een en al vertrouwen. Maar dat is onzin. Wat heeft het met elkaar te maken?

Becker stond op.

Nu komt hij naar me toe, dacht Silbermann en vol verwachting legde hij mes en vork op zijn bord.

Maar Becker liep, gevolgd door de mannen in uniform, rustig en zonder zelfs maar te groeten langs zijn tafeltje. Even was Silbermann sprakeloos. Toen riep hij: 'Ober!' Hij betaalde, sprong op en haastte zich Becker achterna terwijl hij al lopend zijn jas aantrok. Becker was al uit de eetzaal verdwenen en pas in de hal zag Silbermann hem weer. Hij was nog steeds in gezelschap van de beide Sturmführers en betaalde juist zijn rekening. Toen nam hij luidruchtig afscheid en verliet het hotel, zonder Silbermann op te merken die was blijven staan zodra hij Becker in het oog kreeg.

Nu ben ik verloren, dacht Silbermann wanhopig. Becker gaat er met mijn geld vandoor. Hij wist zich geen raad.

Hij dacht even na en volgde Becker, die, geflankeerd door de Sturmführers, kalm en gezellig pratend naar de taxistandplaats liep. Plotseling hield Becker in, keek achterom en zag tien passen achter zich Silbermann staan die hem met halfopen mond en grote ogen aanstaarde. Becker vertrok zijn gezicht en lichtte toen kort zijn hoed. Overhaast en opgelucht beantwoordde Silbermann zijn groet.

Nu moet ik naar hem toe gaan, dacht hij, en vragen wat hij met mijn geld heeft gedaan, wat denkt hij wel, is hij gek geworden…

Hij deed een stap, bleef toen staan, zette zijn voet op een muurtje en frunnikte wat aan een veter. Opeens was hij bang voor Becker, voor de macht die Becker over hem had.

Als ik maar niet word gearresteerd, dacht Silbermann, als ik maar niet word mishandeld, alsjeblieft niet!

Toen hij zich weer oprichtte, zag hij Becker met de Sturmführers in een taxi stappen.

'Vooruit, op naar Berlijn,' schalde de stem van zijn vriend die ten afscheid naar Silbermann zwaaide.

'Goddank,' zuchtte Silbermann ontroerd. 'Becker, ouwe makker van me!' Vervolgens schaamde hij zich voor zijn ontroering, zoals hij zich eerder had geschaamd dat hij Becker niet vertrouwde, en hij besloot dat het allebei niet was gebeurd.

Hij wenkte eveneens een taxi en reed naar het station in de hoop Becker daar of later in de trein te treffen. Toen hij de chauffeur had betaald, stelde hij vast dat er nog maar twee biljetten van twintig mark resteerden. Als Becker er niet was, dacht hij tevreden terwijl hij de trappen van het station op liep, zou ik me zorgen maken.

Silbermann lette goed op dat Becker hem niet zag en ging uiteindelijk in de derde klas zitten, hoewel hij een kaartje voor de tweede klas had gekocht.

Hij moet niet het gevoel krijgen dat ik hem in de gaten houd, dacht hij tactvol, maar hij moest toegeven dat hij het uit voorzichtigheid deed om te voorkomen dat hij de aandacht van de begeleiders van zijn vriend zou trekken.

Zijn coupé was tot de laatste plaats bezet. Ongeïnteresseerd monsterde Silbermann de gezichten van zijn medepassagiers. Tegenover hem zat een man, waarschijnlijk een handelsreiziger, die een slechte sigaar rookte. Toen de trein vertrok stond de roker op en wurmde zich naar het raam. Niet om afscheid van iemand te nemen, zoals Silbermann vermoed had, maar om het dicht te doen.

Al na een halfuur was de lucht in de coupé om te snijden en Silbermanns slijmvliezen raakten dermate geïrriteerd dat hij het op een gegeven moment niet meer uithield, opstond en naar de restauratiewagen vluchtte. Bovendien had hij trek, want zijn biefstuk had hij voor het grootste deel op het bord in het restaurant achtergelaten en nu bestelde hij, gesterkt door de aanwezigheid van Becker en in de wetenschap dat die het geld bij zich had, een uitgebreide maaltijd. Na het eten bleef hij in de restauratiewagen zitten. Hij bladerde lusteloos wat in het *Mitropa*-tijdschrift en zijn oude zorgen en gedachten staken de kop weer op.

Toen hij twintig minuten voor aankomst in Berlijn naar zijn coupé terugkeerde om zijn hoed en jas te halen, werd hij ongewild getuige van een gesprek over politiek. De vermoedelijke handelsreiziger, die het raam had dichtgedaan, stond op het punt de andere passagiers de samenhangen in de grote politiek uit te leggen.

Silbermann ging weer op zijn plaats zitten en probeerde niet te luisteren, want wat de man te berde bracht, kwam hem nogal bekend voor. Hij keek langs zijn buurman naar het verregende landschap achter het raam en piekerde over zijn problemen. Vooral de onzekerheid over het lot van zijn vrouw, die hij 's middags opnieuw tevergeefs had proberen te bereiken, baarde hem steeds meer zorgen, en door zijn onrust werden de twintig minuten tot de aankomst in Berlijn een regelrechte kwelling.

Hoe is het met Elfriede afgelopen, vroeg hij zich bezorgd af, en hij begreep niet hoe hij gewoon naar Hamburg had kunnen gaan zonder daar eerst duidelijkheid over te krijgen. Ook zijn andere probleem drong zich weer op: ik moet Becker absoluut in de gaten houden! Ter afleiding luisterde hij uiteindelijk naar de door praten en roken schor geworden stem van de vertegenwoordiger.

'Wij voeren politiek,' verkondigde de man, 'met bloed en ijzer.' Dat 'wij' sprak hij tot genoegen van zijn toehoorders zo nadrukkelijk uit dat hij wel een vooraanstaand lid van de Duitse Rijksregering leek. 'Vroeger zeiden de Joden,' vervolgde hij met stemverheffing, 'dat Duitsland Europees moest worden. Maar nu zeggen wij: Europa moet Duits worden.'

De anderen luisterden zwijgend en instemmend, of misschien alleen met een gevoel van berusting.

'Zullen we een raam openzetten?' vroeg uiteindelijk een bescheiden stem.

'Nee,' zei de reiziger, 'ik ben zwaar verkouden.'

Maar deze menselijke bekentenis had een voor hem ongewenst effect, want ondanks zijn felle protest werd er een raam naar beneden geschoven. Duidelijk geïrriteerd begon de vertegenwoordiger bijna zonder enige overgang een uitgebreide en onbarmhartige kritiek op de Joden te spuien.

Silbermann stond op, trok zijn jas aan en verliet de coupé. Ik zie Becker wel op kantoor, besloot hij. Hij snelde door het gangpad naar de voorste wagon om als een van de eersten te kunnen uitstappen en zo zijn vriend te ontlopen.

Zodra de trein tot stilstand was gekomen, sprong hij op het perron en liep haastig weg. Beneden in de stationshal vond hij een telefooncel en probeerde hij opnieuw zijn vrouw te bereiken. Zoals hij al vreesde, werd de telefoon weer niet opgenomen.

Maar juffrouw Gersch, die hij wel aan de lijn kreeg, deelde hem mee dat zijzelf door onverwacht bezoek gisterenavond helaas verhinderd was geweest bij Elfriede langs te gaan. Maar vanmiddag was ze wel gegaan, ze had aangebeld en tien minuten tevergeefs gewacht.

Of ze bij andere huurders had geïnformeerd, vroeg Silbermann, bij wie haar mededeling hard aankwam.

Nee, dat had ze helaas niet gedaan, maar ze vond het geen probleem nogmaals te gaan.

'Dank u,' zei Silbermann, 'ik ga zelf. Deze onzekerheid hou ik niet uit. Ik moet weten wat er gebeurd is.'

'Ik kan me voorstellen hoe ellendig u zich voelt,' zei ze. 'Echt heel vervelend dat mijn tante juist gisteren moest komen. Maar belt u me vanavond rond negen uur. Op dit moment kan ik helaas niet weg, maar tegen zevenen zou ik nog een keer langs kunnen gaan. Overigens heb ik vandaag weer gehoord dat de vrouwen met rust worden gelaten, er zijn alleen mannen gearresteerd. Dus u hoeft zich geen zorgen te maken. Wacht u maar tot vanavond. Wanneer u zelf gaat, kunt u in de problemen komen. Een medehuisbewoner zou kunnen melden dat u bent teruggekomen...'

'Wel, in elk geval hartelijk dank,' onderbrak Silbermann haar. 'Als u het goed vindt bel ik u vanavond nog een keer. Tot ziens.' Haar troostende woorden hadden zijn ongerustheid niet kunnen wegnemen.

Hij besloot zijn zus nog eens te bellen. Ze was thuis, maar zo bang dat ze nauwelijks durfde te praten. Op zijn voorstel haar ondanks alles te ontmoeten reageerde ze geschrokken.

'Maar in jouw situatie kunnen we elkaar toch niet in de stad ontmoeten! Ik kan hoe dan ook niet weg. Ik denk steeds dat ze Günther zullen vrijlaten. Elke keer dat de bel gaat schrik ik me dood en denk: daar is hij. Lang kunnen ze hem toch niet vasthouden, een man van zesenvijftig. En als hij terugkomt, moet ik thuis zijn.'

'Maar...' Zo snel zal het niet gaan, wilde hij zeggen. Maar hij hield zijn mond. Waarom zou hij haar hoop de bodem in slaan?

'Heb je eigenlijk een arische advocaat die wellicht iets voor hem kan doen?' vroeg hij in plaats daarvan.

Ja, die had ze.

'En geld?'

Ook dat had ze.

Hij nam afscheid en hing op.

Waar ga ik nu heen, vroeg hij zich af. Het zou wel erg lichtzinnig zijn om Becker lang met die tachtigduizend mark te laten rondlopen. Het was al stom genoeg van me hem dat bedrag te laten incasseren, maar zoveel vertrouwen moet je in een compagnon en vriend hebben. O ja, moet dat? Nou, het is in elk geval gebeurd. Maar nu wordt het tijd hem van dat geld af te helpen, anders gaat hij nog aan zo'n prettig bedrag wennen en kan hij er geen afstand meer van doen. Anderzijds moet ik eigenlijk meteen naar huis. Uiteindelijk besloot hij dat Becker voorrang had.

Dat is tenslotte ook in Elfriedes belang, hield hij zichzelf voor, en als ze niet thuis is maar bij een kennis, wat veel waarschijnlijker is, dan heeft mijn aanwezigheid ook geen zin. Maar in het geval Becker zou mijn afwezigheid wél heel schadelijk kunnen zijn. En mocht ze toch thuis zijn, dan is ze er over een uur ook nog wel. Ik heb me zorgen gemaakt, terwijl daar helemaal geen reden voor is.

Zo stond hij een poosje in zichzelf te delibereren. Toen kreeg hij een ander idee: Findler. Hij begon omstandig in het addendum van het telefoonboek te zoeken, hoewel hij ervan uit kon gaan dat hij het nummer niet zou vinden. Findler was zes weken geleden verhuisd uit het pension, waar hij tot dan toe had gewoond om nergens aan vast te zitten en voor weinig geld een prettig leven te leiden. Nu had hij een eigen woning. Eergisteren had Silbermann Findlers nieuwe telefoonnummer met rode pen netjes in een van zijn talrijke notitieboekjes geschreven. Die waren altijd voorhanden als er iets te noteren viel, maar nooit als hij iets moest opzoeken, en nu hij het nummer niet in het telefoonboek kon vinden wilde het hem natuurlijk ook niet te binnen schieten.

In plaats daarvan probeerde hij de firma Kraus & Söhne te bereiken, waar Findler om huurtechnische redenen kantoor hield. Hij had de kleinste kamer in het toch al niet grote kantoor gehuurd, en stelde zich daar 's morgens tussen tien en twaalf graag ter beschikking van mensen die geld wilden lenen en een onderpand bezaten, en van daaruit beheerde hij ook zijn huizen. De lijn was bezet, en nadat Silbermann twee minuten had gewacht, repte hij zich de telefooncel uit omdat Becker hem weer te binnen was geschoten.

Ik had Findler veel eerder moeten bellen, dacht Silbermann, terwijl hij het station uit ging en naar een taxi liep. Natuurlijk ben ik zijn nummer vergeten. Vergeetachtigheid is de bron van alle ellende.

Hij gaf de chauffeur opdracht vaart te maken en al na tien minuten stopte de auto voor het kantoorgebouw waar Silbermanns firma was gevestigd. Hij betaalde, ging naar binnen en controleerde in het voorbijgaan of het bordje met het opschrift BECKER SCHROTT GMBH er nog hing, zoals hij altijd deed sinds iemand het er had af geschroefd en meegenomen. Hij liep naar de lift en drukte op de knop, hoewel hij kon zien dat de lift al naar beneden kwam.

Zou Becker er al zijn, vroeg hij zich af.

De lift stopte en zijn employee juffrouw Windke, waarschijnlijk op weg om een boodschap te doen, stapte eruit.

'Dag, juffrouw Windke,' begroette hij haar. 'Is meneer Becker al aanwezig?'

'Nee,' antwoordde ze, en het leek of ze hem tamelijk verrast aankeek. 'Meneer Becker belde zojuist. Hij komt over twintig minuten.'

Silbermann bedankte haar en stapte de lift in. Net toen hij op het punt stond de deur dicht te doen, herinnerde hij zich opeens haar verblufte gezicht. Wat is er met haar aan de hand, dacht hij. Ah, natuurlijk, zou ze verbaasd zijn dat ik nog niet opgepakt ben? Hij keek haar na.

Kan ik eigenlijk het risico nog nemen mijn kantoor binnen te lopen, vroeg hij zich af. Stel dat Windke haar vriend belt? Dat is een SA'er. En Windke heeft iets tegen me, dat heb ik altijd al gedacht. Ach, onzin. Wat gaat mij dat aan? Belachelijk. Ik kan toch wel naar mijn eigen kantoor toe!

Hij sloot de deur, drukte op het knopje en ging naar boven. Maar op de eerste verdieping liet hij de lift weer stoppen.

Beter van niet, dacht hij. Het is verstandiger dat ik in café Hermann op Becker wacht. Je kunt nooit weten… Het gezicht van die Windke beviel me totaal niet.

Hij ging weer naar beneden. 'Wat een tijden,' verzuchtte hij toen hij uit de lift stapte. Hij liep naar buiten en las in het voorbijgaan weer het opschrift op zijn firmabordje: BECKER SCHROTT GMBH.

Becker, dacht hij. Ja! Binnenkort heb ik hier niets meer te zoeken. Mijn mooie privékantoor. Nog maar twee weken geleden heb ik eindelijk het bureau laten komen dat ik nodig had. En ik heb ook een nieuwe telefooncentrale besteld. Drieduizend mark heb ik dit jaar geïnvesteerd in kantoorartikelen, typemachines en dergelijke. En ik weet zeker dat we die zaak met Heppel AG uiteindelijk ook rond hadden gekregen. Ik ben er al vijf maanden mee bezig. Terwijl het nu feitelijk pas op gang komt, en het krediet van de Dresdner Bank had ik ook gekregen. Wat een ongehoorde smeerlapperij! Elmberg & Co doet die hele zaak nu alleen. Had ik alles een jaar geleden maar verkocht! Maar nee, ik moest zo nodig jaar na jaar in mijn privékantoor blijven zitten. Ik had geen idee wat er allemaal gebeurde en geloofde dat alles bij het oude zou blijven. Jazeker!

Somber gestemd stak hij de straat over en ging naar café Hermann, waar hij normaal gesproken zijn tweede ontbijt gebruikte en zijn middagkoffie dronk. Hij bestelde een glas bier en hield nauwlettend de overkant van de straat in de gaten. Er begon een kwellend halfuur.

Als hij daarvoor zijn plaats bij het raam niet had moeten opgeven, had hij Becker thuis kunnen bellen, want het leek hem zeer waarschijnlijk dat Becker inmiddels van gedachten was veranderd en vandaag niet meer naar de zaak kwam. Misschien zou hij alleen even bellen om te horen of er nieuws was.

Daar zit ik nu tegenover mijn eigen bedrijf en ik kan niet eens naar binnen. Silbermann wond zich steeds meer op. Het is van mij! Van mij alleen! Ik heb het in jaren van noeste arbeid opgebouwd en nu, nu heeft zelfs de jongste bediende meer te zeggen dan ik! Ik kan mijn werknemers niet eens ontslaan als ik dat zou willen, maar als ze daar zin in hebben kunnen zij hun baas elk moment verklikken en naar een concentratiekamp sturen. Tegenover de mensen die je betaalt voel je je niet meer dan een parasiet, een bedelaar.

Binnenkort moet ik nog vragen: hoe voelt meneer de jongste bediende Werner zich? Heeft hij goed geslapen? Is hij in een goed humeur? Of is hij uiteindelijk ook nog geïrriteerd en heeft hij aanmerkingen op al mijn eigenschappen als mens, als Jood en als baas? Heeft de zeventienjarige meneer de Scharführer van de Hitlerjeugd hem daaromtrent misschien een hint gegeven? Silbermann lachte cynisch.

En die juffrouw Windke, dacht hij, die gaat van loonsverhoging naar loonsverhoging, omdat haar verloofde ook zo'n Führertje is! Eigenlijk hoeft ze niet eens met me te praten, dat kan niemand van haar verlangen, en dat ze het doet is enkel een bewijs van haar edelmoedigheid.

Onze boekhouder Klissnik daarentegen houdt niet van dat halfslachtige gedoe, daarom veroorlooft die vent zich eens in de paar dagen te laat op z'n werk te komen. Als ariër kan hij zich dat permitteren! En als hij loonsverhoging vraagt moet ik hem die nog geven ook.

Wat kan ik nog meer doen om bij mijn werknemers in de gunst te komen en ze een goed humeur te bezorgen? Ik kan ze moeilijk allemaal compagnon maken!

Driftig trommelde Silbermann met zijn vingers op het raam. 'Het is welletjes,' gromde hij. 'Ik doek de zaak op. Ik ben het zat!'

Aan de overkant verscheen de hem zo bekende gabardine jas van zijn vriend. Silbermann, die zijn bier al had betaald, sprong op, verliet het café en liep vlug naar Becker. Toen die hem aan zag komen, bleef hij rustig staan wachten.

'Je kunt je nauwelijks voorstellen wat ik de afgelopen uren allemaal heb meegemaakt,' steunde Silbermann toen hij bij hem was. 'Is het gelukt?'

Ze schudden elkaar de hand.

'Kom je mee naar boven?' vroeg Becker, om deze vraag meteen zelf te beantwoorden. 'Beter van niet.'

Ze liepen naar het café waar Silbermann zojuist vandaan kwam. Intussen vertelde Becker over zijn reis, wat ze gedronken hadden, hoe gezellig het was geweest en hoe jammer het was dat Silbermann geen kennis had kunnen maken met de beide nazi's, puike kerels ook al waren het vuile antisemieten. Ze gingen zitten.

Becker sloeg zijn armen over elkaar, keek Silbermann vol verwachting aan en zei bijna minachtend: 'Nou, barst maar los! Waarom ben je me achternagekomen? Zeker bang geworden, hè?'

'Heb je het geld?' informeerde Silbermann zonder op de vraag in te gaan.

'Vertel eerst maar eens wat er met je aan de hand is,' sommeerde Becker strijdlustig.

'Heb je dan niets over de Jodenvervolgingen gehoord?'

'O, dat, die incidenten…'

'We zijn thuis overvallen. Ik kon nog net vluchten. Findler was erbij en hij heeft die lui tegengehouden.'

'Nee toch?' Becker nam het voor kennisgeving aan. 'Het belangrijkste is natuurlijk dat jou niets is overkomen. Heb je trouwens je huis aan die oude woekeraar Findler verkocht?'

'Tienduizend mark aanbetaling!'

Becker schudde zijn hoofd: 'Wat is er met jou aan de hand? Tienduizend mark aanbetaling!'

'Maar vertel eens, hoe is het gegaan? Waarom mocht ik niet met je praten en wat deed je daar met die Sturmführers?'

'Alles op zijn tijd,' begon Becker zijn relaas. 'Die oudijzerjoden begonnen natuurlijk moeilijk te doen. Begrijp je? Vanwege de relletjes en zo. Je kent dat gesjacher wel. Toen heb ik tegen mezelf gezegd:

Becker, tegen die lui kun je nooit ofte nimmer op en heb ik gauw een vriend van me in Berlijn gebeld. Die is met een maat van hem naar Hamburg gekomen en toen die kerels vanochtend die uniformen zagen, was er ineens geen vuiltje meer aan de lucht en tekenden ze. Natuurlijk heb ik er nog vijfduizend op gedaan. Zie je, zo doe je dat! Die vijfduizend verreken ik als reiskosten.'

Becker lachte trots en vrolijk en legde zijn brede, zware hand behoedzaam op Silbermanns schouder, maar Silbermann schudde hem geërgerd af.

'Je hebt die mensen afgeperst,' zei hij langzaam.

'Hoe wil je dan zakendoen met die Joden?' vroeg Becker beledigd. 'Ze vertelden dat ze uit Duitsland weg wilden. Hun familieleden zijn gearresteerd en zo kletsten ze maar door. Ik heb het allemaal rustig aangehoord en ten slotte gezegd: maar dat schip hebt u gekocht, dat moet u afnemen, en wel tegen een door de Rijksbank gegarandeerde cheque. "Ja," zei de oude Levi toen, je kent die ouwe slijmbal wel, "ik weet niet of we nog wel zaken mogen doen. Als de regering ingrijpt dan is het overmacht, daar kan ik niets aan doen." "Dat interesseert me geen moer," heb ik geantwoord, "dat schip moet u afnemen!" "Ik moet eerst informatie inwinnen," aarzelde Levi. Toen heb ik gauw die jongens laten komen en kijk: opeens liep alles gesmeerd. Ezel die ik ben, ik had tienduizend mark meer moeten vragen! Die deden het in hun broek, ze hebben me meteen een kascheque gegeven terwijl ze natuurlijk het liefst nog twee dagen rente hadden opgestreken. Maar zo kennen we ze. Eerst een grote bek en als je toeslaat blijken het loze praatjes, alleen gejank!'

'Je hebt je niet bepaald netjes gedragen,' zei Silbermann scherp.

'Ik laat me toch niet ruïneren door zo'n vuile Jood! Wat heb ik ermee te maken dat die kerels problemen hebben? Waarom halen ze van die vuile streken uit, vermoorden ze ambassadesecretarissen en zo? Als ze schieten, moeten ze er rekening mee houden dat er teruggeschoten wordt. Dan wordt nu eenmaal degene geraakt die daar toevallig met zijn stomme kop staat. Ik zeg je: al zijn er drie pogroms tegelijk, ik laat me door die Joden geen oor aannaaien. Met dat zielige gejammer hoeven ze bij mij niet aan te komen!'

'Je vergeet helemaal,' zei Silbermann geagiteerd, 'dat je hier tegenover een Jood zit. Als je twee uur met die lui van de partij hebt doorgebracht gedraag je je al als een... als een schoft.'

'Nu is het genoeg,' zei Becker, en zoals altijd puilden zijn ogen uit wanneer hij woedend was. 'Je bent niet meer mijn onderofficier, begrepen? De tijden zijn veranderd. Ik heb een hoop van je gepikt, meer dan van wie ook. Maar omdat ik altijd consideratie met je heb gehad, denk je brutaal te kunnen worden. Typisch Joods! Waar leef jij eigenlijk van, man? Wie heeft de laatste zaken afgehandeld? Waar zou je zijn als ik niet zo fatsoenlijk was om het voortouw te nemen? Denk je dat je mij kunt imponeren met een grote bek? Die heb ik zelf! Zo, ik heb gezegd.'

'Gustav, je moet die vijfduizend mark teruggeven, dat is toch je reinste afperserij!'

'En dat ik jouw kapitaal heb gered betekent niets? Jullie Joden spelen allemaal onder één hoedje, dat heb ik altijd al gezegd. Uit angst dat een Jood, en dan ook nog eens een schatrijke Jood, zijn geld verliest, probeer je mij m'n geld af te pakken! Dat is ook zo typisch!'

'Maar Gustav, wees eens redelijk! Op jouw leeftijd ga je toch geen misdadiger meer worden?'

'Ga me nou niet de les lezen, man. Wat ik doe, doen anderen ook. Iedereen is uit op eigen gewin, maar van mij vraag je idealisme, hè? Heb jij nooit je slag geslagen ten koste van anderen? En nu hebben jullie pech en verdienen wij. Maar dat is iets heel anders, hè? Nee, beste vriend, dat is volkomen terecht. Jullie hebben sluwere koppen, wij hebben steviger vuisten en we zijn in de meerderheid. Wees maar liever blij dat ik je niet verraad! Mij hoef je niets te vertellen. Denk je dat ik ben vergeten hoe jij me vroeger hebt uitgebuit? Als procuratiehouder kreeg ik nooit meer dan driehonderd mark. En wat verdiende jij? Ik weet het!'

'Je bent de ondankbaarste mens die ik ooit ben tegengekomen! Ik zou weleens willen weten wat er van je geworden was als ik je na de oorlog niet meteen had aangenomen. Verwijt je me nu dat ik als baas meer verdiende dan jij? Per slot van rekening heb ik alles met mijn eigen geld gefinancierd en niet met dat van jou.'

'En hoe kwam je aan dat geld?'

'Van mijn vader en door te werken. Ik kan met recht zeggen dat ik het zelf heb verdiend!'

'En nu ga ik ook geld verdienen. Al die jaren heb ik toegekeken hoe anderen leefden. Nu begin ik te leven! Eigenlijk had ik die Levi vijftigduizend mark moeten aftroggelen. Stom van me!' Becker wond zich steeds meer op. 'We zijn te fatsoenlijk, veel te fatsoenlijk! We zijn gewoon niet tegen jullie Joden opgewassen, dat is het.'

Tegenover deze spontane maar niet redeloze haat vond Silbermann niet direct het juiste antwoord.

'Je kent me al drieëntwintig jaar,' zei hij toen langzaam, 'in oorlog en in vredestijd...'

'Kom nou niet weer aan met dat oude liedje!'

'Gustav, huil nou niet mee met de wolven in het bos, als je karakter had dan zou je...'

'Hou op met dat stomme gebazel. Je denkt toch niet dat ik achterlijk ben! Jouw instelling, ja, die kennen we. Vanwege een of andere oude rijke Jood wil jij je vrienden een poot uitdraaien. Vrienden! Mensen als jij kunnen helemaal geen vrienden hebben als het geen Joden zijn.'

'Heb je te veel gedronken? Of je geld vergokt? Gustav, wat is er met je? Zoals je tekeergaat, lijkt het of je nog meer smerige streken gaat uithalen.'

'Smerige streken? Het zal me worst wezen wat jij denkt. Ik zeg je op de man af: onze vriendschap is voorbij. Vanaf nu doet ieder zijn eigen zaken. We hebben niets meer met elkaar te maken.'

'Wat is er toch met je aan de hand, Gustav? Mij kun je niet voor de gek houden. Denk je dat ik niet zie hoeveel moeite het je kost om zo boos te doen?'

Dat had Silbermann misschien beter niet kunnen zeggen, want nu steeg Beckers woede helemaal tot grote hoogte. Zijn gezicht liep bedenkelijk rood aan, maar toen kreeg hij zichzelf weer onder controle.

'Nu ga je te ver!' antwoordde hij met gespeelde koppigheid. 'Je hebt me beledigd… Je bent me achternagereisd… Je hebt me gewantrouwd… en terecht! Want het is afgelopen, over en uit! Becker Schrott GmbH mag je hebben. Ik hoef mijn aandelen niet meer, niet één, ook al staat mijn naam erop. Zorg er alsjeblieft voor dat die onmiddellijk verdwijnt. Jazeker! En die tachtigduizend mark delen we. Dat is het makkelijkste. In ruil daarvoor krijg jij alle aandelen. En dat was het dan.'

Hij zei het zo bars mogelijk, maar zijn stem trilde en het leek Silbermann, die aanvankelijk sprakeloos was door het brutale voorstel, dat Becker zich bijna wanhopig tot al deze gemene streken moest dwingen. Het leek of Becker meer uit plichtsgevoel dan uit eigen wil of overtuiging wilde laten zien dat ook hij met zijn tijd mee kon gaan.

'Gustav,' zei Silbermann zachtjes. 'Waarom wil je een schoft worden? Dat past helemaal niet bij je.'

'Zeg nou zelf,' vroeg Becker, die weer omschakelde naar zijn normale stem, 'heb ik geen gelijk? Een mens krijgt in zijn leven maar één kans. Ik heb er nog nooit een gehad! Dus deze moet ik benutten.'

'Je bent gek,' zei Silbermann. 'Je bent gewoon een sneue bedrieger!'

'Hou je bek. Als ik gemeen wilde zijn, kon ik zeggen: Jood! Ben je het eens met mijn voorstel voor de verdeling? Als je het er niet mee eens bent, hou ik gewoon alles zelf. Ieder ander zou dat in mijn situatie zeker doen. Maar ik ben nu eenmaal niet een van de snuggersten.'

'Je wilt mijn geld stelen, het geld dat ik jou heb toevertrouwd?'

'De cheque is op mijn naam uitgeschreven.'

'Ik heb het niet over die cheque, hou je niet van de domme. Ik heb je vertrouwd, Gustav. Ik vertrouw je nog steeds. Dus hou eens op met die flauwe grappen.'

'Grappen? Jij kunt lekker kletsen, dat weet ik. Daar ben je een Jood voor. Maar mijn plan staat vast, dat praat je me niet uit het hoofd!'

'Er zijn nog wetten.'

Becker lachte honend. 'Als je gaat dreigen,' zei hij, 'dan kan ik dat veel, veel beter.'

'Gustav, het gaat me niet om het geld, nou ja, daar gaat het me natuurlijk ook om, maar het gaat om meer. Geloof me alsjeblieft! Het gaat me erom dat ik het niet kan verdragen een man als jij te zien veranderen in een smerige, schofterige afperser. Er moeten toch mensen zijn die ondanks alles fatsoenlijk en menselijk blijven. Die zich niet als een zwijn gedragen alleen omdat ze een plas modder zien waarin ze lekker kunnen rondwentelen.'

'Ik ben fatsoenlijk,' zei Becker zonder overtuiging. 'Ik eis dat je dat inziet.'

'In elk geval ben je het ooit geweest. Vertel me eens, kun je echt zo gemakkelijk je belofte verbreken?'

'Welke belofte? Ik weet van geen belofte. Praat toch niet zoveel. Je accepteert mijn voorstel of niet.'

'Dat weiger ik! Als ik van een dief de helft terugneem van wat hij bezit, zou ik mezelf medeplichtig maken.'

Becker sprong op. 'Ik waarschuw u,' grauwde hij, 'het is afgelopen met dat gesjacher!'

'Ik zorg ervoor dat je in het tuchthuis komt,' verzekerde Silbermann. Hij was zo opgewonden dat hij niet meer nadacht bij wat hij zei. 'En ik zal al onze kennissen over je schofterigheid en je afperserij vertellen. Ik geef je aan bij je partij, die zal je het geld zeker afnemen. De partij eist het recht om Joden te bestelen voor zichzelf op. Ze accepteert geen valse concurrentie. Je bent nog niet van me af, smerige schoft die je bent!'

'Ik heb altijd al geweten dat je een smeerlap bent,' antwoordde Becker, die toch weer was gaan zitten en als vanouds op het vertrouwde 'jij' terugviel. 'Weet je wat jij bent? Een zenuwachtig Joodje dat bang is zijn geld kwijt te raken. Als ik net zo was als jij kreeg je geen cent van me, ik zou je gewoon naar het concentratiekamp laten sturen. Van daaruit kun je net zoveel aangiften doen als je wilt.'

'Weet je nog wat je gisteren tegen me zei, Gustav? Je had het over vriendschap!'

'Wat voor vriend jíj bent weten we nu wel. Waarom moet ik altijd de fatsoenlijke en de domme zijn?'

'Dat geloof je zelf niet.'

'Maar jou moet ik wel geloven? Slijmbal! Wie heeft een valse belastingaangifte gedaan, hè? Wie heeft tijdens de inflatie het huis in de Kantstraße voor een appel en een ei gekocht? Ik soms? Weet je nog dat jij in 1917 als enige verlof kreeg? Omdat je had ingetekend op oorlogsleningen, daarom. Maar wij konden niet op oorlogsleningen intekenen, wij...'

'Maar als je het had gekund, had je het niet gedaan, toch? Denk je soms dat ik verantwoordelijk ben voor alle sociale verschillen, ga je mij verwijten dat ik geld had? Om zo je diefstal te rechtvaardigen? Je wilt de boel op grote schaal oplichten omdat je het allemaal zo onrechtvaardig vindt? Je verwijt mij dat ik een kapitalist ben? Jij? Jij, die dat koste wat kost wilt worden? Maak jezelf toch niet belachelijk, Gustav. Het is erg genoeg dat je een schoft bent geworden.'

'Ik maak gebruik van mijn positie, zoals jij altijd gebruik hebt gemaakt van de jouwe. Dat is alles,' antwoordde Becker gelaten.

'Er bestaat gerechtvaardigd en ongerechtvaardigd egoïsme. Er zijn grenzen!'

'Ga jij mij nu vertellen wat gerechtvaardigd is en wat niet, hè? Alles wat jij hebt gedaan was in orde en alles wat ik doe is fout? Ik zeg je: ik maak alleen gebruik van mijn positie!'

'Ik ben ook weleens in de gelegenheid geweest een portefeuille te stelen, maar ik heb het nooit gedaan!'

'Ach man, jij bent altijd al rijk geweest! Dat een groot zakenman geen zilveren lepels steelt, is nog geen reden zich daarvoor op de borst te slaan.'

'Zeker niet. Maar ik heb het ook niet over zilveren lepels. Probeer nu niet bijdehand te worden, Gustav, dat is onverdraaglijk. Je weet maar al te goed dat ik altijd netjes en eerlijk zaken heb gedaan en me altijd correct heb gedragen.'

'Ik soms niet? Nog altijd fatsoenlijker dan jij! Ik heb in elk geval niet gezegd dat ik je in het tuchthuis laat opsluiten!'

'Dat had je ook niet gekund. Daar had je geen enkele reden voor.'

'In 1930 heb je vierduizend mark te weinig belasting betaald en in 1926 zelfs negenduizend mark.'

'Ten eerste klopt dat niet en ten tweede doet iedereen dat.'

'Van mijn driehonderd mark is altijd belasting ingehouden.'

Silbermann stak een sigaret op. 'Je bent een schoft, dat weet je,' zei hij uitgeput. 'En zelfs als ik echt belasting had ontdoken, geeft jou dat nog lang niet het recht mijn vertrouwen te misbruiken. Tenslotte ben jij wel met mij bevriend, maar ik niet met de fiscus. Ook de fatsoenlijkste mens betaalt liever te weinig belasting dan te veel. Alleen een misdadiger als jij...'

'Ik waarschuw u, word nou niet weer brutaal. En nu vraag ik voor de laatste keer: gaat u akkoord of niet? Als u mijn voorstel niet accepteert, deponeer ik het volledige bedrag bij een notaris tot de rechter uitspraak heeft gedaan. Ik bezit eenenvijftig procent van de aandelen. Ik kan de vennootschap gewoon laten opheffen. Het vermogen van de firma wordt hoe dan ook gedeeld.'

Silbermann probeerde zijn partner nog één keer op andere gedachten te brengen. 'Gustav,' zei hij langzaam, 'dat kun je niet doen! Kijk eens, het is toch...'

Becker verhief zich theatraal. 'Ik beschouw dit gesprek als beëindigd,' zei hij formeel. 'Ik ga nu naar de notaris om het geld te deponeren. Ik zie me daartoe vooral genoodzaakt, omdat u, naar mij bekend is, het voornemen hebt naar het buitenland te gaan. Daarom bestaat het gevaar dat u, wanneer u de beschikking houdt over het geld, het vermogen van de firma daarnaartoe verplaatst. Maar op deze manier wordt uw aandeel op een geblokkeerde rekening bijgeschreven. Tot ziens, meneer Silbermann!'

Hij maakte nu daadwerkelijk aanstalten om te vertrekken.

'Ik ga akkoord,' zei Silbermann. 'Maar begrijpen zal ik het nooit, hoe jij... hoe u iets dergelijks kunt doen. Mij bestelen en uzelf bezoedelen. Bah!'

Becker werd zichtbaar nerveus. 'Hou eindelijk eens op met dat stomme geklets,' bromde hij stuurs. 'Denk maar niet dat ik daar gevoelig voor ben. Geld stinkt niet,' spotte hij toen. 'Want als het naar u rook, zou ik het niet aannemen.'

Hij legde zijn aktetas op de tafel en stelde een verdelingsovereenkomst op, zonder bij het schrijven door Silbermann te worden onderbroken. Daarbij keek hij van tijd tot tijd in zijn notitieboekje, wat Silbermann deed vermoeden dat Becker zich de verschillende punten door zijn advocaat had laten uitleggen en dus al langer met deze gedachte speelde.

'Eigenlijk zou u maar rond de eenenveertigduizend mark mogen krijgen,' zei Becker na een poosje, 'want u bezit per slot van rekening maar negenenveertig procent van de aandelen.'

'Ja, en u eenenvijftig, waarvoor u geen cent hebt betaald. Die u volgens onze overeenkomst als bewindvoerder moet beheren.'

Becker legde geïrriteerd zijn pen neer. 'Verder nog iets?' vroeg hij scherp.

'Rechtsgeldig is alleen de oprichtingsakte van onze vennootschap! Dat zou u bekend moeten zijn. Of gaat u voor de rechter verklaren dat het contract een verzinsel was?'

'Hou toch op met die verhalen, man! Het zou kunnen dat ik dan...'

'Nou, wat dan?' vroeg Silbermann. 'Wanneer er een rechtszaak van komt, verliest u glansrijk, reken maar. Tenslotte is onze briefwisseling er ook nog. Ik heb de brief waarin u onze mondelinge overeenkomst bevestigt. Ik heb hem zelfs... wacht even... ja hoor. Ik heb hem bij me.'

Becker stopte boos met schrijven. 'Goed dat u daar nu over begint,' zei hij. 'Ik ga akkoord. We stappen naar de rechter. Als u wint, dus echt aangenomen dat u wint, wat levert u dat op? Om te beginnen zullen ze u in het concentratiekamp verwelkomen, daar kunt u vergif op innemen, en uw geld? Geblokkeerd, alles op een geblokkeerde rekening, en tegen de tijd dat het proces door alle drie de instanties heen is, is Joods vermogen allang in beslag genomen. Bovendien komt er nog een boete van een miljard bovenop, ja, prima, laten we naar de rechter gaan.' Hij stond weer op.

'Idioot,' zei Silbermann minachtend. 'Verwacht u soms dat ik u ook nog eens goed advies geef?'

Becker ging weer zitten. 'U moet uw kop houden,' zei hij. Toen schreef hij verder, terwijl hij snauwde: 'Ik ben niet gediend van uw onbeschoftheden. U... U bent me veel te ordinair!'

Ondanks zijn verontwaardiging en ellende moest Silbermann lachen.

Becker voltooide het concept en overhandigde het ter controle aan Silbermann.

Die nam het vluchtig door en zei toen: 'De theoretische kant van diefstal beheerst u net zo goed als de praktische. Moet ik dit ondertekenen of gaan we naar de notaris?'

'Het is al halfzeven,' stelde Becker vast. 'De notaris is niet meer bereikbaar, maar als u het contract en de kwitantie, die u vanzelfsprekend van me krijgt, ondertekent en mij de brief geeft, dan betaal ik u uw aandeel nu meteen uit. De lege vennootschap mag u hebben, als mijn naam er maar af gaat. Verplichtingen heeft de firma nauwelijks, in elk geval worden die volledig gedekt door de bank- en de girorekening. De vorderingen, nou ja, veel plezier ermee. Ik geloof niet dat u Ollmann nog zover krijgt dat hij gaat betalen, van een kale kip... Verder zijn er geen vorderingen. U hebt het bedrijf al systematisch ontmanteld. Als alles volgens uw plannen was gegaan, stond ik over een halfjaar zonder een cent op straat en zat u in Parijs. Helemaal achterlijk ben ik nou ook weer niet.'

'Ik heb niets ontmanteld, maar we hebben al het vermogen... maar dit is zinloos geklets. Hier hebt u uw brief.'

Becker opende zijn aktetas, haalde er een stapel bankbiljetten uit en begon te tellen.

'Eenenveertigduizendvijfhonderd mark,' zei hij toen hij eindelijk klaar was. 'Ik heb u toch vijftig procent gegeven. Telt u maar na.'

Toen boog hij zich over de tafel naar Silbermann toe en fluisterde vertrouwelijk: 'Zorg ervoor dat u het over de grens brengt.'

'Hou uw goede raad maar voor u,' protesteerde Silbermann.

Toen ze klaar waren met hun transactie slaakte Becker een zucht: 'Neem me niet kwalijk, Otto,' zei hij, terwijl hij ineens weer in de oude, vriendschappelijke toon verviel. 'Als ik ooit echt ga winnen, je kent tenslotte mijn systeem, dan krijg je je geld met rente terug. Gisteren heb ik negenduizend mark verloren omdat ik te vroeg moest ophouden. Nu ga ik iedere cent terugverdienen die ik ooit verloren heb.'

Silbermann stond abrupt op. 'Om een echte schoft te zijn,' zei hij, 'hebt u te weinig persoonlijkheid. Om een fatsoenlijk mens en vooral om mijn vriend te zijn, vind ik u veel te gluiperig.'

Hij verliet het café. Becker keek hem onthutst na.

Helemaal ongelijk heeft die Jood niet, dacht hij. Maar ik moet eindelijk mijn schulden eens afbetalen. Ik kan die mensen toch niet van hun geld beroven! Deze laatste, morele overweging stelde hem weer gerust. Toch jammer, dacht hij toen hij naar buiten liep, we zijn zo lang vrienden geweest. Ooit zal ik het weer goedmaken!

Hoofdstuk vier

De zakken van Silbermanns overjas puilden uit van de bankbiljetten en hij ging naar een winkel om een aktetas te kopen. Hij zag dat het al vijf voor zeven was en haastte zich naar het dichtstbijzijnde postkantoor, pakte bij het telegraafloket een formulier en schreef een stadstelegram aan zijn vrouw. Omdat het hem niet verstandig leek naar huis terug te gaan, stelde hij voor in een konditorei af te spreken.

Eenmaal weer buiten overwoog hij wat hij moest doen met de eenenveertigduizendvijfhonderd mark die hij had weten te redden. Hij besloot niet langer na te denken over Becker en de enorme teleurstelling die zijn voormalige vriend hem had bezorgd, maar het bleef een treurige en pijnlijke herinnering.

Hij nam de tram naar de gelegenheid waar hij zijn vrouw verwachtte. Vreemd genoeg was hij ervan overtuigd dat ze zou komen. Daar aangekomen legde hij zijn hoed en jas op een stoel en ging naar het toilet om zijn geld in de aktetas te stoppen. Toen hij terugkwam merkte hij pas dat het café vol zat met mannen in uniform en onwillekeurig klemde hij zijn tas stevig tegen zich aan. Er ging een halfuur voorbij. Silbermann had inmiddels zijn derde kop koffie op en werd steeds nerveuzer.

Hopelijk was het telegram direct bezorgd. Hoe lang duurt zoiets meestal? Ik had het moeten vragen. Als ze het heeft ontvangen, kan ze binnen vijf minuten hier zijn. Als ze tenminste thuis was. Vroeg of laat moet ze toch terugkomen. Ik zit al minstens een uur te wachten, dacht hij, maar een blik op de klok verried dat er pas vijfendertig minuten verstreken waren.

Wat moet ik nu doen, piekerde hij. Het vervolgen van Joden gaat maar door. Thuis kan ik niet blijven, ook niet voor een nacht. Met eenenveertigduizend mark!

We moeten naar het buitenland, maar je komt nergens binnen. Met het geld kunnen we een nieuw bestaan opbouwen, maar hoe krijg je het het land uit? Smokkelen? Daar heb ik het lef niet voor. Hier blijven, weggaan? Wat moet ik doen?

Tien jaar tuchthuis riskeren voor deviezensmokkel? Maar wat moet ik anders? Zonder geld verhonger je daar in het buitenland. Alle wegen, maar dan ook alle, leiden naar de afgrond. Tegen de staat kan ik toch niet op.

'Ober, mag ik een glas water?'

Andere mensen waren slimmer. Andere mensen zijn altijd slimmer! Als ik op tijd geweten had in wat voor situatie ik me bevond, had ik mijn geld in veiligheid kunnen brengen. Maar ze hebben altijd gezegd dat ik me geen zorgen hoefde te maken, allemaal, vooral Becker. En ik, sukkel die ik ben, heb me laten geruststellen! Daarom zit ik nu klem. Het hinkende paard loopt altijd achteraan, zegt het spreekwoord. En uitgerekend ik ben dit keer de hinkepoot. Terwijl er toch zeshonderdduizend Joden in het Rijk wonen. Hoe doen die het dan? Ach, die weten zich wel te redden. Anderen begrijpen het altijd beter. Behalve ik, terwijl ik bepaald niet op mijn achterhoofd gevallen ben.

Misschien valt het mee en is het allemaal een psychose. Nee, ik moet eindelijk mijn situatie eens onder ogen zien: het wordt nog erger, nog veel, veel erger! Dan hoef je ook niet verbaasd te zijn dat het slag mensen als Becker je uitlegt hoe het zit. Die ploert. Maar wat heeft het voor zin je op te winden? We moeten uit Duitsland weg! Maar we kunnen nergens heen. Hier moeten we ons geld achterlaten, en daar moeten we juist laten zien dat we het hebben. Het is om gek van te worden. Als je iets doet ben je strafbaar, en als je niets doet word je pas echt gestraft! Het is net als op school. Als je zelf je wiskundesommen had gemaakt kreeg je een vier, als je ze overschreef een acht, maar als je bij het overschrijven werd betrapt of als je eerlijk was en niet eens probeerde die sommen te maken, kreeg je een één. Precies wat hier nu gebeurt.

Hij glimlachte treurig en stak een sigaret op.

Toch moet ik proberen weg te komen, dacht hij met een zucht. Maar ik zie aankomen dat het een vlucht door het prikkeldraad wordt!

Hij pakte zijn aktetas en zette hem ter geruststelling achter zich tegen de leuning van de stoel.

Eenenveertigduizend mark, dacht hij, dat is nog altijd heel wat! Ook in het Derde Rijk. Ik mag van geluk spreken dat ik die heb weten te redden. Als ik bij Becker wat verstandiger was gebleven had ik nog wel meer kunnen krijgen. Maar wie kan zich bij zo'n vuile streek beheersen en het hoofd koel houden?

Zonder zich ervan bewust te zijn zat hij al een hele tijd naar een goed uitziende vrouw van een jaar of dertig te kijken, een paar tafels verderop. Ze glimlachte flauwtjes, net genoeg om hem aan te moedigen.

'Hm,' deed Silbermann, en hij wendde zijn blik af. Mijn type, ging het door hem heen, ze ziet er lief uit, weer eens wat anders... Hij mijmerde over lang vervlogen dagen toen hij aan iedere vinger een vrouw kon krijgen, en zonder het te willen keek hij opnieuw. Mijn innerlijke discipline verslapt, dacht hij. Een slecht teken. Ik word gehypnotiseerd door een knap snoetje en laat me bedonderen door stomkoppen. Ben ik soms kinds aan het worden? Glimlacht ze nu of verbeeld ik me het maar? Dat moest je eigenlijk kunnen zien. Nu kijkt ze de andere kant op. Gelijk heeft ze. Ik ben niet alleen getrouwd, maar ik heb ook meer dan genoeg zorgen.

Hij probeerde aan iets anders te denken en zuchtte opnieuw, zodat ze hem een opmerkzame blik toewierp.

Vrouwen betrekken altijd alles op zichzelf, dacht hij geamuseerd en verwijtend tegelijk. Waarom zou een man zuchten als het niet vanwege een vrouw is?

Hij keek hoe laat het was.

Waar blijft Elfriede? Ik zal nog eens proberen om Findler te bereiken, besloot hij.

Hij stond op en liep vlak langs de vrouw. Ze glimlachte helemaal niet, en ook dat vond hij prima.

In de telefooncel zocht hij het nummer van het pension waar Findler vroeger had gewoond. Er nam een dienstmeisje op dat, zo moest hij constateren, niet alleen Findlers nieuwe nummer niet wist maar ook geen idee had wie Findler was. Hij vroeg of ze even kon informeren, maar de pensionhoudster die het zou kunnen weten, was afwezig en de rest van het personeel had ook geen idee.

Het telefoongesprek duurde al met al een minuut of tien, en toen hij klaar was liep Silbermann vlug het café weer in, omdat hij nog steeds hoopte dat zijn vrouw inmiddels was gearriveerd, maar helaas was dat niet het geval.

De dame in het groen was intussen vertrokken. Iets waarvan hij vluchtig kennisnam maar wat zijn humeur niet verbeterde.

Het leek alsof het café leger geworden was, en het wachten werd ondraaglijk. Toen zag hij zijn aktetas op de stoel staan en ontzet stelde hij vast dat hij hem daar had achtergelaten toen hij ging telefoneren. Zijn vergeetachtigheid baarde hem grote zorgen, waarop hij de dame in het groen vergat. Terwijl hij angstig naar de andere gasten keek, stopte hij vlug een deel van het geld weer in zijn zakken om te voorkomen dat hij alles in één keer zou kwijtraken.

Inmiddels was het acht uur. Hij bestelde een koude vleesschotel en at met smaak. Maar telkens als de deur openging, schrok hij op en keek hoopvol om, tegelijkertijd rekenend op een nieuwe teleurstelling. Om tien voor half negen was hij klaar met eten en riep hij de kelner om af te rekenen.

Ik ga, besloot hij. Ik moet weten wat er gebeurd is. Toen schoot hem te binnen dat hij om negen uur juffrouw Gersch kon bellen, maar na enige aarzeling ging hij toch. Hij was zo ongeduldig dat hij een taxi nam in plaats van het kleine stukje te lopen.

Voor zijn huis stond de achttienjarige zoon van de portier in

SA-uniform. Toen hij Silbermann zag uitstappen draaide hij zich om en ging snel naar binnen.

Een veeg teken, vond Silbermann. Hij bleef even staan en dacht na. Hoe dan ook, ik moet opschieten en meteen weer vertrekken, concludeerde hij.

Hij liep haastig naar boven en belde een paar keer aan, en omdat hij niemand hoorde komen deed hij zelf open. Vol ontzetting zag hij de glasscherven op de loper en stelde vast dat de grote gangspiegel kapotgeslagen was.

Een visitekaartje van het superieure ras, dacht hij woedend terwijl hij doorliep naar de eetkamer. Daar waren de bezoekers de vorige dag kennelijk niet geweest, want de meubels en ook de kristallen schalen, die voor sterke handen toch verleidelijk moesten zijn, waren onbeschadigd.

'Elfriede!' riep Silbermann en hij schelde om het meisje. Natuurlijk zijn ze er niet, dat vermoedde ik al, dacht hij, en hij riep haar naam nog een keer. Hij deed de deur van de salon open. Hier hadden ze flink huisgehouden. De vloer lag bezaaid met scherven. Te midden van het gebroken servies zag hij de etagère staan.

Silbermann riep nog een keer: 'Elfriede!' Toen besefte hij dat het zinloos was. Ze is er niet, ze hebben haar meegenomen, misschien hebben ze haar wat aangedaan. En ondertussen zat ik in Hamburg, ik heb gegeten, koffiegedronken, wat gepraat, zakengedaan, ik ben overal geweest, alleen niet hier, waar ik had moeten zijn!

Op zoek naar het meisje liep hij naar het achterste deel van de woning, hij riep haar, keek in de keuken en in haar kamer, maar natuurlijk was ze er niet. Natuurlijk niet! Hoe had hij kunnen denken dat alles bij het oude was gebleven en normaal en dat alleen de telefoon het niet deed?

'Ik heb het laten afweten,' kreunde hij, terwijl hij naar de slaapkamer en de kleedkamer liep. 'Dat optimisme van me is alleen maar lafheid! Was ik maar eerder teruggekomen in plaats van met Becker te gaan praten, alsof ik me niet daarna had kunnen laten bedriegen. Wat heb ik aan die eenenveertigduizend mark!'

Hij keek naar de spullen op de vloer, de omvergeworpen tafels en stoelen, de kapotgesneden schilderijen en losgerukte gordijnen. Daarna gaf hij in zijn wanhopige, ongeremde woede zo'n trap tegen de stapel boeken voor de boekenkast dat ze door de lucht vlogen. Hij plofte in een leren fauteuil die de vernielzucht had weerstaan en staarde wezenloos naar de grond.

'Dit is het eind van het liedje,' mompelde hij, 'het eind van het liedje.' Hij wist zelf niet wat hij daarmee bedoelde.

Op het tapijt glinsterde iets en hij raapte het op. Het was een partijinsigne, dat een van de indringers moest hebben verloren. Hij bekeek het kleine hakenkruis. 'Moordenaar,' fluisterde hij, 'moordenaar...' en hij stopte het insigne in zijn zak.

'Dit is een bewijs,' zei hij hardop. 'Dit is afdoende bewijs!' Hij voelde in zijn jaszak en omklemde het insigne alsof hij het plat wilde drukken. Daarop haalde hij het weer tevoorschijn en bekeek het opnieuw. Ten slotte stond hij op.

'Ik moet het zeker weten,' zei hij. 'Ik moet het eerst heel zeker weten en dan...' Verder kwam hij niet. Hij zag dat zijn bureau was opengebroken en dat het geld dat hij daarin bewaarde weg was. 'Kijk eens aan,' zei hij, 'kijk eens aan', alsof het hem voldoening schonk. Toen werd hij door wanhoop overvallen.

Was ik maar thuisgebleven, dacht hij opnieuw. Was ik maar hier gebleven! Dan was het niet zo uit de hand gelopen. We zouden met die mensen hebben gepraat, ze geld hebben gegeven. Waar komen ze anders voor? Alleen daarvoor toch? Ik ben nooit politiek actief geweest. Mijn hele leven niet. Ik heb één keer een verboden krant gekocht, maar dat weet niemand.

Opeens kreeg hij een idee. Haastig liep hij naar de eetkamer en tilde de grote Delfts blauwe schaal van het buffet. Daaronder vond hij haar brief. In zijn opwinding beschadigde hij de brief bij het openmaken van de envelop. Hij trok een van de hoge, met houtsnijwerk versierde stoelen naar zich toe, ging zitten en begon te lezen:

Lieve Otto,

Die lieden zijn zo-even pas weggegaan en ze zijn van plan terug te komen. Ik heb meteen de dokter gebeld, want meneer Findler is zwaargewond. Vanavond nog ga ik naar Ernst in Küstrin. Ik weet niet wat ik moet doen, maar hier wil ik geen seconde langer blijven. Het geld uit het bureau heb ik meegenomen. De sleutel geef ik aan mevrouw Fellner en vanuit Küstrin stuur ik een verhuizer om de spullen op te halen. Schrijf me alsjeblieft meteen op het adres van Ernst, maar kom liever niet. In kleine stadjes worden de Joden nog slechter behandeld. Het beste is dat je zo gauw mogelijk naar Eduard gaat!!! Ik kan later nakomen. Schrijf alsjeblieft meteen, want ik maak me ontzettend veel zorgen om je…

Het slot was nauwelijks te ontcijferen.

'Eigenlijk zou ik nu blij moeten zijn,' zei Silbermann zachtjes tegen zichzelf. 'Waarom ben ik dat dan niet?'

In elk geval heeft zij het geld, dacht hij. Waarom hebben die lui het niet gestolen? Inbrekers komen toch om te stelen? Hij schudde zijn hoofd: 'Ik snap het niet. Het is allemaal zo onwezenlijk. Ze komen hier, breken in, jagen de mensen weg. Ze hadden moeten stelen, stelen.'

Hij stond op.

Wat is het toch heerlijk, probeerde hij te denken. 'Alles is in orde,' zei hij vervolgens. 'Het was loos alarm. Ze is veilig. Ik moet naar Eduard, natuurlijk. Als je er goed over nadenkt zou ik moeten dansen van vreugde, wat heb ik een geluk gehad.'

Hij ging weer zitten. Ik controleer nog een keer of ze echt niets hebben gestolen, nam hij zich voor. Daar moet het ze toch om te doen zijn geweest. Haat? Maar die lui kennen me niet eens. En dan zo opeens? Overal op dezelfde dag? Op bevel? Vreemd.

Hij liep door het huis.

Nee, voor zover hij kon zien was er niets gestolen, alleen vernield. De regering weet waarom ze iets doet, dacht hij. Die heeft geld nodig. Maar deze mensen, waarom doen die zoiets? Waarom?

Toen schoot Findler hem te binnen. Arme kerel, dacht hij. Zakendoen met bekenden is niet altijd even makkelijk. Hoewel hij het eigenlijk niet zo netjes vond van zichzelf moest hij glimlachen.

Hij kwam in de slaapkamer en liet zich op zijn bed vallen. Ik moet weg, dacht hij terwijl hij zijn ogen dichtdeed. Ach, wat zou ik hier graag blijven slapen… En nu naar de grens? Dat is te veel voor me. Dat kan ik echt niet. Stiekem de grens over… Hij schudde zijn hoofd bij die gedachte. 'Wat moeten de mensen eigenlijk van me?' vroeg hij toen zachtjes. 'Ik wil gewoon met rust gelaten worden, mijn brood verdienen… De grens! Ik en de grens. Mijn god.'

Hij sprong op.

Het helpt allemaal toch niet, dacht hij. Dit is niet het moment om bij de pakken neer te zitten! Verman je!

Vastberaden en energiek trok hij zijn jasje recht en begon zijn koffer te pakken. Hij stopte er alleen het voor de reis allernoodzakelijkste in en hij werd weer wat optimistischer. Toen hij na een kwartiertje klaar was, liep hij ten afscheid nog eenmaal door zijn huis. Wat een goed en fijn leven hebben we hier gehad, dacht hij, en nu moeten we alles achterlaten en ons oude leven ontvluchten, omdat… omdat…

Hij zuchtte, en overmand door zorgen ging hij weer zitten. Pas door het geklingel van een langsrijdende tram kwam hij weer tot zichzelf.

Uit een zijvak van de boekenkast, verborgen achter een stapel tijdschriften, haalde hij wat documenten tevoorschijn, waaronder zijn militaire paspoort, lidmaatschapskaarten van Joodse verenigingen en een kopie van het eigendomsbewijs van zijn huis.

Hij wierp er een bedroefde blik op. Ooit was het geld waard, dacht hij: zevenduizend mark netto huuropbrengst. Een jaar geleden heb ik met mijn stomme kop het hele huis nog laten schilderen. Dat had ik net zo goed niet kunnen doen.

Maar nu deed hij zijn best om deze droefgeestige gedachten van zich af te zetten. Het is heel simpel, dacht hij: ik ben weer soldaat, ik ben tot vijandige mogendheid verklaard. Het enige wat me te doen staat is mezelf en mijn aktetas door de Duitse en Franse linies zien te krijgen.

Op die manier probeerde hij zijn nieuwe situatie een enigszins ironische en verheven betekenis te geven. Maar hoe origineel zijn gedachten ook waren, zijn humeur werd er niet beter op.

Hij stopte de papieren in zijn aktetas, waar hij zesduizend mark uit haalde om die in zijn koffer te doen. Daarna vroeg hij zich af of hij niet minstens zijn pakken, de bontjas van zijn vrouw en hun avondkleding moest inpakken. Maar daar zag hij van af omdat hij het gevoel had dat hij al te lang in het huis was gebleven.

We verliezen zoveel dat het allemaal niets meer uitmaakt, troostte hij zichzelf. Hij volstond ermee de kastdeuren en de laden op slot te doen en de sleutels mee te nemen. Het belangrijkste ben ik natuurlijk vergeten, dacht hij, terwijl hij met zijn koffer in de hand voor de vijfde of zesde keer door het huis liep. Elfriede zal haar sieraden toch wel hebben meegenomen? Dat had ze me moeten schrijven, nu moet ik... Ik begrijp dat gewoon niet!

Hij was al op de voorste gang, zette zijn koffer neer en liep vlug terug naar de slaapkamer. Hij trok de laatjes van het nachtkastje open maar het enige wat hij vond was een rekening van de melkboer. Toen ging hij naar de kleedkamer, forceerde het deurtje van de kleine huisapotheek omdat hij de sleutel niet kon vinden en zocht naar het kistje dat daar altijd stond. Hij vond het niet en slaakte een zucht van opluchting. Ze heeft alles meegenomen. Natuurlijk: welke vrouw, zelfs als ze in doodsnood verkeert, vergeet nou haar sieraden. Heel goed dat ze eraan gedacht heeft. Mocht mij iets overkomen, dan kan ze er een tijdje van rondkomen. Tot ik in het buitenland vaste grond onder de voeten heb.

Hij trok de deur achter zich dicht. Langzaam en schijnbaar kalm liep hij de trap af.

Was ik maar vast beneden. Zat ik maar vast in de taxi. Hopelijk staat de zoon van de portier niet voor de deur!

Die stond wel voor de deur.

Silbermann nam zijn hoed af, de ander strekte zijn arm.

'Ik ga een paar dagen op reis,' meende Silbermann te moeten uitleggen. 'Zegt u alstublieft tegen uw moeder dat ik haar dankbaar zou zijn als ze een oogje op mijn woning wil houden?' Zijn stem klonk dof en hees.

De jongeman gaf geen antwoord maar keek hem brutaal, zelfs onbeschoft aan, dacht Silbermann.

Hij voelde in zijn zak en haalde een briefje van twintig mark tevoorschijn. 'Wilt u dit aan uw moeder geven? Voor de moeite?'

Maar de jongen leek dit een poging tot omkoping te vinden. Hij draaide zich zwijgend om en liet hem staan om vervolgens buitengewoon waardig naar binnen te gaan.

Silbermann keek hem stomverbaasd na. Dit is iemand die me echt haat, dacht hij pijnlijk getroffen. Hij haalde zijn schouders op en haastte zich naar de dichtstbijzijnde taxistandplaats.

Waar moet ik eigenlijk heen, zei hij bij zichzelf. Je moet toch weten waar je heen wilt? Je hebt een doel nodig. Frankrijk? Ja, dat zou het beste zijn. Maar hoe kom je daar? Via Zwitserland misschien? Alsof je Zwitserland zo makkelijk binnenkomt. Luxemburg? Nee, dat heeft Goldberg vorige week ook geprobeerd. Zonder succes, en hij is jonger dan ik. Als het hem al niet lukt… Waar moet ik heen? Waar kan ik heen?

Ik ben niet opgepakt, ik heb een deel van mijn vermogen weten te redden en ik heb er niets aan. Ondanks alles zit ik gevangen. Voor een Jood is het hele Rijk één groot concentratiekamp.

Had ik maar tijdig een visum geregeld! Maar wie heeft dit zien aankomen? En Eduard, die neemt de tijd. Ik had… Had! Wat heb ik? Een pas met een grote, rode J op de eerste bladzij. En geld, goddank.

Hij liet zich naar station Charlottenburg brengen.

Eerst maar eens een spoorboekje kopen, besloot hij. Daarna zien we wel verder. Ik neem gewoon de eerste de beste trein. Nee, dat kan ook niet. Ik moet eerst weten waar ik heen wil. Ik zal maar richting Frankrijk gaan. Eerst naar het Rijnland. Dan ben ik al dichter bij mijn bestemming. En vannacht slaap ik in de trein.

Ik denk dat ik morgen Eduard nog eens zal bellen. Misschien heeft hij intussen... Niet erg waarschijnlijk, maar ook niet onmogelijk. Dan zou alles legaal kunnen. Op een andere manier gaat het ook niet. Ik ben geen avonturier. Ik ben een zakenman, een onderhandelaar. Deze tijd vergt te veel van me.

Hij was blij dat zijn vrouw voorlopig aan alle narigheid was ontsnapt. Zij heeft haar broer, dacht hij. Dat is mooi! Ik wou dat ik ook iemand had.

Hij gaf zijn koffer af bij het bagagedepot en bestudeerde aandachtig de borden met de vertrektijden van de treinen. Zijn vinger gleed zoekend langs de kolommen. Na een tijdje meende hij de juiste trein te hebben gevonden.

'Aken, elf uur achtenveertig vertrek van Potsdamer Bahnhof,' zei hij bij zichzelf. Aken, overwoog hij, dat ligt in de buurt van België. Ik ga naar Aken! Het kan in elk geval geen kwaad. Als je eenmaal in België bent, zit je zo in Frankrijk. En in Aken kan ik altijd nog de makkelijkste grensovergang zoeken.

Bij de krantenkiosk kocht hij een roman en nadat hij een kaartje eerste klas had gekocht en zijn koffer weer had afgehaald, liep hij naar het perron voor het stadsverkeer. Twee minuten later arriveerde er al een elektrische trein en Silbermann stapte in.

Nadat hij de koffer in het bagagenet had gelegd en zijn aktetas achter zich had neergezet, probeerde hij te ontspannen en tot rust te komen en begon hij het zojuist aangeschafte boek te lezen. Maar ook al was de misdaadroman vlot geschreven en werden er al op de eerste bladzijde twee doden gevonden, ook al was Silbermann normaal gesproken graag bereid zich te laten meeslepen door literaire misdaden en ook al vond hij moorden net zo interessant als bankovervallen en geruststellende arrestaties, toch kon de merkwaardige vondst van de lijken op de brug over de Theems hem niet van zijn zorgen en problemen afleiden. Hij voelde de hele tijd of zijn aktetas er nog stond en vergewiste zich ervan dat zijn koffer er nog lag. Ten slotte legde hij het boek weg.

Ik had toch het tafelzilver in een doos moeten doen, dacht hij. Bovendien schoot hem nu te binnen dat hij ook in het buffet had moeten kijken naar het juwelenkistje van zijn vrouw, want hij herinnerde zich dat ze altijd nieuwe verstopplekken zocht waar mogelijke 'inbrekers' niet zouden zoeken. Ze had het kistje ook al eens achter de borden in de onderste la verborgen. Maar hij stelde zichzelf gerust met de veronderstelling dat ze haar sieraden vast niet vergeten was omdat ze ook aan het geld in het bureau had gedacht.

En wat moet er van mijn zaak terechtkomen, vroeg hij zich af, waarna hij probeerde uit te rekenen hoeveel geld hij alles bij elkaar al had verloren. Maar deze vervelende rekensom onderbrak hij om nogmaals te bedenken hoe hij het geld dat hij had weten te redden Duitsland uit kon krijgen. Ook al controleren ze aan de grens verder niemand, voorspelde hij, mij vast wel, want ik ben veel te zenuwachtig. En eenenveertigduizend mark kun je niet op je lichaam verbergen.

Maar natuurlijk, hij ging toch illegaal de grens over! Had de oude Wurm niet onlangs verteld over twee Joden uit Breslau die waren doodgeschoten toen ze de grens probeerden over te steken? Nee, dat was Löwenstein. Waarom vertelde die zoiets eigenlijk? Alsof je niet allang wist wat er aan de hand was. Trouwens, hij werd nog liever doodgeschoten dan deze toestand te moeten verduren. Maar misschien werd hij wel gearresteerd, en dan wachtten hem concentratiekamp, verbeurdverklaring van zijn hele bezit, tuchthuis... Wat zou er dan van zijn vrouw worden?

Hij vroeg zich af of haar broer haar wel onderdak had gegeven, die was immers ook een nazi. Waarschijnlijk was hij bang dat hij zich met zijn zus zou compromitteren. Maar hij was tenslotte haar broer. Zeven jaar geleden hadden ze, door zich borg te stellen, zijn surseance van betaling weten te voorkomen. Anders was hij finaal failliet gegaan, zo roekeloos was hij. Nou ja. In elk geval staat hij bij me in het krijt, dacht Silbermann.

Hij had zijn bestemming bereikt en stapte uit. Pas toen de trein zich weer in beweging zette, merkte Silbermann dat hij zijn boek had laten liggen. Het maakte hem zenuwachtig. Niet omdat hij naar menselijke maatstaven gerekend nu nooit zou weten onder welke omstandigheden de dubbele moord op de brug over de Theems had plaatsgevonden: de titel was hij natuurlijk vergeten en hij wist alleen nog dat het woord 'geheim' erin voorkwam. Wat hem dwarszat was dat hij zich vandaag al voor de tweede keer op vergeetachtigheid betrapte en dat hij er rekening mee moest houden dat zijn nervositeit hem nog meer en misschien gevoeliger verliezen zou toebrengen.

Terwijl hij naar het perron voor de trein naar Aken liep, bedacht hij dat hij eigenlijk afscheid had moeten nemen van zijn vrouw. Want wat er gebeurd is, lijkt wel een schipbreuk, een vulkaanuitbarsting, een aardbeving op bevel. Ja, de aarde beeft, maar alleen onder Joodse voeten.

Nadat hij de trap was op gelopen en het toegangshekje was gepasseerd, ging hij op een bank op zijn trein zitten wachten. Wat zal ze bang zijn, dacht hij. Ik ga haar meteen schrijven. Het is maar goed dat ze christelijk is, dan zal haar in elk geval niets overkomen. Als ik me daar ook nog zorgen om moet maken, maar dat doe ik evengoed wel. Nu schoot hem ook te binnen dat hij zijn zus geen gedag had gezegd en ook niet meer had gevraagd naar het lot van zijn zwager Günther. Terwijl ik een echte familieman ben, dacht hij verbaasd. Uiteindelijk zijn we gewoon onverbeterlijke egoïsten.

Ook nu had hij niet de geringste neiging zijn zus nog eens te bellen. Veel te deprimerend, dacht hij. We zullen eindeloos praten, zij kan mij en ik kan haar niet helpen, en uiteindelijk verlammen we elkaar. Waar is dat goed voor? Het is zo al moeilijk genoeg. Morgen ga ik haar schrijven en zal ik haar geld sturen. Dat zal ze ook gauw genoeg nodig hebben, want Günther krijgt nu natuurlijk ook geen pensioen meer, of ze moet zijn eten in het concentratiekamp betalen. Eigenlijk heb ik het nog goed getroffen, dacht hij met een zucht.

Misschien moet ik het geld verdelen en tienduizend mark voor Elfriede achterlaten. Wie weet hoelang ze nog in het land moet blijven. Maar dan pakken ze het haar uiteindelijk toch af, of Ernst praat het los voor een van zijn zakelijke luchtkastelen. Bovendien zou het goed zijn als ze me de komende dagen achternakomt. Als ik eenmaal in het buitenland ben zal ik ervoor zorgen dat ze toestemming krijgt om ook te komen. Zolang ze in Duitsland woont heb ik geen uur rust. De mensen zullen me wel helpen. Iedereen begrijpt dat toch! Ik krijg binnen een week voor elkaar waar Eduard zijn leven lang niet in slaagt.

Maar als ik hier geld voor haar achterlaat, gaat ze proberen om het zelf over de grens te smokkelen, en daar is ze nog minder goed in dan ik. Ach, je kunt alles alleen maar fout doen. Het is allemaal oneerlijk, zo oneerlijk! Zelfs als het me lukt het geld naar het buitenland te krijgen, is het niet uitgesloten dat ze haar als gijzelaar vasthouden tot ik me met mijn geld kom melden. Misschien sleur ik haar mee het ongeluk in. Het beste kan ik nog in Aken of Dortmund afwachten wat er de komende dagen gebeurt of later naar Berlijn teruggaan en proberen een visum te bemachtigen. Maar ook dat is volkomen kansloos.

Hij voelde zich zo machteloos dat hij, toen de trein binnenreed, volkomen ongeïnteresseerd op zijn bank bleef zitten.

Wat moet ik doen, vroeg hij zich af. Wat kan ik eigenlijk nog doen? Je kunt alleen stommiteiten begaan. Maar op het perron kon hij natuurlijk ook niet blijven, en in de hoop in de trein in elk geval een beetje te kunnen slapen, stapte hij toch maar in.

Hij reisde eerste klas, omdat hij van mening was dat hij daar het minst last zou hebben van argwaan en de mogelijke gevolgen daarvan.

Nadat hij een paar niet al te drukke coupés had gezien, nam hij plaats in een lege rookcoupé. Hij ging zitten en deed zijn ogen dicht. Slapen, alleen nog maar slapen...

Hij had geen kaartje voor de slaapwagen durven kopen. Als je diep slaapt, ben je hulpeloos aan anderen overgeleverd, had hij gedacht. Na een paar minuten ging de deur van zijn compartiment open en een zeer onderdanige hoofdconducteur wees twee heren hun plaats aan.

'Heil Hitler!' klonk het opgewekt.

'Heil Hitler,' beantwoordde Silbermann hun groet. Hij was uit zijn halfslaap ontwaakt en kon zich met moeite beheersen. Zijn gezicht was vertrokken van schrik en hij draaide zich vlug naar het raam zodat ze dat niet zagen. Het waren geen leden van de geheime politie, zoals hij eerst vermoedde, maar gewone passagiers.

'Hebt u gezien,' informeerde de een, 'dat de hele eerste klas vol zit met Joden? Half Israël is op pad.'

'O ja?' vroeg de ander verrast. 'Echt? Is me helemaal niet opgevallen.'

Silbermann begon zich zeer ongemakkelijk te voelen.

'Misschien verbeeld ik het me maar,' ging de man die de opmerking had gemaakt verder. 'Vanochtend heb ik er in de trein uit München in elk geval minstens twintig geteld.'

'Wat zouden die lui van plan zijn?' vroeg zijn metgezel ongeïnteresseerd. 'Hebt u de stukken? Dan kan ik ze nog een keer doorlezen.' De andere man zocht in zijn jaszakken en haalde ten slotte een handgeschreven document tevoorschijn dat hij zijn superieur – zo leidde Silbermann uit hun gedrag af – overhandigde, die het met een zeker genoegen begon te lezen.

'Is alles goed voorbereid?' vroeg hij daarna, terwijl hij het concept doorbladerde. 'Worden we van het station afgehaald? Is de pers voldoende geïnformeerd? Hebt u een fatsoenlijke foto van me? In de *Kölnische Illustrierte* stond onlangs een foto waarop ik eruitzie als een oude man. Zorgt u er alstublieft voor dat ze niet voortijdig een bejaarde van me maken.'

De andere man begon ijverig foto's uit zijn tas te halen en gaf ze hem. Zijn superieur bekeek ze.

'Deze foto kan absoluut niet. Daar heb ik nog een snor. Mijn hemel... Ja, deze gaat wel. Neemt u die maar.'

'Heel goed,' was het instemmende antwoord, 'die zou ik ook nemen. Alleen al vanwege het SA-uniform.'

Zijn baas las verder. 'Het moet nog een keer overgeschreven worden,' zei hij na een tijdje. De trein had zich inmiddels in beweging gezet. 'In plaats van "de ontzaglijke Europese opdracht van het nieuwe Rijk" staat hier "Europese missie". Dit soort buitenlandse woorden moet worden uitgeroeid. In plaats van het woord "cultuur" zet u, wacht even... Ik had toch een term gevonden. Wat was het ook alweer?'

'Grote geesten?' haastte de ander zich te zeggen.

'Natuurlijk niet! Denkt u alstublieft na.'

'Stimulering van het volk?'

'Nee!'

'Gemeenschapszin?'

'Dat is niet van mij! Ik had een nieuwe term gevonden. U weet het toch nog wel!'

Silbermann stond op en liep het compartiment uit. Hij vergat niet zijn aktetas mee te nemen.

Die lange dunne ken ik ergens van, dacht hij en hij meende zich te herinneren al eens een foto van hem te hebben gezien, maar hij kon niet op zijn naam komen. Nu betreurde hij dat hij uit ergernis was weggelopen. Ik had moeten blijven luisteren, dacht hij, en hij piekerde over welk nieuw woord de man dan wel voor 'cultuur' zou hebben bedacht. Hij ging terug naar zijn coupé.

Maar ze hadden het vergeten woord weer gevonden of de vermoedelijke schrijver had het zoeken opgegeven. Misschien had hij het probleem opgelost door het begrip 'cultuur' gewoon weg te laten. In elk geval zwegen ze nu allebei.

Tien minuten later verscheen de hoofdconducteur weer, hij opende de deur en zei onderdanig: 'Alles is gereed.' De twee mannen stonden op, pakten hun bagage en, na Silbermann vriendelijk te hebben gegroet, verlieten ze de coupé. Ze hadden hier natuurlijk alleen zitten wachten tot hun bedden waren opgemaakt.

Silbermann was heel tevreden dat hij alleen was. Hij trok de gordijntjes dicht, spreidde een krant uit op de plaats waar hij zijn voeten wilde neerleggen en strekte zich uit. De hele eerste klas zit vol Joden, dacht hij nog terwijl hij in slaap viel. Als dat maar goed gaat... Hij sliep niet erg vast en schrok vaak wakker, keek dan verschrikt en verbaasd om zich heen in de coupé, waar hij het licht had aangelaten, en sliep daarna gewoon door.

De trein stopte en reed weer door. De deuren werden opengeschoven en een man kwam naar binnen. Silbermann, die door het optrekken van de trein wakker was geworden en weer rechtop was gaan zitten, zag meteen dat hij niet al te goedgekleed en behoorlijk van streek was. Ook maakte hij niet de indruk normaliter eerste klas te reizen. De man nam beleefd zijn hoed voor Silbermann af en ging tegenover hem bij het raam zitten.

'Het spijt me. Ik heb u toch niet wakker gemaakt?' zei hij bijna onderdanig. 'Slaapt u rustig door. Ik maak het me ook gemakkelijk.'

Hij trok zijn jasje uit, hing het zorgvuldig aan een haakje, zette de hoed die hij na zijn groet weer had opgezet af, en legde hem in het bagagenet.

Silbermann geeuwde. 'Ik ben alweer een beetje uitgerust,' zei hij en hij haalde onderwijl zijn sigaretten uit zijn zak. 'Rookt u?'

De man nam een sigaret en bedankte hem. Onwillekeurig keek Silbermann naar zijn hand. Die was rood, zat vol kloven en sommige nagels waren gescheurd en weer slecht aangegroeid. Nu pas viel het Silbermann op dat de man geen koffer bij zich had.

Misschien is het een boef die achternagezeten wordt, dacht hij even. Toen keek hij eens goed naar de rode wangen en het angstige gezicht van de man tegenover hem, en bij het zien van diens bruine ogen vermoedde hij dat hij te maken had met een Joodse ambachtsman die op de vlucht was. Het leek hem onwaarschijnlijk dat de al wat oudere en nogal kleinburgerlijk uitziende man een oplichter was, maar toch wilde Silbermann het zekere voor het onzekere nemen.

'Zware tijden,' zei hij, de woorden rekkend.

De man bekeek hem argwanend.

'Zeker,' beaamde hij ernstig, om er voor de zekerheid en om zijn instemming wat af te zwakken meteen aan toe te voegen: ''t Is maar hoe je het bekijkt.'

'Reist u voor zaken?' informeerde Silbermann beleefd.

De man krabde onder zijn enkel aan zijn voet en boog daarbij zo ver voorover dat zijn gezicht niet te zien was. 'Ja,' mompelde hij. Toen richtte hij zich op en zonder Silbermann aan te kijken zei hij: 'Welterusten dan maar.'

'Welterusten,' antwoordde Silbermann.

'Zal ik het licht uitdoen?'

'Wat mij betreft mag het aan blijven.'

'Wat mij betreft ook.'

Ze zwegen een paar minuten tot de man tegenover hem zachtjes vroeg, alsof hij bang was dat Silbermann al sliep: 'Hoe laat denkt u dat de trein in Aken aankomt?'

'Om een uur of twaalf,' antwoordde Silbermann, onwillekeurig ook fluisterend.

'Hartelijk dank.'

Weer verstreken er een paar minuten. Toen vroeg Silbermann of hij er bezwaar tegen had dat hij de deur naar de gang opendeed om de rook eruit te laten.

Als op bevel sprong de man gedienstig op. 'Graag,' zei hij en hij schoof de deur zo'n tien centimeter open. Hij ging weer zitten en vroeg, iets moediger nu: 'Gaat u naar het buitenland?'

'Nee,' antwoordde Silbermann. 'En u?'

'Ik ook niet,' zei de man vlug. 'Ik ben onderweg voor zaken,' voegde hij eraan toe, alsof hij Silbermanns vraag en zijn eigen antwoord al vergeten was en alsof je voor een zakenreis per definitie niet de grens over ging.

'Natuurlijk,' zei Silbermann en hij probeerde tevergeefs de blik van de man, die met zijn gezicht naar hem toe zat, vast te houden. 'Waar doet u in, als ik vragen mag?'

Ik maak hem bang, dacht Silbermann. Maar ik wil per se weten hoe het zit! Als deze man geen vluchteling is, dan is hij een misdadiger. En ik kan niet met een misdadiger in dezelfde coupé slapen. Alles wat ik heb zit tenslotte in mijn tas.

'In meubels,' zei de man snel. Te snel vond Silbermann, die op zijn beurt argwanend was geworden.

'Hebt u een goede vertegenwoordiging?' vroeg hij.

'Ja, ja,' zei de man terwijl hij uit het raam keek.

'Ik dacht al dat u zelf de baas was...'

De man keek hem nerveus aan. 'Wat dacht u?' vroeg hij.

'Nou, dat dacht ik, omdat u eerste klas reist. De meeste vertegenwoordigers kunnen zich dat niet permitteren. U moet wel heel goede zaken doen.'

Ik lijk wel een rechter-commissaris, dacht Silbermann. De situatie had net zo goed omgekeerd kunnen zijn! Maar hij voelde dat hij nu de sterkste was, en was vastbesloten geen mededogen te hebben en alles over de man aan de weet te komen.

'Normaal gesproken reis ik ook tweede klas,' antwoordde de man alsof hij iets uit te leggen had. 'Maar ze zeiden dat er in de tweede niets meer vrij was. Daarom reis ik eerste.'

Zo praat je jezelf klem, dacht Silbermann. Als de man fantasie had zou hij me deze onzin toch niet voortoveren. In de tweede klas is plaats genoeg. Waarom geeft hij eigenlijk antwoord op mijn vragen? Waarom liegt hij? Waarom legt hij iets waarschijnlijks zodanig uit dat het onwaarschijnlijk wordt? Hij is geen schurk, daar is hij te onhandig voor. Alleen mensen die altijd de waarheid vertellen praten op deze manier hun mond voorbij als ze moeten liegen. Een Joodse ambachtsman, natuurlijk, mijn eerste indruk was juist!

Silbermann keek hem strak aan. 'Bent u Joods?' vroeg hij zachtjes.

'Waarom denkt u dat?' vroeg de man op zijn beurt, hij was helemaal van slag en het was hem aan te zien hoe graag hij zou zijn opgestaan om zich aan dit verhoor te onttrekken. Maar daarvoor ontbrak hem waarschijnlijk de moed.

'Dus u bent Joods! Hebt u een reisdoel? Weet u waar u naartoe wilt?'

De man zweeg even, toen vroeg hij nog eens: 'Waaruit maakt u op dat ik een Jood ben? Zie ik er zo uit?'

'Niet per se,' zei Silbermann, nu volkomen zeker van zijn zaak en stiekem trots op zijn psychologische kwaliteiten. Hij was zo overtuigd van de juistheid van zijn veronderstelling dat hij gerustgesteld was en aanstalten maakte weer te gaan liggen.

Dit gedrag, dat niets kwaads kon betekenen, leek de man tegenover hem aan te moedigen. 'Ze hebben mijn zaak overvallen,' begon hij fluisterend. Toen sprong hij op om de deur dicht te doen, ook al was de gang leeg. 'Ik had een meubelmakerij,' vervolgde hij, toen hield hij op en vroeg: 'Maar vertelt u me alsjeblieft hoe u erbij komt dat ik Joods ben? U bent zelf toch geen Jood?' Hoop en angst klonken door in deze onvermijdelijke wedervraag.

'U maakte een nogal zenuwachtige indruk,' zei Silbermann.

'Bent u ariër?' vroeg de man nog eens. Omdat zijn eerdere vraag niet was beantwoord dacht hij wellicht een lotgenoot te hebben gevonden.

'Ik ben ook Joods,' verklaarde Silbermann.

'Goddank,' zei de ander opgelucht.

'Waar gaat u heen?' vroeg Silbermann.

Nu was het de beurt aan de ander om wantrouwig te worden.

'Ik ga nergens heen,' verklaarde hij ontwijkend. 'Ik ben gewoon op reis. Ze hebben me aangeraden eerste klas te reizen omdat het veiliger zou zijn, maar dat was geen goed advies. Ik begrijp het wel, hier val ik op. Morgen ga ik terug naar Maagdenburg. Tegen die tijd zal alles wel weer rustig zijn.'

'Gaat u niet naar het buitenland?' vroeg Silbermann.

'Nee, nee,' haastte de man zich te zeggen. 'Ik blijf in Duitsland. Ondanks alles ben ik toch Duitser!'

'Welterusten,' zei Silbermann.

Even had hij gehoopt dat de man hem misschien een nuttige tip zou geven, maar hij realiseerde zich dat hij niet om vertrouwen kon vragen zonder zelf vertrouwen te schenken, en daar voelde hij niet veel voor. Hij probeerde te slapen, maar na een paar minuten begon de man weer te praten.

'Hebt u uw geld in veiligheid gebracht?' vroeg hij zachtjes.

Silbermann mompelde iets onverstaanbaars.

'Want als u geld had,' zei de man, 'zou het een stuk makkelijker zijn...'

'Wat zou makkelijker zijn?' Silbermann ging belangstellend rechtop zitten en stak een sigaret op.

'Nou... gewoon...' zei de man aarzelend.

'Ik begrijp u niet helemaal,' zei Silbermann, die hem heel goed begreep en daardoor nieuwe hoop kreeg.

'Ik heb maar honderd mark meegenomen. Daarmee kom je niet in het buitenland. Als je dat al zou willen.'

'Wilt u dan naar het buitenland?'

'U wel?'

'Misschien. Weet u een manier?'

'We kennen elkaar helemaal niet. Ik bedoel, zelfs al wist ik een manier ... Begrijpt u wat ik bedoel?'

Silbermann tikte de as van zijn sigaret. 'Eerst moet ik weten waar het om gaat,' zei hij zakelijk. 'De rest komt vanzelf.'

De man dacht na en keek Silbermann weifelend aan. Hij aarzelde nog, maar zag in dat zijn gesprekspartner pas open kaart zou spelen als hij dat zelf eerst deed.

'Ik heb een adres gekregen. Daar moet iemand zitten die iets kan doen. Maar hij vraagt nogal veel geld, heb ik gehoord. Bovendien is het een nazi.'

'Maar u denkt dat er op zich een kans is via die man naar het buitenland te gaan? Of het voor mij iets is, weet ik natuurlijk niet, maar in het algemeen interesseert het me wel.'

'Ze zeggen dat hij je voor de grens alles afneemt wat je aan waardevols bij je hebt. Je geeft je op genade of ongenade aan hem over, maar hij brengt je wel naar het buitenland!'

'En wie is die "hij"?'

'Dat weet ik zelf niet precies, en bovendien, zoals ik al zei, ik ken u ook helemaal niet...'

Silbermann knikte. 'Dat is waar,' gaf hij toe, 'ik zou natuurlijk probleemloos kunnen bewijzen wie ik ben en ook dat ik een Jood ben, maar ik weet niet...'

'Wat weet u niet?'

'Of het zin heeft.'

'O,' zei de man ijverig, en het was hem aan te zien dat hij, nu hij zoveel had prijsgegeven, ook van zijn kant een bewijs van vertrouwen nodig had. 'We kunnen elkaar vast helpen. U hebt geld en ik weet een manier, maar zonder geld gaat het niet. We kunnen elkaar aanvullen.'

'Maar als je, zoals u zegt, aan de grens kaalgeplukt wordt, lijkt die man me niet erg aantrekkelijk.'

'Hebt u dan zoveel geld bij u?'

'Nee, absoluut niet.'

'Ik heb u alles verteld. Maar u vertelt mij niets! Vertrouwt u me niet?'

'Dat wel, maar zoals u zelf al heel terecht opmerkte: we kennen elkaar niet, en het is maar de vraag of we elkaar van dienst kunnen zijn als we elkaar wel beter zouden kennen.'

'Mijn naam is Lilienfeld. Robert Lilienfeld.'

'Silbermann.'

Lilienfeld trok de stoute schoenen aan. 'Het zit zo, meneer Silbermann, ik vertrouw u, al was het maar omdat ik u absoluut nodig heb. Luister: we kunnen allebei in Dortmund uitstappen en samen naar die man gaan. Omdat u hem via mij leert kennen, betaalt u ook voor mij.'

'Dat kunnen we doen. Ik zal u het geld geven. Maar u moet zelf betalen.'

'Akkoord.'

'En stel dat ik nog wat geld heb dat snel nagestuurd kan worden, weet u dan hoe je dat moet regelen?'

'U mag niets meenemen,' bezwoer Lilienfeld. 'U mag in geen geval meer dan tien mark bij u hebben. Anders kan het gebeuren dat we als we gesnapt worden allemaal worden opgepakt voor deviezensmokkel. Bovendien heb ik u al verteld dat je er rekening mee moet houden dat de man je voor de grens fouilleert. In het beste geval pakt hij uw geld af.'

'U weet niet hoe je op een andere manier...'

'Geen idee! Vertel hem alleen niet dat u geld hebt en neem onder geen beding iets mee. Ook geen waardevolle spullen!'

'Maar...'

'Je mag blij zijn als je het er levend vanaf brengt.'

'Maar ook in het buitenland kun je niet leven als je niets hebt. Je hebt geld nodig! Of denkt u soms dat Joden daar gratis te eten krijgen?'

'Ik vind wel werk,' zei Lilienfeld hoopvol.

'Voor zover ik weet mogen emigranten niet werken zonder speciale vergunning, en eer u die hebt bent u allang verhongerd.'

'We zullen zien.'

'Nee,' zei Silbermann vastbesloten, 'voor mij is dat niet aan de orde.'

Lilienfeld sprong op. 'En hoe moet ik die man dan betalen?' vroeg hij opgewonden. 'Ik heb tweehonderd mark nodig. Mijn leven hangt van die tweehonderd mark af. Was ik maar in de derde klas gaan zitten...'

'Windt u zich niet zo op,' onderbrak Silbermann hem geïrriteerd. 'Die tweehonderd mark krijgt u. Maar in ruil daarvoor geeft u me het adres van die man, misschien komt het me later van pas.'

Lilienfeld scheurde een bladzijde uit zijn notitieboekje en schreef in grote hanenpoten de naam en het adres op. Hij leek Silbermann echt te vertrouwen. In elk geval gaf hij hem het briefje, hoewel hij het geld voor zijn bemiddeling nog niet had gekregen.

'Hermann Dinkelberg, Bismarckstraße 23,' las Silbermann met gedempte stem. 'Is dat voldoende?' vroeg hij, 'of moet ik zeggen dat ik door iemand gestuurd ben?'

'Dat hoeft niet. U zegt alleen dat u naar het buitenland wilt, en als hij vraagt hoeveel geld u hebt zegt u: tweehonderd mark. U kunt het hem meteen geven, want hij krijgt u zeker de grens over!'

Silbermann stopte het briefje in zijn portefeuille en overhandigde Lilienfeld drie briefjes van honderd mark.

'Misschien hebt u nog wat meer geld nodig,' veronderstelde hij. 'Als dat niet zo is, kunt u me die honderd mark ooit teruggeven.'

'Nee, nee,' zei de meubelmaker afwijzend, 'ik heb precies tweehonderd mark nodig. Wat moet ik met de rest? Morgenmiddag ben ik weg uit Duitsland. Straks kan ik er geen afstand van doen en probeer ik het mee te nemen, en dan kost het me de kop. Het is heel genereus van u en heel goedbedoeld, hartelijk dank, maar houdt u het liever zelf.'

Hij gaf hem het te veel gegeven biljet terug.

'Dit heb ik van mijn leven nog niet meegemaakt,' zei Silbermann hoofdschuddend.

'Ik ook niet! Maar laten we nu proberen een beetje te slapen. Ik heb morgen een zware wandeling voor de boeg. Ik ben wel heel blij dat ik u ontmoet heb. Een geluk bij een ongeluk.'

'Anders zou het ongeluk ook niet zo lang duren,' meende Silbermann pessimistisch.

'Je moet nooit wanhopen,' antwoordde Lilienfeld terwijl hij bedachtzaam over zijn portefeuille streek. 'Kijk maar wat mij is overkomen.'

'U bent ook te benijden! U kunt gaan en staan waar u wilt. Maar ik moet mijn geld meeslepen. Dat is in deze omstandigheden een blok aan mijn been.'

'Dan laat u het toch gewoon in Duitsland!'

'En waar moet ik dan in het buitenland van leven?'

'Gewoon, werken!'

'Ik heb mijn hele leven gewerkt, beste vriend. Ik ben zakenman, en bij een zakenman hoort kapitaal. Een ambachtsman heeft het tegenwoordig echt beter.'

'Daarginds moet u van voren af aan beginnen.'

'Makkelijker gezegd dan gedaan. Ik ben niet jong meer, en ik heb een vrouw en zoon voor wie ik moet zorgen.'

'Ja, ja,' zei Lilienfeld, 'het is vreselijk...' Hij zuchtte bijna tevreden.

Silbermann besefte dat hij niet snel weer in slaap zou vallen. Hij schoof de gordijntjes van het raam open en zag de bleke ochtendschemering, hij keek een tijdje naar het landschap, de kale akkers, kleine bosjes, verspreid staande huizen, het monotone schilderij van het platteland in de herfst. Hij strekte zich even en deed toen het lampje uit, want het was al licht genoeg.

'Hoe laat is het?' vroeg hij aan zijn reisgenoot, die ook nog niet sliep en zijn grote bruine ogen op Silbermann gericht hield en al diens bewegingen met slaperige belangstelling volgde.

'Halfzeven,' antwoordde Lilienfeld.

'Ik ben doodop, maar slapen kan ik niet,' zei Silbermann. 'Ik heb een gevoel in mijn buik alsof me een ramp te wachten staat.'

'Dat komt omdat u nog geen koffie hebt gedronken,' meende Lilienfeld en hij draaide zich om om verder te slapen.

Silbermann keek weer uit het raam. Ik ben hier eerder geweest, dacht hij. Indertijd toen we op huwelijksreis waren. Ter afleiding probeerde hij zich die tijd en de omstandigheden weer voor de geest te halen. Hij was toen net tot onderofficier bevorderd en had acht dagen verlof gekregen om te trouwen. De voorbereidingen van het huwelijk hadden vijf dagen gekost. Pas op de avond van de zesde dag waren ze vertrokken. Hij herinnerde zich alle details nog goed en wist zelfs nog wat zijn vrouw tijdens de reis had gedragen en hoe ze er toen uitzag. Ze was erg opgewonden geweest. Nooit had hij haar zo vaak zien lachen en huilen als tijdens die reis. Ze hadden zich aan elkaar vastgeklampt, wat erg krampachtig was geweest, vond hij nu.

Maar de omstandigheden waren niet erg gunstig voor een onschuldige huwelijksreis, want het was oorlog.

Wat een fantastische plannen had Elfriede gesmeed! Ze wilde hem niet naar het front laten terugkeren, maar met hem naar Zwitserland vluchten. Ze wist natuurlijk best dat dat onmogelijk was, maar wilde juist tegengesproken en getroost worden. Hij beloofde dat de oorlog niet lang meer zou duren, waarop ze had gesnikt en gezegd: wel waar. Wat hem ertoe gebracht had uit te leggen waarom de vijanden van Duitsland juist op dat moment de instorting nabij waren en dat ze in hun ondergrondse schuilplaatsen relatief veilig waren.

Ten slotte geloofde ze hem, en toen werd het toch nog heel fijn, maar elke gelukkige minuut werd bedorven door haar verlatingsangst. Op het laatst praatten ze, alsof het was afgesproken, alleen nog over de resterende twee dagen, over wat ze gingen doen en vervolgens toch niet deden, omdat het huwelijk belangrijker was geweest dan de reis.

We waren zo gelukkig en ongelukkig tegelijk dat we het verschil niet zagen, dacht Silbermann nu, zo hevig waren onze emoties, ze liepen gewoon in elkaar over.

De laatste dag was een kwelling geweest, en ten slotte hadden ze alleen nog maar zitten wachten op het moment van afscheid. Terugblikkend vond Silbermann het niet meer zo verschrikkelijk, ze waren jong en geloofden in de toekomst, en ondanks alles was het hun gelukt in het moment te leven.

Wat was ik gelukkig, dacht Silbermann, en hij was een beetje jaloers op zichzelf.

Hij ging de coupé uit om een stukje door het gangpad te lopen, kwam terug, ging weer zitten en keek naar de meubelmaker die in slaap was gevallen en zich nu onrustig bewoog tot hij uiteindelijk wakker werd. Voor hij zijn ogen opende tastte hij naar zijn borstzak waar het geld en misschien ook zijn paspoort zat.

'Zijn we al bijna in Dortmund?' vroeg hij zachtjes.

'Dat duurt nog een hele tijd,' zei Silbermann. 'Slaap rustig door.'

Maar Lilienfeld ging rechtop zitten. 'Ik weet het niet, ik ben zo onrustig,' zei hij. 'Ik heb zo'n raar gevoel. Misschien heb ik een borrel nodig. Die klopjacht is gewoon te veel voor me. Anders heb ik om deze tijd de zaak al aangeveegd en het rolluik opgehaald. Mijn gezel heb ik moeten ontslaan omdat de zaken zo slecht gingen en de leerling kwam pas om acht uur. Die was me toch onhandig!' Hij keek Silbermann aan. 'Ik praat te veel, niet?'

'Ach,' antwoordde Silbermann, 'gaat uw gang, het doet me goed naar u te luisteren.'

'Ik heb die jongen wel honderd keer gezegd dat hij zijn hand niet op het werkblad moest leggen als hij aan het schaven is. En wat denkt u? Uiteindelijk schiet dat ding natuurlijk een keer uit. Een hele maand kon dat jong alleen een beetje rondhangen, werken kon hij niet. Maar al zeg je honderd keer hetzelfde, luisteren, ho maar! Verder was het een brave jongen. Ik ben benieuwd of hij een nieuwe leerplaats vindt. Ik moet hem nog een getuigschrift sturen. Toen ik vertelde dat ik wegging, wou hij mee. Hij is namelijk ook Joods... Ik ben ontzettend onrustig, weet u. Ik heb over de oorlog gedroomd, voor het eerst sinds tijden. Ik hing in het prikkeldraad en rilde van de kou. Een afschuwelijk gevoel, dat kan ik u wel vertellen.'

'Ik heb daarnet de verwarming uitgedaan,' zei Silbermann. 'Overigens moet ik de laatste tijd ook steeds aan de oorlog denken. Geen wonder.'

'Kunnen we niet beter in de tweede klas gaan zitten?' vroeg Lilienfeld. 'Misschien zijn we daar veiliger?'

'En als de conducteur komt en u hebt een kaartje eerste klas maakt u zich pas echt verdacht!'

'Maar tussen een heleboel andere mensen zit je altijd het rustigst. Ik tenminste wel. Zouden er geheim agenten in de trein zitten?'

'Ik weet het niet.'

'Misschien kunnen we beter uitstappen en met de volgende trein in de derde klas verder reizen?'

'Wat stelt u zich daarbij voor? Dan bent u ook niet veiliger. Voor je het weet ben je in een gesprek verwikkeld, wat ik u niet toewens, en...'

'... ik heb tenslotte voor de eerste klas betaald,' maakte Lilienfeld zelfverzekerd Silbermanns zin af. 'Ik heb nog nooit van mijn leven eerste klas gezeten. En ik was tot het eind van mijn leven rustig derde klas blijven reizen.' Hij keek bewonderend om zich heen. 'Heel mooi gedaan, deze coupé,' vond hij. 'Maar wel duur! U bent het natuurlijk gewend?'

'Normaal gesproken reis ik tweede klas,' zei Silbermann, en gezien het feit dat Lilienfeld derde reisde, begreep hij zelf niet hoe hij er eigenlijk toe gekomen was al die jaren tweede klas te reizen. '... Ook vanwege mijn zakenvrienden,' voegde hij er haast verontschuldigend aan toe, en tegelijkertijd fronste hij over zijn eigen uitleg verbaasd zijn voorhoofd.

'Jullie hebben het makkelijk,' zei Lilienfeld met enige afgunst in zijn stem. 'Jullie komen uiteindelijk overal mee weg. Bent u eigenlijk miljonair?'

Silbermann moest glimlachen. 'Nee, echt niet.'

'Ik dacht het. Zo ziet u er namelijk uit. Zo rustig. Ik denk dat rijke mensen meestal rustige en rimpelloze gezichten hebben. Vindt u niet?'

'Dat verschilt nogal, zoals je ook allerlei zorgen kunt hebben. Als je de ene niet hebt, dan heb je de andere wel. Ben ik er soms beter aan toe dan u?'

'Nu misschien niet, maar anders wel! Toch gun ik het u. Ik ben niet jaloers. Hoogstens op mijn broer, die zit in Zuid-Amerika. Die heeft het voor elkaar, die is weg uit Duitsland en verdient daar een goede boterham. Maar hij heeft het ook moeilijk gehad. We hebben het nu eenmaal allemaal moeilijk. U vast ook. Ik ben blij dat u rijk bent. Hoe had ik anders aan die tweehonderd mark moeten komen?'

'Ze hebben tweehonderdduizend mark van me gestolen, als ik het huis meereken,' zei Silbermann, meer tegen zichzelf dan tegen de ander.

'Tweehonderdduizend mark,' zuchtte Lilienfeld eerbiedig. 'En ik dacht nog dat ik u die tweehonderd mark niet had moeten vragen, voor niet meer dan een adres. Tweehonderdduizend mark! Hoe zult u zich niet voelen. Ik kan het me zo'n beetje voorstellen. Mijn vijf- of zesduizend mark ben ik ook kwijt, dat was mijn zaak wel waard. Maar goeiemorgen, zoiets moet helemaal verschrikkelijk zijn. Dan was het beter geweest om het nooit te hebben, vind ik. En u wilde me zelfs honderd mark extra geven. Dat betekent dat u een nobel mens bent. Maar misschien denkt u: het maakt toch niets meer uit.'

'Misschien,' zei Silbermann, die een glimlach nauwelijks kon onderdrukken.

'Maar u bedoelde het goed,' besloot Lilienfeld. 'U moet wanhopig zijn als u tweehonderdduizend mark... Ik geloof dat ik me wat zou aandoen.'

Silbermann schudde zijn hoofd. 'De hoogte van het bedrag maakt niet uit,' zei hij. 'Voor u was uw zaak toch...'

'Ja, mijn mooie winkel,' viel Lilienfeld weemoedig in. 'Ik had twee etalages, weet u? Kleine natuurlijk, maar de moeite waard. Ik heb zelfs kerkstoelen gemaakt, ook al ben ik een Jood! Ik krijg trouwens nog driehonderd mark van de Joodse gemeente.' Even leek Lilienfeld in gedachten verzonken. 'Alles weg, in één keer. De ramen kapotgeslagen en de huisbaas heeft de huur van de winkel opgezegd. Ze wilden me ook nog arresteren. Had ik mijn gereedschap maar kunnen inpakken. Alles weg, alles...' Hij zat met zijn ellebogen op zijn knieën en begroef zijn hoofd tussen zijn handen. 'Zelfs mijn zondagse pak kon ik niet meenemen,' zei hij dof.

'Ziet u, ik ben er echt niet slechter aan toe dan u,' pakte Silbermann de draad van het gesprek weer op. 'Of je nu tweehonderdduizend mark verliest of je zaak, zo groot is het verschil niet. Ik heb tenminste nog wat geld weten te redden.'

Lilienfeld keek op. 'Maar nu u zich zelf moet zien te redden zit het u in de weg!' Hij kon het niet hebben dat de ander beklagenswaardiger was dan hijzelf.

'Veiligheid!' zei Silbermann. 'Zonder geld bestaat er geen veiligheid.'

‘Maar dat geld biedt u nu geen veiligheid. Integendeel, het brengt u in gevaar.’

‘Alles heeft nu eenmaal twee kanten,’ gaf Silbermann toe. Toen schoot hij in de lach. ‘Ik vind het wel origineel hoe wij hier medelijden met elkaar zitten te hebben en onszelf wijsmaken dat de ander er slechter aan toe is, alsof dat een troost is.’

‘Ik heb helemaal geen medelijden met u,’ zei Lilienfeld, ‘absoluut niet, nee! U is het altijd voor de wind gegaan, mij niet. Ik heb al heel wat meegemaakt, en daardoor valt het me nu minder zwaar.’

‘Precies,’ zei Silbermann lachend. ‘U hebt het makkelijker.’

‘Daar hoeft u niet om te lachen. Dat is gewoon zo. Ik ben geen tweehonderdduizend mark kwijt en ik hoef ook geen geld over de grens te krijgen. Ik ben zielsblij.’

‘U bent een aardige vent,’ zei Silbermann, een lachje onderdrukkend, ‘echt!’

‘U hebt het altijd goed gehad, toch?’

‘Die vraag is niet zo eenvoudig te beantwoorden. Aan de ene kant hebt u gelijk, maar anderzijds heb ik ook de oorlog meegemaakt.’

‘De oorlog was niet mooi,’ gaf Lilienfeld toe. ‘Maar zo erg was het ook weer niet. Je was altijd met zijn allen! En nu is iedereen alleen. Nu is er niemand meer die orders geeft, geen discipline waar je je aan moet houden. Je moet lopen, maar niemand zegt waarheen. Je staat onder druk, veel erger dan bij de Pruisen. Mooi was het niet, nee. Maar je was soldaat. Een soldaat onder soldaten. Nu ben je een vuile Jood en de anderen zijn ariërs. Zij leven in vrede en wij worden opgejaagd, alleen wij. Dat is het erge! Andere meubelmakers gaan gewoon door met zakendoen. En ik, ik moet weg! Zo is het toch! De oorlog, dat was ook een toestand, maar niet alleen voor ons, niet alleen voor mij! We vormden een gemeenschap. Het ging iedereen aan.’

‘Wees maar blij dat u niet bij die nieuwe gemeenschap hoort. Iets slechters, dommers en gewelddadigers kun je je niet voorstellen. Een goede minderheid is nog altijd beter dan een slechte meerderheid.’

‘Dat zegt u! Maar ik zat in mijn winkel en ik heb ze allemaal voorbij zien trekken, met vlaggen en muziek. Soms kon ik wel huilen, zal ik u zeggen. Het waren allemaal oude bekenden van me. De hele oudstrijdersvereniging, de kaartclub, de vakbond. Allemaal voormalige vrienden, en daar zit je dan in je eentje. Geen mens wil nog wat met je te maken hebben, en als je iemand tegenkomt, kijk je uiteindelijk zelf maar de andere kant op, gewoon om niet te hoeven zien dat hij dat doet. Daardoor durfde ik nergens meer heen. Ik heb altijd gedacht: straks kom je er een tegen, en dan knaagt het weer aan je. Bij de een zat je op school, met de ander heb je samen je leertijd gedaan of aan de stamtafel gezeten, en nu? Nu ben je lucht voor ze, vieze lucht!'

'Maar dat is toch allemaal de schuld van die anderen?'

'Het maakt mij niet uit wiens schuld het is. Ik zat met de ellende. Hoe vaak hebben ze niet "smous" of "Jood" op mijn etalage gekalkt, dat moest ik dan onder het oog van de hele straat weer schoonmaken. Bovendien was het meestal Willi Schröder die dat deed. Tegen zijn vader heb ik ooit geprocedeerd omdat hij niet wou betalen. Ik ben toch niet gek. Het gaat je allemaal niet in je kouwe kleren zitten. Vertelt u me maar eens hoe het verder moet. Dat gevoel raak je nooit meer kwijt. Dat zit er nou eenmaal. Als ik een vrome Jood was zou ik zeggen: het zal me allemaal worst wezen. Maar dat ben ik niet. Ik heb de oorlog meegemaakt, mij hoef je niets wijs te maken!

En je wordt zo overgevoelig. Overal zoek je iets achter. Terwijl je alleen rust wilt en je werk doen. 's Avonds een glas bier drinken en een potje kaarten, net als iedereen. Ze kunnen de pot op met hun beproevingen en hun uitverkoren volk. Daar geef ik niks om. Ik ben een ambachtsman en daar ben ik tevreden mee. En nu moet je toelaten dat ze je behandelen of je een rover of een moordenaar bent. Het ontbreekt er nog maar aan dat ze op je spugen!'

Bedroefd keek Lilienfeld voor zich uit.

'Het komt gewoon omdat wij slimmer zijn,' zei hij toen opgelucht en vol overtuiging. Hij keek alsof hij verwachtte dat Silbermann hem een schouderklopje zou geven en 'De spijker op zijn kop, Lilienfeld' zou zeggen.

Silbermann, die hevig was geraakt door Lilienfelds verhaal, moest glimlachen om de naïeve slotconclusie.

'Ik heb vreselijk veel zin in koffie,' zei Lilienfeld, die bang was dat hij te melancholisch zou worden nu hij zijn hart had uitgestort. 'Op het volgende station stap ik echt uit om een kop koffie en een borrel te drinken, dat ben ik zo gewend. Wanneer gaat de restauratiewagen eigenlijk open?'

'Het zou kunnen dat die pas in Dortmund wordt aangekoppeld. Zullen we door de trein lopen om een kijkje te nemen?'

Ze stonden op en liepen het gangpad in. Voor de coupé naast hen zagen ze een man bij het raam staan. Hij deed beleefd een stapje achteruit de coupé in om plaats voor hen te maken, en ze liepen hem voorbij.

'Hopelijk heeft hij ons niet gehoord,' zei Lilienfeld toen ze buiten gehoorsafstand waren. 'U praatte zo hard. We moeten voorzichtig zijn. De treinen zitten vol spionnen, hebben ze me verteld.'

Ze liepen door de tweedeklaswagons achter de eerste klas waar het gangpad helemaal leeg was, kwamen door twee slaapwagens waar ze alleen een personeelslid tegenkwamen, en bereikten ten slotte een derdeklaswagon. De gang stond vol met rokende, pratende en uit het raam kijkende mensen.

Lilienfeld bleef op het koppelstuk tussen de wagons staan dat onder hun voeten heen en weer bewoog en greep zijn begeleider bij zijn arm.

'Ik ga niet verder,' fluisterde hij. 'Er zijn mij hier te veel christenen.'

'Waar bent u bang voor?' vroeg Silbermann.

'Waarvoor? Gisteren is mijn winkel overvallen. U had moeten meemaken wat ik heb meegemaakt. Dan zou het voor u ook anders zijn.'

'Ach,' zei Silbermann, 'je moet gewoon rustig je gang gaan. Niemand kan aan u zien dat u een Jood bent.'

'Maar u zag het meteen!'

'Alleen omdat u zo onzeker was.'

'Nou, ik ga in elk geval terug,' kondigde Lilienfeld aan. 'Voor een kop koffie hoef ik niet te laten zien hoe dapper ik ben. Dapper zijn is mooi, maar rust hebben is beter.'

'Wat kan er nu gebeuren?'

'Ik weet het niet. Je hoeft maar een bekende tegen te komen en het gaat mis. De kans is klein, maar toch.'

Ze keerden om.

'Ik begrijp u niet,' zei Silbermann onderweg. 'Eerst wilde u nog derde klas reizen om onder de mensen te zijn.'

'Noem het een psychose,' verklaarde Lilienfeld opgelucht. 'Ik beeld me in dat ik een getekende ben. Bovendien meen ik me te herinneren dat de restauratiewagen verboden is voor Joden.'

'Het is ons verboden te leven,' antwoordde Silbermann. 'Wilt u zich daarnaar schikken?'

Pas toen ze hun coupé hadden bereikt begon Lilienfeld weer te praten. 'Soms ben ik helemaal moedeloos,' zei hij, een beetje beschaamd over zijn eigen verklaring. 'Er zijn dagen geweest dat ik mijn zaak niet uit durfde komen. Uit angst dat iemand me lastig zou vallen of beledigen. Ook al gingen de zaken nog zo slecht, ik ben niet eens meer achter opdrachten aangegaan. Weet u, soms heb ik het gevoel dat het nooit meer goed komt, nooit meer.'

'Nou, nou,' deed Silbermann opbeurend, 'uw heerlijke optimisme van daarstraks beviel me een stuk beter. Laat het hoofd niet hangen! In de oorlog hebt u vast wel gevaarlijker situaties meegemaakt. Toen hebt u ook geluk gehad en bent u overal gezond en wel doorheen gekomen. Misschien hebt u volgende week al een betrekking in het buitenland, en dan ligt dit allemaal achter u. Laat de moed niet zakken, mijn beste! Niet opgeven! Altijd uw doel voor ogen houden, dan komt u er vast en zeker! Weltschmerz kunt u zich nu niet permitteren. Pas later, als u dit gaat verwerken, mag u melancholisch worden.'

'U hebt gelijk,' zei Lilienfeld alweer een stuk opgeruimder. 'Als u wilt, gaan we nog een keer.'

Wat is de macht van het woord toch groot, mijmerde Silbermann verbaasd. Doorgaans was hijzelf helemaal niet zo zelfverzekerd als hij Lilienfeld had wijsgemaakt.

'Nee, nee,' zei hij toen. 'We laten het hierbij. Helemaal ongelijk hebt u niet. Er zal zo wel een kelner komen, anders gaan we op het volgende station samen een kop koffie drinken.'

'Zou ik het halen?' vroeg Lilienfeld, nu weer heel bedrukt.

'Wat?'

'Ik bedoel, of ik de grens overkom? Of ik niet opgepakt word? Het kan net zo goed dat ik aan de overkant de politie in de armen loop en teruggestuurd word. Maar dan maak ik er een eind aan.'

'Man,' zei Silbermann met gespeeld optimisme. 'Wees niet zo wankelmoedig! Zulke krankzinnige dingen mogen we niet denken. Lukt het de eerste keer niet, dan de tweede keer. Ik begrijp u niet.'

'Bent u dan helemaal niet bang?' verdedigde Lilienfeld zich.

'Natuurlijk. Zeker wel. Maar ik geef er niet aan toe,' antwoordde Silbermann heel stellig.

Hoofdstuk vijf

Rusteloos drentelde Silbermann door het postkantoor en wachtte op het telefoongesprek dat hij had aangevraagd. Om geen verdenking te wekken probeerde hij er beheerst en goedgehumeurd uit te zien.

Een uur geleden was hij in Aken aangekomen, hij had zijn koffer afgegeven bij het bagagedepot, maar zijn kostbare aktetas, stevig onder de arm geklemd, bij zich gehouden. Nadat Lilienfeld hem in Dortmund met veel bemoedigende woorden had verlaten, had hij voldoende tijd gehad om een lange, uitvoerige brief aan zijn vrouw te schrijven en ook een aan zijn zus, waarbij hij zich tot de belangrijkste mededelingen had beperkt. Bovendien had hij zijn vrouw nog een geruststellend telegram gestuurd.

Ik heb mijn zaakjes tenminste enigszins op orde, dacht Silbermann terwijl hij heen en weer liep, en hij vond het een prettig en geruststellend idee dat hij, ook al had hij niets echt afgehandeld, wel alles in deze brieven had besproken.

Inmiddels wachtte hij al tien minuten op zijn gesprek en langzamerhand begon hij het ergste te vrezen. Zou het kunnen dat zijn zoon niet in het hotel was, of dat er een nieuwe verordening met betrekking tot internationale telefoongesprekken van kracht was? Misschien werd de politie wel ingelicht zodra iemand naar het buitenland wilde bellen. Wat als ze me aanhouden en naar het doel van het gesprek vragen? Misschien fouilleren ze me en vinden ze het geld. Daarmee ben ik in een grensstad meteen verdacht. Waar hebt u hier veertigduizend mark voor nodig, zullen ze vragen, en dan confisqueren ze het geld en sturen ze me naar het concentratiekamp!

Hij ergerde zich aan zijn angst en dacht dat Lilienfeld die had teweeggebracht. Om zijn onbevangenheid te hervinden, begon hij zachtjes te neuriën.

Nu wenkte de beambte hem, wat beslist aardig was. Hij stond weliswaar vlak tegenover hem, maar hij had ook gewichtigdoenerig kunnen roepen: 'Het gesprek naar Parijs!' en dan had iedereen naar hem gekeken.

Silbermann ging naar de telefooncel, nam een sigaret en wilde die net aansteken toen hem te binnen schoot dat hij dan tijdens het gesprek de deur open moest laten staan om de rook te laten wegtrekken. Hij gooide de lucifer pas weg nadat hij zijn vingers had gebrand.

'Hallo,' meldde Eduard zich. 'Vader?'

'Ja, hallo. Hoe gaat het met je? Ik brand net mijn vingers aan een lucifer.'

'Hoe gaat het met jullie? Ik heb me heel erg zorgen gemaakt!'

'Ik ben nu in Aken,' deelde Silbermann veelbetekenend mee. 'Je moeder is in Küstrin bij je oom. Heb je de vergunning nu eindelijk?'

'Nee! Die heb ik niet, zo snel gaat dat niet. En het is ook onwaarschijnlijk dat ik daar op korte termijn in slaag. Ik heb alles geprobeerd, maar… Ik ben heel blij dat jullie… dat het gelukt is… dat ik uw stem hoor.'

'Misschien zul je die niet vaak meer horen.' Met een van pijn vertrokken gezicht wreef Silbermann met zijn gebrande wijsvinger over het koele metaal van het telefoonkastje.

'Maar kunt u niet naar België gaan, vader? Of anders naar Nederland? Daar zou u dan kunnen afwachten.'

'Kansloos. Mijn enige hoop was echt dat jij het op een of andere manier voor elkaar zou krijgen. Maar jij bent de Franse staat niet, dat begrijp ik ook wel. Je hebt vast je uiterste best gedaan.'

'Ik blijf het proberen. Misschien lukt het uiteindelijk. Ik ben blij dat u in Aken bent.'

‘Dat is geen reden om blij te zijn.’ Peinzend bekeek Silbermann zijn gebrande vinger. Het deed ontzettend pijn, wat hem afleidde van zijn misère.

‘Ja, juffrouw, we zijn nog in gesprek... Dus, Eduard, doe je best. Het ga je goed... Ik zal je een paar monsters sturen.’

‘Wat voor monsters?’

‘Nou, gewoon, monsters,’ zei Silbermann met krachtige stem.

‘Maakt u zich geen zorgen, vader. Het gaat hoe dan ook lukken.’

‘Laten we het hopen. Mijn vinger doet pijn, heel vervelend.’

‘U lijkt echt vol vertrouwen, als u...’

‘Onzin. Je kunt tegelijkertijd zorgen én pijn hebben. Je denkt dus dat de kans erg klein is?’

‘Waarop?’

‘De vergunning natuurlijk. Doe toch niet zo stom!’

‘Niet helemaal kansloos, maar...’

‘Al goed. Het is duidelijk dat ik geen hoop moet koesteren, ook al hangt mijn leven ervan af. Tot ziens dan maar!’

‘Tot gauw, vader. Ik zal...’

‘Tot ziens.’

Silbermann ging de telefooncel uit. De pijn in zijn vinger was minder geworden. Een paar meter bij hem vandaan verscheen ineens een man. Ah, dacht hij kalm en bijna onverschillig, nu is het zover, nu word ik gearresteerd!

‘Waar is de uitgang?’ vroeg de man.

‘Daar rechts,’ antwoordde Silbermann zonder aarzelen en zonder precies te weten of het klopte, maar hij wilde zo snel mogelijk van de kraalogen af die hem onderzoekend opnamen.

Hij ging op een bank zitten en werd overvallen door een peilloze moedeloosheid. Het gaat natuurlijk mis, dacht hij. Hoe heb ik ooit kunnen denken dat het zou lukken? Onbegrijpelijk! Hij leunde achterover en staarde versuft en ongeïnteresseerd naar de mensen om hem heen. Daar zit ik nu, dacht hij. In Aken, met veertigduizend mark, eenenveertigduizend zelfs, met bakken met geld zoals het zo mooi heet, maar zonder plan, volslagen doelloos.

Hij verbaasde zich erover dat hij iets anders had verwacht van het telefoongesprek. Misschien had ik er nog een draai aan kunnen geven, dacht hij, maar uitgerekend op dat moment moest ik mijn vinger branden. Hoe heb ik ooit kunnen denken dat hij het voor elkaar zou krijgen? Ik had me beter kunnen laten arresteren, net als alle anderen. In de cel heb je waarschijnlijk meer rust dan wanneer je vrij bent. Daar kun je tenminste uitslapen. Nu sta ik stijf van spanning en op het punt van instorten, ik ren maar wat rond en kom geen stap verder.

Hij stond op en ging buiten naar een krantenkiosk waar hij vier verschillende kranten kocht. Toen liep hij naar een cafeetje, bestelde een glas bier en ging naar het toilet. Daar sloeg hij de net aangeschafte kranten open, haalde vier biljetten van duizend mark uit zijn tas en legde in elke krant een biljet. Vervolgens vouwde hij de kranten weer netjes dicht, stopte ze in zijn tas en liep het café in, hij riep de kelner en betaalde. Bij een kantoorboekhandel kocht hij plakband, waarmee hij de kranten gereedmaakte om ze naar het adres van Eduards huisbaas te sturen. Daarna ging hij terug naar het postkantoor en gaf de zending aan het loket af.

Nadat hij het plan dat tijdens het gesprek met zijn zoon bij hem was opgekomen, listig en zorgvuldig had uitgevoerd, haastte hij zich het postkantoor uit en liep naar het station. Hij besloot naar Dortmund te gaan om daar zijn geluk te beproeven bij Dinkelberg, de door Lilienfeld genoemde mensensmokkelaar. Ditmaal kocht hij een kaartje tweede klas. Hij meende daar nog altijd het veiligst te zijn en de minste aandacht te trekken. De gedachte dat hij kon opvallen was inmiddels bijna een idee-fixe geworden. Voortdurend was hij bezig zo onschuldig mogelijk over te komen, omdat hij het gevoel had dat zijn innerlijke onrust op een of andere manier zichtbaar was.

Zijn trein vertrok al een paar minuten nadat hij een kaartje had gekocht. Er zaten een paar officieren bij hem in de coupé. Hij nam geen nota van hen en luisterde ook niet naar hun gesprek, integendeel, al snel dutte hij in en elke keer als de trein stopte schrok hij wakker, informeerde welk station het was en viel weer in slaap.

'Waar gaat u eigenlijk naartoe?' vroeg de kapitein die naast hem zat ten slotte.

'Naar Dortmund,' antwoordde Silbermann.

'Slaapt u dan maar rustig verder. We wekken u wel als we er zijn.'

'Heel vriendelijk,' zei Silbermann dankbaar.

Heel vriendelijk, dacht hij nog terwijl hij in slaap viel.

Toen ze hem wakker maakten, riep hij verschrikt: 'Mijn tas! Waar is mijn tas?'

De mannen lachten.

'Naast u,' zei de kapitein, een weldoorvoede, tevreden ogende man. 'Hebt u soms uw hele vermogen bij u?'

'Zeker niet,' haastte Silbermann zich te antwoorden. 'Alleen papieren. Maar wel belangrijke papieren.'

'De slapende geheime koerier,' grapte een luitenant.

'Haha,' lachte Silbermann geforceerd. 'Nou, in gezelschap van Duitse officieren kan zelfs een geheim koerier rustig slapen. Maar ik ben zakenman. Hartelijk dank, mijne heren, Heil Hitler.'

Hij ging de coupé uit. Toen hij op het perron stond, hoorde hij een stem roepen: 'Hallo, hallo... meneer de koerier!'

Geschrokken draaide hij zich om.

'U hebt uw koffer laten liggen,' zei de luitenant lachend en hij gaf hem door het raam aan.

Silbermann pakte zijn koffer aan. 'Dank u,' zei hij verontschuldigend, 'ik ben ook zo verstrooid.'

'En dat voor een geheim koerier,' antwoordde de luitenant.

Aardige vent, dacht Silbermann terwijl hij de trein nakeek. Ze bestaan tenminste nog: onbevangen, normale, onschuldige mensen. Dat was ik bijna vergeten. Hij heeft me vast niet voor een Jood aangezien.

Hij pakte zijn koffer op. Ik moet me inderdaad goed concentreren, dacht hij, en hij omklemde krampachtig zijn koffer en zijn aktetas.

Wat ben ik slap en krachteloos, om gek van te worden!

Hij ging naar de Wachtkamer Derde Klasse en hoewel hij daar enigszins de aandacht trok, bestelde hij aan het buffet een glas bier. Hij sloeg het achterover en morste daarbij een beetje op zijn jas. Met zijn zakdoek veegde hij eerst zijn mond af en probeerde daarna het bier op te deppen. Toen bestelde hij nog een glas, dronk het leeg en sloeg vrolijk met vlakke hand op de bar. 'Het zal wel loslopen,' zei hij optimistisch.

'Wat?' vroeg de buffetbediende.

'Doe mij er nog maar een, jongeman,' zei Silbermann energiek.

Vol ondernemingslust keek hij om zich heen. Hij schoof zijn onderkaak wat naar voren en dacht: ik had meteen naar die Dinkelberg moeten gaan. Aan die man hebben we wat, dat is zeker. Het bier werd voor hem neergezet. Hij pakte het glas, nam een slok en zette het met lichte afkeer weer neer.

'Wat ben ik u schuldig?' vroeg hij.

'Een mark twintig.'

Hij betaalde en ging weg. Zijn vertrouwen was vervlogen. Hij had een zure smaak in zijn mond en het voelde alsof hij moest overgeven. Nu schoot hem te binnen dat hij tussen de middag niet had gegeten en hij nam het zichzelf kwalijk dat hij zo dom was geweest bier te drinken op zijn nuchtere maag. In de stationshal begaf hij zich als vanzelfsprekend naar het bagagedepot om zijn koffer in bewaring te geven.

Kon ik maar naar een hotel gaan en tien uur achter elkaar goed slapen, dacht hij verlangend toen hij het station uit liep. Als ze me lieten, zou ik dagenlang kunnen blijven liggen, daar was hij van overtuigd.

Hij bleef voor een hotel staan en overwoog naar binnen te gaan. Nee, dacht hij, dat kan niet! Zo dicht bij het doel mag ik niet opgeven, want het is niet alleen een vlucht, het is ook een wedloop tegen de wanhoop.

Iets later stond hij voor het huis in de Bismarckstraße waar volgens Lilienfeld Dinkelberg moest wonen. Hij belde aan.

Het was slimmer geweest hier samen met de kleine Lilienfeld naartoe te gaan, dacht hij.

Er werd opengedaan.

'Woont hier een zekere meneer Dinkelberg?' informeerde hij.

De oude vrouw die de deur had geopend, schudde haar hoofd.

'Die heeft hier gewoond,' zei ze. 'Ze hebben hem gisteren gearresteerd.' Ze bekeek hem onderzoekend, alsof ze hem voor een handlanger aanzag.

Silbermann kreeg een onbehaaglijk gevoel.

'Ach,' zei hij, 'wat vertelt u me nu! Is hij gearresteerd, wie had dat kunnen denken?'

Hoe gedraag je je in zo'n geval, dacht hij vertwijfeld. Ik zou me zomaar verdacht kunnen maken.

'Ik had al zo'n vermoeden,' zei de oude vrouw. 'Dat kon niet goed gaan. Wat die allemaal uitspookte! Elke dag nam hij iemand anders mee naar zijn kamer, en dan die zuippartijen. Ze hebben hem met z'n vieren opgehaald, vier! Ik heb me altijd afgevraagd waar die man zijn geld vandaan haalde, want werken deed hij niet. Zo'n jonge vent! Hij zal wel iets gestolen hebben.'

'Ah, dus u weet niet waarom hij is gearresteerd?' En Silbermann dacht: een jong iemand, grappig, ik had me iemand van vijftig voorgesteld.

Ze wierp hem een wantrouwige blik toe. 'Hoe moet ik dat weten? Gaat u maar naar de politie en vraag het daar!' Ze smeet de deur dicht.

Verlegen lichtte Silbermann zijn hoed nog en liep toen haastig weg, hij sloeg drie, vier keer een hoek om en bleef ten slotte staan. En daarvoor ben ik naar Dortmund gekomen, dacht hij. Het is of de duvel ermee speelt. Nauwelijks is er een sprankje hoop of... Wat zou er van die kleine Lilienfeld zijn geworden? De arme man moet wanhopig zijn. Nu zit hij in hetzelfde schuitje als ik.

Hij was duizelig en zijn oren suisden een beetje. Ik heb te snel gelopen, dacht hij. Ik moet ergens op adem komen.

Hij ging een restaurant binnen, nam plaats, bestelde iets te eten en vroeg tegen beter weten in opnieuw een telefoongesprek naar Parijs aan. Misschien is er intussen toch iets veranderd, maakte hij zichzelf wijs.

De soep werd opgediend en hij stortte zich erop, maar na een paar lepels had hij het gevoel geen hap meer door zijn keel te kunnen krijgen. Hij stak een sigaret op, liet die vervolgens in de asbak uitgaan en dwong zichzelf zijn bord leeg te eten.

Op de mededeling van de ober dat de verbinding met Parijs er was, sprong hij op en haastte zich handenwringend en fronsend naar de telefoon.

Als het moet, ga ik hem elke dag drie keer bellen, besloot hij. Hij moet net zo weinig rust hebben als ik, dan komt hij vanzelf in actie. Wie in vrede leeft, kan zich bij een oorlog niets voorstellen, dat weten we. Ik zal hem eens goed achter de vodden zitten!

'Hallo,' riep hij. 'Is er nieuws?'

'Maar in die paar uur kan er toch niets van belang zijn gebeurd! Ik heb zojuist een heel invloedrijke man gesproken, hij gaat een goed woordje voor ons doen. Verder ben ik nog een keer naar het ministerie van Buitenlandse Zaken geweest, maar we moeten geduld hebben. U moet bedenken dat er duizenden aanvragen liggen. Iedereen moet wachten. Er is gewoon niets aan te doen.'

Zonder iets te zeggen hing Silbermann op.

'Natuurlijk,' mompelde hij, 'geklets, allemaal geklets.' Moe en onverschillig haalde hij zijn schouders op.

Na het eten ging Silbermann op zoek naar een kamer. Hij had zich in het hoofd gezet dat het makkelijker was een onderkomen te vinden bij een kamerverhuurster dan in een hotel. Bij particulieren, vermoedde hij, moest het mogelijk zijn de meldplicht bij de politie wat uit te stellen.

Voor een huis waar een papiertje op de muur hing met het opschrift GEMEUBILEERDE KAMERS TE HUUR bleef hij staan. Hij ging naar binnen, de portierster verwees hem naar de derde verdieping en enigszins moeizaam liep hij de trappen op. SUSIG stond er op het naambordje naast de deur. Silbermann belde aan en een oude man op vilten pantoffels en in een met galons afgezette kamerjas deed open.

Hij nam Silbermann van top tot teen op, nam toen de pijp uit zijn mond en vroeg: 'Welnu, u wenst?'

'U verhuurt gemeubileerde kamers?' informeerde Silbermann.

'Niet ik,' zei de grijsaard plechtig. 'Dat doet mijn vrouw.'

Hij stak de pijp weer in zijn mond, draaide zich om en liet Silbermann staan zonder de deur dicht te doen, alsof hij het aan de bezoeker overliet of hij buiten bleef of binnenkwam. Silbermann besloot tot het eerste. Hij zag de grijsaard stapje voor stapje de lange gang door lopen en ergens in een kamer verdwijnen. Silbermann wachtte. Maar minuut na minuut verstreek en er verscheen niemand. Ten slotte belde hij nogmaals aan.

De deur waarachter de oude man was verdwenen, ging open en weer kwam de grijsaard sloffend naar voren.

'Is uw vrouw er niet?' vroeg Silbermann ontstemd. 'Of is alles al verhuurd?'

De oude man schraapte zijn keel. 'Ik heb eerlijk gezegd geen idee,' antwoordde hij met een diepe, welluidende bas.

'Maar kunt u uw vrouw dan niet roepen?' vroeg Silbermann weer wat kordater.

'We praten niet met elkaar,' vertrouwde de grijsaard hem toe. 'Tenminste... misschien komt ze zelf als u nog eens aanbelt. Natuurlijk alleen als ze er is!'

Hij draaide zich weer om en liep rustig terug naar de kamer.

'Meneer Susig,' riep Silbermann, die aan de geestesgesteldheid van de oude man begon te twijfelen.

Die draaide zich om. 'Tenminste...' zei hij.

Silbermann was er nu volkomen van overtuigd met een geestelijk gestoorde van doen te hebben en schudde zijn hoofd. 'Ik ga nu,' zei hij, 'misschien kom ik later terug.'

'Er is een kans,' verklaarde meneer Susig iets bereidwilliger, 'dat mijn vrouw snel weer thuiskomt. Misschien is ze boodschappen doen. Tenminste... zou u terug kunnen komen?'

'Kunt u me dan de kamer niet laten zien?'

'Daar bemoei ik me eigenlijk niet mee,' kwam het aarzelende antwoord. 'Tenminste... als u even meeloopt?'

Silbermann volgde hem. Ze liepen door een grote eetkamer zonder buffetkast of dressoir, wat op Silbermann een kale indruk maakte. Toen kwamen ze bij de achterste gang, waar ze eindelijk voor een kamerdeur bleven staan.

'Het is geen grote kamer,' bereidde meneer Susig hem voor. 'Tenminste...' Hij deed de deur open.

'Een dienstbodekamer,' stelde Silbermann geringschattend vast.

Peinzend bekeek de grijsaard de kamer, die hem toch bekend moest zijn. 'Welnu,' zei hij eindelijk plechtig, 'tenminste...'

'Ik neem hem,' antwoordde Silbermann.

De oude man knikte instemmend. 'Dat moet u met mijn vrouw bespreken,' zei hij. 'Als u meteen blijft, kost het veertig mark per maand. U dient vooruit te betalen. Dat is gebruikelijk.'

Silbermann vond de kamer buitensporig duur, maar haalde zonder protest zijn portefeuille tevoorschijn. 'Kunt u honderd mark wisselen?' vroeg hij.

De oude man nam het biljet aan, bekeek het onderzoekend en antwoordde toen: 'Nu niet. Tenminste...'

Hij liet het biljet in een zak van zijn kamerjas verdwijnen en ging de kamer uit.

Silbermann ging op het harde, smalle bed liggen dat de helft van de kamer in beslag nam.

Rare snuiter, dacht hij, tenminste... Hij lachte. Zou ik die zestig mark ooit terugzien? Het geld als zodanig interesseerde hem niet, dat had voor hem veel aan waarde ingeboet, maar de combinatie van de oude man en het geld intrigeerde hem. Het duurde maar even of hij viel in slaap.

Hij droomde van een oude man die tegenover hem in de coupé zat en hem strak aankeek, zodat hij ten slotte begon te vrezen dat de man iets heel ergs van hem wist. Toen begon de oude man te groeien, hij werd steeds groter en veranderde ineens in Becker, die dreigende gebaren maakte.

Er werd op de deur geklopt. Versuft van slaap en schrik bleef Silbermann liggen.

'Wie is daar?' vroeg hij uiteindelijk zachtjes.

'Mevrouw Susig.'

Hij stond op en deed open. Een zeer eenvoudig geklede oude vrouw kwam binnen. Na veel excuses voor het feit dat ze hem waarschijnlijk had gestoord, zei ze: 'Ik kom u uw zestig mark teruggeven. En ik zou u willen vragen het registratieformulier in te vullen. Ik geef het meteen, als u het goedvindt. Hopelijk bevalt het u bij ons. De buurt is erg rustig en we hebben alleen rustige huurders.'

'Het is wel jammer,' zei Silbermann, 'dat u geen grotere kamer vrij hebt. Eigenlijk is deze me te krap.'

'Als u eergisteren was gekomen, had u aan de voorkant een mooie kamer met balkon kunnen krijgen. Maar die is nu aan een meneer van de partij verhuurd.'

Silbermann zweeg.

'Komt u uit Berlijn?' informeerde ze.

'Ja,' antwoordde hij.

'Dat is te horen. Overigens kan mijn man uw koffer van het station halen, ik zie...'

'Dat wil ik hem in geen geval aandoen,' zei Silbermann snel.

'Het is geen enkele moeite.'

'Nee, dank u. Ik ga zelf wel.'

Ze keek de kamer rond. 'Ik zal schone handdoeken brengen,' beloofde ze. 'Hoe laat wilt u ontbijten? De andere heren ontbijten om halfacht.'

'Ik ook. Wat kost het ontbijt?' vroeg hij toen, om als een normale huurder over te komen.

'Dat is natuurlijk inbegrepen. Heeft mijn man dat niet gezegd?'

‘Ik weet het niet meer. Misschien is het me ontgaan. Ja, dan ontbijt ik ook graag om halfacht.’

Ze ging de kamer uit en Silbermann plofte op het bed. En nu ga ik voor mijn veertig mark eens lekker uitslapen, dacht hij, en: een meneer van de partij, uiteraard!

Hij kwam weer overeind en pakte het registratieformulier, bekeek vluchtig de verschillende rubrieken, maakte aanstalten het formulier te verscheuren, maar deed het niet en legde het terug op het tafeltje. Hij liet zich weer op het bed vallen, sloot zijn ogen en probeerde te slapen, maar het lukte niet meer. Hij had hoofdpijn en zijn gedachten bleven maar malen.

Toen hoorde hij in de eetkamer, waar zoals hij eerder had gezien ook het tapijt ontbrak, stoelen over de vloer schuiven. De radio werd aangezet en hij hoorde dansmuziek. Hij lag te woelen, begon te tellen en gaf het op toen hij tot tweehonderd was gekomen. Uiteindelijk viel hij toch in slaap, om na een halfuur alweer wakker te worden. Hij had van zijn moeder gedroomd.

Wat vreemd, dacht hij verwonderd. Ik heb de afgelopen tijd veel aan haar gedacht. Ben ik dan al zo oud dat mijn herinneringen zich als in een film voor me afspelen?

Hij ging voor het spiegeltje staan en bekeek zijn gezicht. Langzaam streek hij over zijn ongeschoren wangen.

Ik zie er echt vreselijk uit, verzuchtte hij, en hij ging op bed zitten. Hoe lang is ze eigenlijk al dood? Vader stierf in 1932 en zij is in 1926 gestorven, in ’26! Dat is al twaalf jaar geleden. Ze was een wonderlijke vrouw, zonder veel emoties. Ze kon niet echt lachen en ook niet echt huilen, geloof ik.

De radio was intussen uitgezet. Hij hoorde geen geluiden meer in de eetkamer. Opnieuw ging hij liggen en deed zijn ogen dicht.

Hoe was mijn moeder vroeger eigenlijk, dacht hij, en om zijn zorgen te vergeten probeerde hij zich te concentreren op zijn vroegere leven. Hij zocht in zijn herinneringen; ze waren merkwaardig helder en gingen steeds verder terug.

Uiteindelijk zag hij zichzelf als kind van een jaar of vijf, hij lag in bed met rondom messingstangen zodat hij er niet uit kon vallen. Hij begon ze te tellen en kwam steeds tot acht of negen, dan begon hij opnieuw en zo telde hij een paar keer alle spijlen. Toen ging hij staan, omklemde het hekwerk en keek naar het bloemetjespatroon op het behang dat in het halfdonker vaag zichtbaar was. Hij kon niet slapen, want het was heel warm. Voor het raam van zijn kamer zoemden insecten, ze vlogen om hem heen, fladderden wat rond en verdwenen weer. Hij probeerde hun geluiden na te doen, zoemde wat voor zich uit, trok zijn nachthemd tot aan zijn oksels omhoog en ging weer op de kussens liggen. Toen begon hij zichzelf een verhaaltje te vertellen, een eindeloos verhaaltje. Half vertellend droomde hij het.

Het was een verhaal over taart en kruisbessen, over de teckel Philipp van zijn oudere broer, over de draai om zijn oren die hij 's ochtends van zijn vader had gekregen en die hij niet verdiend had, daar zou zijn vader wel spijt van hebben. Over Judith, die steeds begon te huilen en echt heel klein was en met wie hij niet meer wilde praten, en over de kokkin Senta die altijd compote voor hem klaar had staan, maar die hij niet altijd aardig vond omdat ze zei dat hij een kleine jongen was. Toen viel hij in slaap.

Half in slaap voelde hij hoe hij werd toegedekt, hoe iemand zich over hem heen boog en naar hem keek. Zonder zich te bewegen opende hij zijn ogen en knipperde een beetje tegen het licht van de kaars die was aangestoken. Hij deed zijn ogen maar een heel klein beetje open en was ervan overtuigd dat niemand het kon zien. Daar moest hij om glimlachen, maar hij deed alsof hij glimlachte in zijn slaap. Zo slim was hij.

Je moet gaan slapen, zei zijn moeder en ook zij glimlachte.

Nu hij niet langer kon doen alsof hij sliep, wilde hij overeind komen en zijn armen om haar heen slaan. Maar ze duwde hem zachtjes terug in de kussens, kuste hem vluchtig op zijn voorhoofd en haar kus vervloog nog voor hij hem echt voelde. In de deuropening draaide ze zich even om en zei: 'Ga slapen.'

Hoe ze dat zei, hoe zacht haar stem was! Nu moest hij echt gaan slapen, hij was zo moe.

Opeens begon hij te huilen.

Zijn vader had hem over de knie gelegd en geslagen en bij elke klap had hij gezegd: knoop het in je oren! Je moet beter je best doen! Hij had niet erg hard geslagen, maar de klappen die met regelmatige tussenpozen op zijn strakke broek belandden, hadden wel pijn gedaan en die pijn trok maar langzaam weg.

Meer nog dan van pijn huilde hij om het feit dat hij geen enkele kans had zich te verdedigen tegen dat misbruik van het verschil in grootte en leeftijd. Hij was pas zeven en daarom overgeleverd aan willekeur. Hij was ervan overtuigd dat die verhouding tussen oneerlijk verdeelde kracht en macht nooit zou veranderen, wat hij heel deprimerend vond. Hij zou nooit groot worden, ondanks het feit dat alle grote mensen hem verzekerden dat ze lang, lang geleden ook een kleine jongen of een klein meisje waren geweest, wat gezien hun huidige postuur moeilijk voor te stellen was. Dus leed hij onder de angst altijd als kleine jongen door het leven te moeten blijven gaan met een stomme, bebaarde, tirannieke vader.

Zoals altijd had hij het pak slaag aan Judith te danken. Die kon nog niet voor zichzelf opkomen en zocht daarom voortdurend bescherming bij hun vader en liet hem orde op zaken stellen. Voor hem stond vast dat Judith werd voorgetrokken en op dit moment huilde hij tranen van wanhoop, omdat hij zich niet geliefd voelde en niet eens meer durfde te vertrouwen op hun kokkin Senta, zijn gebruikelijke steun en toeverlaat. Senta, die hem duidelijk graag mocht en wier talent om pannenkoeken te bakken boven elke twijfel verheven was en die ook over een grote voorraad zelfgeweckte vruchten beschikte waarvan hij altijd mocht proeven, deze Senta dus, wilde hij voor altijd aan zich binden. Hij overwoog met haar te trouwen en samen weg te lopen. De spijt en het verdriet dat met name dat laatste besluit bij zijn familieleden zou losmaken, het bitterzoet van het te verwachten gejammer om zijn vertrek, deed hem bij voorbaat goed en gaf een beetje troost. Een andere mogelijkheid was een acute dood en hij genoot van de tranen die hij in zijn fantasie uit ieders ogen zag stromen.

Zelfs een ziekte zou hem nu goed uitkomen, omdat hij zich kon herinneren dat toen hij een halfjaar geleden de mazelen had, zijn vader zijn best had gedaan lief tegen hem te zijn en niet ruw zoals anders. Eindelijk had hij zijn zoon Otto behandeld als het middelpunt dat hij ongetwijfeld was. Ja, als hij nu ziek werd, dan kwam zijn vader aan zijn bed zitten, zou urenlang bij hem blijven, hem voorlezen en de hele tijd komen kijken of het goed met hem ging. Zijn vader zou hem bemoedigend toespreken en zijn moeder zou ook komen en bij hem blijven, en dan zou hij medicijnen krijgen die zijn vader eerst innam en als hij ze dan zelf ook innam, zou zijn moeder hem overeind helpen en hij zou glimlachen, pijnlijk maar dapper, en iedereen zou van hem houden en weten hoe belangrijk hij voor hen was.

Hij was opgehouden met huilen. Er welde nog een enkele snik op. Zo zou het gaan als hij ziek was. Wat moest hij daarvoor doen?

Hij begon weer te huilen, maar dit keer wilde het niet erg lukken. Zijn verdriet was minder geworden en hij probeerde het tevergeefs nog wat te rekken, zich er nog een keer helemaal in onder te dompelen. Het ging niet. Zijn zorgen vloeiden niet meer samen met zijn tranen weg, zijn gemoed verhardde zich en dat was nog erger.

Als hij nu naar Judith ging en haar nog eens een flinke stomp gaf, zou ze weer naar hun vader rennen en zou hij opnieuw slaag krijgen en dan zou hij Judith nog een keer stompen. Wat moest hij anders? Of moest hij gewoon weglopen en nooit meer terugkomen? Judith vond het vast leuk dat hij slaag kreeg. En of ze dat leuk vond!

Verbitterd stond hij op en ging naar de aangrenzende kamer, waar Judith op haar knieën met zijn blokkendoos lag te spelen.

'Ga weg,' zei hij stampvoetend. 'Ga weg!'

'Ik zeg het tegen papa,' antwoordde ze huilerig, maar ze bleef zitten.

'Ga toch lekker klikken,' daagde hij haar uit. 'Ga maar naar papa, stomme huilebalk.'

Maar Judith bleef rustig zitten en toen ze zag dat hij haar niets deed, speelde ze gewoon verder met zijn blokken.

'Dat is míjn blokkendoos!' zei hij en hij kwam dichterbij.

'Nou en...' antwoordde ze met superieure onverschilligheid.

'Je mag niet met mijn blokken spelen,' eiste hij, en hij ging ook zitten, waarbij hij haar goed in het oog hield om te zien hoe ver ze zou gaan.

Judith, die aan het vaderlijk pak slaag dat hij had moeten incasseren een enorm machtsgevoel en zelfbewustzijn had overgehouden, stak heel even haar tong uit.

Van verontwaardiging was hij in eerste instantie sprakeloos.

Daar zat ze te spelen met zíjn blokken, nadat ze eerst zíjn toren van Babel had omgegooid, en nu stak ze bovendien haar tong naar hem uit! Hij was machteloos. Vader stond aan haar kant. Wat kon hij doen? Nu zou ze altijd haar tong naar hem kunnen uitsteken.

Hij trilde van woede en verontwaardiging. Het liefst was hij gaan huilen en gezien zijn diepe vernedering was dat ook zeker gelukt. Maar dat was juist haar bedoeling, dat haar grote broer huilde! Hij was tenslotte haar grote broer, zij was pas vijf. Wat kon hij anders doen dan haar minachten?

'Domme gans,' zei hij hautain en hij schopte de onbenullige toren omver die ze had gebouwd.

Nu begon Judith te huilen. 'Ik zeg het tegen papa,' herhaalde ze, maar ze bleef zitten. Misschien was ze toch niet helemaal zeker van het effect van nog een klacht. Dus ging ze huilen, en hij kreeg medelijden met haar, per slot van rekening was ze zijn kleine zusje.

Hij liet haar nog even huilen en stelde toen voor om samen een toren van Babel te bouwen. Hij zei het wat nors en brommerig, maar ze had er vrede mee.

Na tien minuten, waarin ze bruggen, huizen en hele steden hadden gebouwd en als wispelturige goden weer kapotgemaakt, zei ze snibbig: 'Ik zeg het lekker toch tegen papa! Je hebt "domme gans" tegen me gezegd en dat mag niet.'

'Jij hebt mijn toren van Babel omgegooid,' antwoordde hij verontwaardigd. 'Jij hebt met mijn blokkendoos gespeeld. Jij hebt me bij papa verklikt en gisteren heb je rozijnen uit de voorraadkast gestolen.'

'Jij ook!'

'Ik mocht het van Senta.'

'Ik ook.'

'Nee, jij niet.'

'Welles.'

Ze zwegen allebei en zochten naar argumenten om de ander definitief onderuit te halen.

'Ik ga naar papa,' dreigde Judith na een poosje. Maar het klonk zwak.

'Ga dan!'

'Doe ik ook,' zei ze nog eens, maar ze leek er zelf niet echt in te geloven en misschien was ze door zijn houding aan het denken gezet.

'Domme gans,' zei hij nog een keer stellig om zichzelf te overtuigen van zijn overwinning.

Daarna speelden ze verder. De deur ging open en hun moeder kwam binnen.

'Wat maken jullie een lawaai,' zei ze zonder verwijt. 'Doe alsjeblieft wat zachter, ik ga even liggen.'

Ze liep langs hen heen en ze doken allebei schuldbewust in elkaar. Toen ze de kamer al bijna uit was, zei Judith zachtjes, alsof ze in zichzelf sprak: 'Ik ben geen domme gans!' Ze gooide haar hoofd in haar nek en keek hun moeder aan, alsof ze verwachtte dat die nu zou vragen wie zoiets had beweerd.

'Geen ruzie maken,' was alles wat ze zei.

Die rotstreek van Judith kon hij niet over zijn kant laten gaan. 'En zij heeft rozijnen gestolen!' riep hij oprecht verontwaardigd. 'Zij heeft…'

Maar hun moeder was de kamer alweer uit. Aan haar hadden ze niets.

Judith liet hem haar roze tongetje weer zien.

Hij stond op en liet haar en de blokkendoos achter om naar de keuken te gaan en Senta eens en voor altijd te vertellen wat hij op zijn hart had.

Ook Judith speelde niet langer met de blokken. Nadat hij was weggegaan vond ze het niet leuk meer. Ze stond hem bij de keuken op te wachten.

Toen hij naar buiten kwam stak ze opnieuw haar tong naar hem uit, maar zonder haar een blik waardig te keuren liep hij langs haar heen, want hij had met Senta afgesproken dat ze zouden trouwen en samen weggaan en Judith kon haar tong uitsteken zoveel als ze wilde, het deed hem niets meer…

Silbermann had misschien een uur geslapen toen hij wakker werd van voetstappen op de gang. Voor zijn deur bleven ze even stil.

Hij luisterde angstig, maar toen verwijderde het geluid van de voetstappen zich weer.

Hij sprong uit bed.

'Het heeft geen zin,' mompelde hij. 'Ik moet weg. Ik moet naar het buitenland. Ik hou het niet meer uit. Ik ben op van de zenuwen. Ik ga terug naar Aken, daar zal ik proberen de grens over te steken.'

Hij ging voor de spiegel staan, waste zijn gezicht, kamde zijn haar en liep de gang op. In de deuropening dacht hij nog: wat een onzin. Ik kan beter hier blijven. Wie weet wanneer ik weer een bed zal hebben.

In de eetkamer zaten behalve het echtpaar Susig twee kranten lezende heren aan tafel. Toen Silbermann na een kort klopje binnenkwam, schalde hem een meerstemmig 'Heil Hitler' tegemoet.

Zonder terug te groeten knikte hij en wendde zich tot de hospita: 'Ik ga naar het station, mijn koffer halen.'

'Maar dat kan mijn man toch doen. Hij doet het graag.'

'Welnu…' zei de oude.

Zijn vrouw keek hem streng aan.

'Tenminste…' voegde hij eraan toe en hij knikte bemoedigd naar Silbermann.

‘Nee, dank u,’ zei Silbermann. ‘Ik heb in de stad nog meer te doen.’ Daarop ging hij de kamer uit.

Wat een zonderlinge mensen, dacht hij toen hij de trap af liep, maar bijna op hetzelfde moment was hij de familie Susig al vergeten en werd hij door zijn eigen sores in beslag genomen. Het verraste hem dat hij na ongeveer vijf minuten het station zag liggen, hij had helemaal niet opgelet waar hij liep.

Wat is het toch jammer dat ik met Lilienfeld een man van de praktijk heb verloren, dacht hij spijtig. Met z’n tweeën sta je sterker. Je wordt zelf sterker én je versterkt de ander. Ik heb Lilienfeld moed ingesproken en hij mij. Uiteindelijk is het ieder voor zich, maar toch gaf het moed, heel veel moed.

Hij kocht een kaartje derde klas naar Aken.

Is het Lilienfeld die me dit influistert, vroeg hij zich verbaasd af toen hij zichzelf om een kaartje derde klas hoorde vragen. Maar hij geloofde wel dat zijn beslissing juist was, aangezien je in de tweede klas gladgeschoren moest zijn om geen aandacht te trekken.

Hij haalde zijn koffer op, informeerde wanneer de trein vertrok en ging naar de Wachtkamer Derde Klasse. Zonder iets te bestellen nam hij plaats aan een van de houten tafels. Een paar minuten staarde hij gedachteloos voor zich uit.

‘Tenminste...’ deed hij toen mompelend meneer Susig na. ‘Tenminste...’

Dat woord leek zijn stemming het best weer te geven. Hij zei het een keer of drie, vier zachtjes voor zich uit.

Nu ben ik klaar voor het avontuur, vond hij. Ik ga die grens over, dat moet toch kunnen...

Maar binnen in hem zat de onuitroeibare overtuiging dat er weer iets tussen kon komen, dat hij op geen enkele manier tegen de situatie was opgewassen en uiteindelijk het onderspit zou delven.

‘Welnee,’ bromde hij. ‘Anderen doen het ook. Anderen lukt het ook!’

Hij steunde met zijn ellebogen op tafel en begroef zijn hoofd tussen zijn handen. Ik kan niets, dacht hij zonder hoop, ik kan alleen nog maar piekeren.

Somber staarde hij naar het tafelblad.

Wat ziet het eruit, smerig en vol krassen, dacht hij, waarom knappen ze het niet op? Dat loont de moeite zeker niet voor de derde klas.

Hij keek naar de andere mensen in de wachtkamer. Aan de bar stonden een paar arbeiders bier te drinken, wat met nogal veel lawaai gepaard ging, zoals Silbermann misprijzend vaststelde.

Als ik ieder van hen honderd mark zou geven, overwoog hij, zou ik dan vrienden hebben? Misschien voor een paar dagen, honderd mark is zo op.

Hij stond op en sjokte meer dan dat hij liep naar het perron.

Reizen, dacht hij, steeds maar weer reizen, terwijl ik hondsmoe ben. Heen en weer en weer terug, ik ben het helemaal beu.

Hij ging op zijn koffer zitten en wachtte op de trein.

Wie of wat ben ik eigenlijk nog, vroeg hij zich af. Ben ik nog steeds Silbermann, de zakenman Silbermann? Zeker, maar hoe ben ik dan in deze situatie verzeild geraakt?

Hij haalde diep adem. 'Ik leef met verlies,' zei hij zachtjes. Toen maakte hij een onhandige beweging en de koffer begon te wankelen. Moeizaam hervond hij zijn evenwicht en stond op. Hij hoorde de trein naderen. Silbermann pakte zijn koffer.

Eigenlijk hoef ik alleen maar naar voren te springen, me gewoon voor de trein te laten vallen, dacht hij. Dan is alles voorbij en is niets meer belangrijk.

De trein kwam dichterbij.

Silbermann ging op de rand van het perron staan.

Laten vallen, dacht hij, gewoon laten vallen...

'Achteruit,' brulde een stem naast hem.

Hij schrok en deed drie stappen naar achteren. Toen stond de trein voor hem.

Ben ik volslagen krankzinnig geworden, dacht hij angstig, verrast door zijn eigen zwakheid. Wil ik me van het leven beroven? Ik,

Otto Silbermann? Vanwege de nazi's? Dat zou een goeie grap zijn! Ik heb zesendertigduizend mark bij me. Welk verstandig mens met zesendertigduizend mark op zak berooft zich van het leven? Uit angst voor moeilijkheden, uit angst voor de grens, vanwege een belachelijke grens die je binnen twee minuten gepasseerd bent, als je je tenminste vermant. Het is werkelijk godsonmogelijk, dat kun je gewoon niet doen! Hoe kun je zelfmoord plegen als je een tas vol leven bij je hebt?

Nee, ik zal geen tweede keer aan deze zwakheid toegeven! Binnen vierentwintig uur ben ik misschien gered, en zo niet, dan reis ik verder, kriskras door Duitsland, net zolang tot het me lukt. Zolang ik nog geld heb, al is het maar één biljet van duizend, zolang heb ik levenskracht en kan ik teren op de energie die ik heb verzameld.

En in een rokerige derdeklascoupé in de trein van Dortmund naar Aken nam Silbermann zich heilig voor te blijven leven, wat er ook zou gebeuren, ondanks alles.

Hij bezwoer het zichzelf nogmaals en voelde zich daarna veel rustiger. Hij meende zelfs dat hij de dingen naar zijn hand kon zetten. Hij opende zijn koffer, haalde er na langdurig rommelen zijn scheergerei uit en ging naar het toilet om zich van zijn inmiddels flinke baard te ontdoen. Toen hij zijn plaats weer innam, viel de verandering die zich had voltrokken zijn medepassagiers meteen op.

'Hebt u zich mooi gemaakt?' vroeg de arbeider tegenover hem spottend, en uit zijn toon bleek dat hij geen hoge dunk had van zulke fratsen en zelf niet ijdel was.

'Vermenselijkt,' grapte Silbermann.

Er werd gelachen. Silbermann bekeek de andere reizigers, een jonge arbeider, een tamelijk dikke man die, vond Silbermann, heel erg zijn best deed er belangrijk uit te zien door gewichtig om zich heen te kijken, en een jong, onopvallend meisje van een jaar of tweeëntwintig dat met een handwerkje bezig was.

Uiteindelijk bleef Silbermanns blik op de jonge arbeider rusten. Wat een ingevallen gezicht en wat een hangende schouders, stelde Silbermann vast. Waarschijnlijk een mijnwerker. Die worden snel oud. Veel hebben ze niet aan hun leven. Integendeel, ze maken veel mee, maar dat dringt waarschijnlijk niet tot hen door. Ze voeren een permanente strijd voor werk, voor hoger loon, voor het naakte bestaan en merken niet dat de tijd verstrijkt. Die mensen hebben geen jeugd. Hun strijd begint al als ze veertien zijn en ze moeten alles op alles zetten om te overleven.

Dat geldt ook voor mij. Nu zie ik pas hoe dicht de dood me op de hielen zit. Je moet altijd sneller zijn dan de dood. Als je blijft staan ben je er geweest, dan stomp je af. Je moet rennen, rennen, rennen. Eigenlijk ren ik al mijn hele leven. Waarom valt me dat juist nu zo zwaar, terwijl het noodzakelijker is dan ooit? Meer levensgevaar zou een mens juist meer kracht moeten geven, maar in plaats daarvan raak je verlamd als de eerste reddingspogingen zijn mislukt.

Hij schudde zijn hoofd bij deze gedachten. Ik moet praten, besloot hij, niet denken en tobben.

'Het weer is wat opgeknapt,' merkte hij op terwijl hij zich tot zijn medepassagiers wendde.

Wat zit ik hier gezellig en behaaglijk, probeerde hij zichzelf wijs te maken. Het is bijna altijd gezellig met andere mensen om je heen, bijna altijd... In elk geval is de warmte van een groep rustgevend, zelfs die van een volstrekt willekeurige groep in een coupé.

'Het zal wel weer gaan regenen,' zei de arbeider tegenover hem chagrijnig. Met een knikje accepteerde hij de sigaret die Silbermann hem aanbood.

'Integendeel, zou ik denken,' zei de dikke man, die zich tot Silbermann richtte als tot een gelijke, 'en volgens mij voel ik het weer beter aan dan menigeen. Volgens mij' – dat 'volgens mij' klonk buitengewoon zelfbewust, vond Silbermann – 'krijgen we morgen een echt mooie dag of ik zou me sterk moeten vergissen.' Nee, als je hem hoorde praten, geloofde je niet dat hij zich kon vergissen.

Met een 'dank u' sloeg hij Silbermanns aanbod van een sigaret af. 'Ik rook sigaren, dat is gezonder.'

'Ja, hopelijk wordt het mooi weer,' zei Silbermann toonloos.

'U bent handelsreiziger?' vroeg de dikke man geïnteresseerd.

'Zakenman,' antwoordde Silbermann verstrooid.

'In mijn jonge jaren was ik handelsreiziger,' deelde de dikke man mee. 'Later heb ik de zaak van mijn zus overgenomen.'

'Aha,' reageerde Silbermann beleefd.

De dikke man sloeg een krant open en begon te lezen.

'Veel werk?' vroeg Silbermann aan de oude arbeider.

'Gaat wel,' kwam het weinig toeschietelijke antwoord. Ook hij haalde een krant tevoorschijn.

Ik wil praten, dacht Silbermann. Aan één stuk door praten. Hij leunde met zijn hoofd tegen zijn jas, die hij had opgehangen, en deed zijn ogen dicht. Hij luisterde naar het ratelen van de wielen.

Berlijn – Hamburg, dacht hij.

Hamburg – Berlijn

Berlijn – Dortmund

Dortmund – Aken

Aken – Dortmund

En zo gaat het misschien altijd door. Ik ben nu een reiziger, voor altijd een reiziger.

Ik ben eigenlijk al geëmigreerd.

Ik ben naar de spoorwegen geëmigreerd.

Ik ben niet meer in Duitsland.

Ik zit in treinen die door Duitsland rijden. Dat maakt een groot verschil. Hij luisterde weer naar het denderen van de wielen, de muziek van het reizen.

Ik ben veilig, dacht hij, ik ben in beweging.

Ja, en het is bijna gezellig.

Wielen ratelen, deuren gaan open en dicht, het zou bijna plezierig zijn als ik niet zoveel zou piekeren.

Toen glimlachte hij. Vroeger organiseerden de Rijksspoorwegen reizen met onbekende bestemming, herinnerde hij zich. Nu deed de Rijksregering dat. Er zijn tijden geweest dat veel mensen bijna te gronde gingen aan het trage levenstempo en zich daarom wanhopig in avontuurlijke affaires stortten en voor hun eigen vermaak gevaarlijk begonnen te wiebelen op de stoelen waar ze al te comfortabel op zaten. Hun emoties zochten ze op de beurs. Nu krijg je die overal cadeau. Als kind droomde ik van treinen. Wat was ik graag meegegaan, steeds verder weg.

Nu ga ik mee. Nu ga ik mee.

Treinen schieten langs elkaar heen. Ver weg klinkt getoeter en belgerinkel en in de naastgelegen coupé lachen onbekende stemmen. In de draaiende wielen klinkt steeds hetzelfde lied: de-ene-paal-is-als-de-andere, de-ene-paal-is-als-de-andere, op-de-vlucht, op-de-vlucht.

Ben ik op reis? Welnee! Ik zit steeds op dezelfde plaats, ik ben als iemand die naar de bioscoop vlucht waar de films aan hem voorbijflitsen, maar die zelf onbeweeglijk blijft zitten waar hij zit, terwijl zijn problemen hem bij de uitgang weer opwachten.

Toen we klein waren speelden we dat we met de trein gingen. We zetten drie stoelen achter elkaar, deden onze ogen dicht en stelden ons voor dat we in razend tempo door het land vlogen. Toen reisden we in ons hoofd. We waren overal en nergens en toch gewoon in onze kinderkamer. Nu wordt er niet meer gereisd, er wordt gereden.

Hij kromp ineen van schrik.

Ik zak weer weg in somberheid, dacht hij geïrriteerd, in loze fantasieën. Ik moet me vastklampen aan de werkelijkheid, die is onwerkelijk genoeg.

'Zijn we al bijna in Aken?' vroeg hij.

Dit keer antwoordde het meisje. 'Het duurt nog even,' zei ze, terwijl ze hem met haar ernstige, bruine ogen peinzend aankeek.

Silbermann bedankte haar en vroeg of ze ook naar Aken ging.

Ze knikte. 'Daar zie ik mijn verloofde,' zei ze spraakzaam. Silbermann had blijkbaar een betrouwbare indruk op haar gemaakt. 'Ik woon namelijk in Dortmund, maar mijn Franz is chauffeur en zijn baas is sinds drie dagen in Aken.'

'Zo, zo,' zei Silbermann.

'We zien elkaar heel weinig. Hij heeft een baan bij een directeur in Berlijn en ik werk in Dortmund.'

'Waarom verhuist u dan niet naar Berlijn?' vroeg Silbermann belangstellend.

'Ik zou wel willen, maar het kan niet. We zullen ook nog een poosje moeten wachten met trouwen.'

'Waarom dan?' vroeg de dikke man nieuwsgierig, terwijl hij de krant op zijn knieën legde.

'Mijn verloofde verdient niet genoeg voor ons tweeën en dan moeten we ook nog een woning inrichten. Dat kost zo duizend mark. Waar halen we die vandaan?'

'Er zijn toch huwelijksleningen,' mengde Silbermann zich weer in het gesprek.

Energiek schudde ze haar hoofd.

'Nee,' zei ze, 'we willen niet met schulden beginnen.'

'Maar dat is nog altijd beter dan níét beginnen,' meende de dikke man en hij schudde verbaasd zijn hoofd over zoveel onnozelheid.

'Zo makkelijk is het allemaal niet,' legde ze uit. 'Ik weet niet eens of we wel een lening kunnen krijgen.'

Silbermann boog zich geïnteresseerd naar voren, maar de dikke man vroeg nog sneller dan hij: 'Waarom zou u geen lening krijgen?' Hij keek haar onderzoekend aan.

'Omdat Franz geen lid is van de partij.'

'Dat heeft er niets mee te maken,' weersprak de dikke man stellig. 'Ook dan kan hij een lening krijgen. Gewoon proberen.'

Het meisje schudde haar hoofd. 'Dat heeft geen zin,' zei ze.

'En dus blijft u in Dortmund wonen en hij in Berlijn?' informeerde Silbermann.

'Ik zou wel naar Berlijn willen, maar iemand van buiten de stad mag daar niet werken,' zei het meisje een beetje bozig.

'Wat doet u dan?' vroeg Silbermann.

'Ik ben stenotypiste,' antwoordde ze.

Silbermann bekeek haar eens goed. Ze lijkt me geen fanatiek aanhanger van het nationaalsocialisme, dacht hij, en hij kreeg een vaag, nog niet vastomlijnd idee.

'Dus u zou graag gaan trouwen?' vroeg hij.

'Ach,' zei ze treurig, 'voorlopig kunnen we dat wel vergeten.'

'Moet je dan meteen een eigen woning hebben?' informeerde de dikke man, verbaasd over dergelijke hoge eisen met zulke geringe middelen.

'Zeker,' antwoordde ze beslist. 'We hebben een woning en een typemachine nodig. Dan kan ik namelijk typewerk doen en wat bijverdienen.'

'U hebt helemaal gelijk,' viel Silbermann haar bij. 'U zou zeker duizend mark nodig hebben.'

'Ja,' zei ze. 'Dan zou het gaan. We hebben al tweehonderdvijftig mark gespaard. We hebben nog maar zevenhonderdvijftig nodig.'

'En hoelang moet u daarvoor sparen?' vroeg de dikke man nonchalant.

'Hemel,' zei ze, en ze werd weer verdrietig, 'het kan nog wel twee jaar duren voor we dat bij elkaar hebben.'

'En tegen die tijd breekt misschien de oorlog uit,' zei de dikke man glimlachend. 'De vijand zal geen genade kennen,' voegde hij er snel aan toe. 'Ja, en wat dan? Dan hebben jullie spijt! Jullie maken het jezelf onnodig moeilijk. In plaats van gewoon een huwelijkslening aan te vragen...' Hij schudde het hoofd en pakte zijn krant weer op. 'Mensen als jullie zijn hardleers,' zei hij zorgelijk.

'Maar Franz heeft in het concentratiekamp gezeten,' zei het meisje zachtjes.

Onthutst keken ze haar aan.

De dikke man schraapte zijn keel en dook weg achter zijn krant. De oude arbeider mompelde iets onverstaanbaars en stak een sigaret op. De jonge arbeider staarde het meisje aan tot ze haar hoofd afwendde.

'En, is hij tot inkeer gekomen?' vroeg Silbermann, die steeds meer hoop kreeg.

Het meisje keek hem wantrouwig aan. 'In ieder geval heeft hij zijn buik vol van politiek,' zei ze ten slotte.

'Groot gelijk heeft-ie,' bemoeide de oude arbeider zich er nu mee.

‘Mensen als wij zijn altijd de klos…’ Hij maakte een wegwerpgebaar en zweeg.

Het meisje keek uit het raam, haalde na een paar minuten een pakje uit haar tas en borg haar breiwerk op. Toen vouwde ze het papier van het pakje waar haar ontbijt in zat zorgvuldig open en begon aan haar boterhammen.

‘Komt uw verloofde ook uit Dortmund?’ vroeg Silbermann, die al honger kreeg van het kijken.

‘Nee, uit Aken.’

‘Dan is hij vast blij om weer eens thuis te zijn?’

‘Ja,’ zei het meisje kortaf. Ze vond zeker dat ze al te veel had gezegd.

Silbermann liep de gang op om te kijken of er een chocoladeautomaat stond. Tijdens zijn vergeefse zoektocht kwam hij twee keer een jongen van een jaar of veertien met zwart haar tegen die hem, zo leek het Silbermann, schichtig aankeek. Bijna angstig had hij zich beide keren tegen de buitenwand van de wagon gedrukt toen Silbermann passeerde. Silbermann keerde terug naar de coupé en probeerde het gesprek weer op gang te krijgen.

‘Hebt u een goede betrekking?’ vroeg hij het meisje om maar te blijven praten.

Ze schudde haar hoofd. ‘Ik heb werk genoeg,’ zei ze, ‘maar het wordt slecht betaald.’

De oude arbeider keek op, het leek of hij ook iets ging zeggen, maar hij spuwde alleen op de vloer.

De dikke man fronste en keek naar Silbermann.

‘Gemopperd wordt er altijd!’ zei hij, en zijn blik vroeg om instemming.

‘Wie moppert er hier?’ vroeg het meisje agressief.

Wat een resoluut persoontje, dacht Silbermann verheugd.

‘U kunt beter een toontje lager zingen,’ zei de dikke man insinuerend.

‘Maar mensen’, zei Silbermann kalmerend. ‘Wat is er ineens aan de hand?’ Hij glimlachte naar het meisje. ‘U moet niet zo boos kijken, dat staat u helemaal niet.’

Toen richtte hij zich tot de dikke man. 'Als je te goed luistert,' zei hij moedig, 'kun je iets makkelijk verkeerd begrijpen en dat zet kwaad bloed.'

De dikke man liep rood aan. Hij had wel door dat hij hier met iemand te maken had die hoger op de maatschappelijke ladder stond dan hijzelf, en ook al wist hij niet zeker of diegene iets te zeggen had, hij besloot dat voorzichtigheidshalve maar aan te nemen.

'Ik kan die kletskoek als "veel werk, weinig geld" niet meer horen,' verklaarde hij, maar het klonk al beduidend milder.

'Dat is geen kletskoek,' zei de oude arbeider, 'dat is gewoon zo.'

'Bedoelt u daarmee dat het vroeger beter was?' vroeg de dikke man nieuwsgierig.

'Ik zeg helemaal niets,' antwoordde de arbeider. 'Bovendien ben ik lid van de partij.' Hij keek de dikke man minachtend aan.

'Ik ook,' haastte die zich te zeggen.

'En sinds wanneer dan wel?' vroeg de arbeider honend.

'Dat gaat niemand wat aan!' zei de dikke man afwijzend.

'Maar u mengt zich wel in andermans gesprekken,' stelde het meisje vast.

'Wel als iemand zit te mopperen.'

'Maakt u zich toch niet dik,' bromde de arbeider. 'U doet alsof u in uw eentje de kar moet trekken.'

De dikke man keek hem scherp aan. 'U bent lid van de partij?' vroeg hij.

'Langer dan u!'

Beiden zwegen. Silbermann ving een dankbare blik van het meisje op. Toen hervatten de partijmannen hun woordenstrijd.

'Hoe kunt u dan beweren,' zei de dikke man, 'dat we ons niet met politiek moeten inlaten? Dat is toch uitgesproken defaitistisch!'

'Heb ik helemaal niet gezegd. Weet ik veel wat u allemaal hoort. Die meneer daar heeft gelijk: als je té goed luistert, versta je gemakkelijk iets verkeerd. Ik heb geen idee hoe u erbij komt om hier...'

'U hebt gezegd...'

'Bewijst u eerst maar eens dat u écht in de partij zit. Dat kan iedereen wel zeggen en de spion uithangen kan ook iedereen. Maar of ze daar het recht toe hebben, dat is de vraag!'

'Ik spioneer niet. Ik doe alleen mijn plicht, wat iedere Duitser zou moeten doen.'

'Luisteren noemt u uw plicht vervullen? Wat hebt u voor vreemd beroep? Ik dacht dat u zakenman was?'

'Ik ben u geen uitleg verschuldigd.'

'Maar ik u wel?'

'Zeer zeker,' zei de dikke man. 'En nu laat u me uw partijboekje zien!'

Die laatste zin was een bevel. De arbeider haalde met tegenzin zijn lidmaatschapskaart uit zijn zak en overhandigde hem aan de dikke man.

Die bestudeerde hem grondig. 'In orde,' zei hij toen en hij stond op, 'maar voortaan kunt u zich beter wat beheersen, vriend! En dat zou ik u ook aanraden,' richtte hij zich tot het meisje. Toen pakte hij zijn aktetas en verliet de coupé.

Een moment zwegen ze allemaal bedrukt.

Dat scheelde maar een haar, dacht Silbermann, een haar! Zijn hart bonsde in zijn keel. Altijd wanneer je het niet verwacht, dan…

'Ik zet even het raam open,' zei de oude arbeider nadat hij een poosje nors voor zich uit had zitten staren. 'Er hangt me hier een lucht…'

Het meisje zei helemaal niets meer. Ze was heel bleek geworden en streek steeds onrustig over het boterhampapier.

'Je hebt van die dienstkloppers,' zei Silbermann op demonstratief rustige toon.

'Bij mij hoeven ze daar niet mee aan te komen,' verklaarde de arbeider. 'Ik ben al tien jaar in de partij. Bij mij moeten ze daar niet mee aankomen!'

'Nou,' zei de jongen, die tot nu toe had gezwegen, 'en dan moet je je door zo'n ezel ook nog de les laten lezen!'

Silbermann ging weer in de gang staan. Hij keek een paar minuten uit het raam en ging toen naar de wc om zijn handen te wassen. Hij had de deur niet helemaal dichtgedaan en opeens hoorde hij weer de stem van de dikke man: 'Je papieren.'

Silbermann draaide zich om, maar de dikke man kon het niet tegen hem hebben en praatte buiten het toilet tegen iemand anders.

'Waarom moet ik mijn papieren laten zien?' klonk een angstige jongensstem. 'Ik heb toch niets gedaan.'

'Politie. Zie je mijn penning? Kom op, je papieren.'

'Die heb ik niet bij me.'

'Natuurlijk niet! Waar ga je naartoe?'

'Ik ga... naar Aken ga ik.'

'Hoe heet je? Vooruit, zeg op! En lieg niet, ik waarschuw je.'

'Leo Cohn.'

'Als ik het niet dacht! Wat doe je hier in de trein? Nou? Zeg op! Of moet ik het je eerst een halfuur vragen, kleine Jood?'

'Mijn vader is gearresteerd en...'

'Zijn verdiende loon. Wat heb je in je rugzak? Geld? Om de grens over te komen zeker?'

'Nee, u mag het controleren. Ik heb alleen mijn pak bij me en ondergoed.'

'Dat ga ik zeker controleren, daar kun je donder op zeggen! En pas op jij, als je gelogen hebt... Vooruit, kom mee.'

'Maar...' Silbermann hoorde de jongen slikken.

'Vooruit, knaap, opschieten,' klonk de stem van de dikke man.

'Moet ik nu naar het concentratiekamp?' vroeg de jongen.

'Dat zullen we wel zien. Kom, Cohn, lopen, Cohn.'

'Maar ik heb toch niets gedaan...'

'Probeer je me te besodemieteren? Dat kun je altijd nog! Kom, ik vreet je niet op, stuk knoflook... vooruit... hup.'

Voetstappen verwijderden zich. Silbermann opende de deur. Hij zag nog net hoe de dikke man de donkerharige jongen die hem eerder was opgevallen de hoek om duwde, het gangpad in.

Hoofdstuk zes

De koplampen sneden een groot lichtvlak uit de duisternis. Het bos, dat tot aan de straatweg doorliep, zag er schimmig uit. Bomen doemden op, mengden zich met de duisternis en werden erdoor opgeslokt.

Franz reed zo hard als hij kon. Hij was zenuwachtig en opgewonden. Binnen een uur moet ik absoluut terug zijn, dacht hij. Dit is de eerste clandestiene rit die ik maak, en meteen de laatste. Zelfs Gertrud heb ik nog nooit meegenomen. Maar duizend mark... Duizend mark!

Er kwam een tegenligger aan. Snel dimde hij het licht.

Hiermee zet ik alles op het spel, dacht hij geïrriteerd. Vanwege een rijke Jood. Maar duizend mark! Gertrud zou me een lafaard hebben gevonden, terwijl ik al god weet wat heb meegemaakt. Maar als alles goed gaat zijn we boven Jan. Dat meisje heeft meer lef dan menige kerel. En die arme man achterin? Een rijke Jood, maar erg rooskleurig ziet het er niet voor hem uit. Als ik er de tijd voor had zou ik medelijden met hem krijgen. Duizend mark in mijn zak steken en met Gertrud trouwen, dat is het belangrijkste. Ik zou iedere week wel een rijke Jood naar de grens willen brengen! Voor duizend mark!

En als ik gepakt word? Dan is alles voorbij. Ze laten me niet nog een keer gaan. Maar ik heb zo vaak mijn nek voor niets uitgestoken voor de goede zaak, nou ja, waarom dan niet een keer voor mezelf?

Hij bracht de auto tot stilstand. Daarna wendde hij zich tot Silbermann, die achterin zat. ‘U kunt het best hier uitstappen. Ik ken het gebied vrij goed. Vroeger heb ik vaak kameraden geholpen om naar de overkant te komen. Maar voor hen deed ik het gratis.'

'Uiteraard,' zei Silbermann, terwijl hij uitstapte.

'Ja,' zei Franz, 'want voor Joden heb ik niet al te veel over. Vroeger had ik eens een Joodse baas. Dat was geen pretje. U kunt van mij aannemen dat het voor het eerst van mijn leven is dat ik geld vraag om iemand te helpen. En als Gertrud me niet had overgehaald, waren we hier niet...'

'Het is al goed,' zei Silbermann. 'U moet het mij niet kwalijk nemen dat u me helpt.'

'Ik neem het u ook niet kwalijk. Maar Gertrud brengt iemand...'

'Franz,' maande Silbermann hem tot kalmte, 'wees blij. Hier hebt u uw geld. Doe de groeten aan uw verloofde en zeg haar dat ik haar veel geluk wens.'

'Wenst u dat uzelf maar,' zei Franz nors en hij stopte de biljetten zonder ze na te tellen in zijn zak. 'Zo eenvoudig is het hier namelijk niet. Steeds rechtdoor lopen. Dan komt u bij een brandgang, maar u blijft rechtdoor gaan. Tot u bij een bosweg komt, daar loopt de grens, maar u blijft rechtdoor gaan. Dan komt u bij een straatweg, maar u loopt rechtdoor over de akkers. Als u opschiet bent u met een halfuur in België.

Die koffer had u beter thuis kunnen laten. Maar u hebt hem nu eenmaal bij u. Pas op voor de Belgische gendarmes en ga zo snel mogelijk naar de dichtstbijzijnde stad. Als u nog op Duits grondgebied wordt aangehouden, blijf dan staan, anders schieten ze, daar kunt u uw koffer onder verwedden. Zoiets heb ik nog nooit gezien, iemand die zijn koffer meeneemt als hij de grens overgaat. Waarom neemt u niet gelijk een verhuiswagen mee?'

Silbermann had goed naar de uitleg van zijn brommerige chauffeur geluisterd. Nu vroeg hij: 'Denkt u dat het gaat lukken?'

'Nu vraagt u te veel,' zei Franz. 'Ik heb u al verteld hoe het gaat. De een lukt het, de ander niet. Als u het nu al in uw broek doet, redt u het zeker niet. De grensbewaking aan de Belgische kant is versterkt, heb ik gehoord. Als u gepakt wordt sturen ze u terug. Dat is een ding dat zeker is. Nou, kijk maar uit, en veel geluk. En als u gesnapt wordt, zegt u maar dat u te voet bent gekomen. Maar u verklikt me natuurlijk meteen! Niet soms? Jullie burgermannen zijn allemaal hetzelfde.'

'Bent u al eens over de grens geweest?' vroeg Silbermann.

'Ik?' vroeg Franz lachend.

'Ik geef u duizend mark extra als u me de grens overbrengt. Ik vrees dat ik verdwaal. Ik heb geen enkele training...'

'Nou en? Wat hebt u mijn verloofde beloofd?'

Silbermann knikte. 'U hebt gelijk,' zei hij kleintjes. 'Ik moet het zelf maar zien te redden.' Hij gaf hem een hand. 'Adieu.'

'Ik zie het al voor me,' antwoordde Franz woedend. 'U loopt de eerste de beste grenswacht in de armen. Waarom heb ik me laten ompraten? Nu zit ik met de gebakken peren!'

Hij stapte uit.

'Wat gaat u doen?' vroeg Silbermann hoopvol.

'Ik kan een klus toch niet halverwege uit mijn handen laten vallen?' zei Franz nors. 'Kom.'

'Wilt u echt...?'

'Nee. Natuurlijk niet! Maar wat moet ik anders?'

'Kan de auto hier zomaar blijven staan?'

'Ik heb de sleutel eruit gehaald. Allemaal voor die stomme duizend mark. Als we maar geld verdienen. Tjonge jonge.'

'Ik geef u duizend mark extra,' zei Silbermann blij. 'Nee, ik geef u zelfs...'

'Pak die koffer,' bromde Franz en hij begon te lopen.

Hij leek de weg goed te kennen, maar hij had haast en rende meer dan hij liep. Silbermann struikelde over wortels, stootte zich aan stenen en botste tegen boomstronken. Hij snakte naar adem. De koffer was loodzwaar.

Nadat ze zo tien minuten onafgebroken hadden voortgeploeterd – Franz keek van tijd tot tijd achterom om zich ervan te vergewissen dat hij nog volgde – zei Silbermann uitgeput: 'Ik kan niet meer. Ik moet even rusten.'

Franz bleef staan. 'Daar was ik al bang voor,' fluisterde hij. 'Weet u wat er gebeurt als ik thuiskom en mijn baas had ondertussen de auto nodig? 's Nachts moet hij ook weleens ergens heen, en het is een echte klootzak. Die geeft je meteen aan als je voor je lol een ritje met zijn auto maakt. Nu opgeven, echt iets voor u. Geef mij de koffer maar.'

Hij ging weer voorop.

'Hoe laat is het ongeveer,' fluisterde Silbermann na een tijdje.

'Twee uur, denk ik. Vroeg genoeg om opgepakt te worden.'

Nu werd de koffer ook Franz te zwaar. Hij zette hem neer en vloekte zachtjes. 'Ik lijk wel niet goed snik om voor pakezel te spelen. Ongelooflijk! Als iemand me had verteld dat ik ooit gevangenisstraf zou riskeren voor een bourgeois...'

'U bent een fatsoenlijke kerel,' zei Silbermann zachtjes, terwijl hij tevreden zijn hoed afnam om het zweet van zijn voorhoofd te wissen.

'Fatsoenlijke mensen bestaan niet,' antwoordde Franz. 'Niet volgens de materialistische geschiedenisopvatting. Maar wat weet u daarvan.'

'Weinig,' gaf Silbermann toe.

'Nou, kijk,' zei Franz iets welwillender, 'u zult ook wel gemerkt hebben dat de mens een duivel is voor zijn medemensen. En voor de arbeiders... Maar kom op, man. Als ik er langer over ga nadenken, laat ik u hier nog staan.'

Silbermann lachte.

'Ssst,' siste Franz kwaad. Ze stonden bij de brandgang.

'Is het nog ver?' vroeg Silbermann.

'Tien minuten, maar stil nu!'

Franz bleef in het donker even staan luisteren en liep toen zachtjes verder, er bij elke stap op lettend geen geluid te maken.

Silbermann sloop achter hem aan. Het gezelschap van Franz gaf hem zoveel moed dat hij bijna vergat hoe gevaarlijk het was.

Eindelijk bereikten ze de bosweg.

'Ik zou wel verder mee willen gaan, naar Lamberts, dat is een kennis van me, die heeft een café, maar ik moet zo snel mogelijk terug naar de auto. Loopt u almaar rechtdoor, dan komt u bij de akker waar ik het over had, en die steekt u recht over. Maar maak zo min mogelijk lawaai. Dan komt u bij een klein bos, daar loopt u doorheen, en dan bent u in het dorp. Het vierde huis is het café van Lamberts. Ga daar naar binnen. De koffer laat u natuurlijk in het bos staan. U bent hopelijk niet zo dom dat u met koffer en al het dorp binnenmarcheert. Goed, doe Lamberts de hartelijke groeten van Franz, dan zal hij u helpen. Natuurlijk wil hij wel wat verdienen, die Lamberts. Maar hij helpt u verder. Zijn schoonzoon heeft een auto. U spreekt toch wel Frans?'

'Ja, ja,' zei Silbermann.

'Ja, natuurlijk kunt u dat. Goed. Tot ziens. Adieu!'

'Wacht, u krijgt nog geld van me.'

'Voor geld riskeer ik wel de auto van mijn baas, maar niet mijn leven!'

'Maar...'

Franz had zich al omgedraaid en nog even zag Silbermann zijn schrale, knokige gestalte, toen verdween hij in de duisternis. Silbermann pakte zijn koffer weer. 'Ik heb geluk gehad,' mompelde hij.

Het begon zachtjes te regenen en de druppels sloegen Silbermann in het gezicht. Hij liep zo snel als zijn koffer het toeliet. Iets van het veilige gevoel dat hij had gehad met Franz in de buurt was er nog.

Het komt vast goed, hoopte hij. Had ik die stomme koffer maar thuisgelaten. Hij overwoog hem gewoon in het bos achter te laten, maar de koffer openmaken en het geld eruit halen leek hem te gevaarlijk. Als ik hem tot hier heb meegesjouwd, kan ik hem nog wel een eindje verder sjouwen, dacht hij toen hij de koffer alweer moest neerzetten. Anders zou al dat geploeter voor niets zijn geweest.

Hij voelde zich zo moe dat hij even moest gaan zitten.

Zou die Franz nou problemen krijgen, vroeg hij zich af. Ik weet zijn achternaam niet eens. Ik zal hem nooit kunnen bedanken. Maar wat een gelukkig toeval. Eigenlijk heb ik dat aan die dikke spion te danken.

België, dacht hij toen. Nu ben ik in België. Je merkt er niets van.

Ik zou moeten dansen van vreugde, maar in plaats daarvan ben ik bang. Net zo bang als vijf minuten geleden, toen ik nog in Duitsland was. Als ik eerst maar eens...

Hij meende iets te horen en luisterde gespannen. Kraakte daar niet ergens een tak? Hij sprong op, greep zijn koffer en keek met opengesperde ogen om zich heen.

'Nee,' fluisterde hij, 'nee, nee, nee! Nu is het voorbij. Ik stop ermee. Ik blijf gewoon hier. Ik blijf hier, en als ze...'

Maar het was niets, hij had zich vast vergist. Door de gestaag neerdruppelende regen kalmeerde hij. Hij pakte zijn koffer en zette zich weer in beweging. De brandblaar op zijn wijsvinger was door het gesjouw met de koffer gesprongen en nu had hij voortdurend pijn. Hij nam de koffer in zijn andere hand.

Nu gepakt worden, dacht hij. Naar Duitsland teruggestuurd worden. Dat kan toch niet!

Om zo min mogelijk lawaai te maken liep hij heel langzaam en voor iedere stap tastte hij eerst met zijn voet de grond af om niet mis te stappen.

In elk geval ben ik in België, dacht hij weer. Het is gelukt!

Het bos werd minder dicht en hij zag iets lichts schemeren. De straatweg, concludeerde hij. Nu liep hij weer sneller, zonder te letten op het geluid van brekende takjes. Toen hij uit het bos kwam keek hij om zich heen. Het was een bijna plechtig moment.

Het schaduwbestaan is voorbij, dacht hij. Nu word ik weer mens!

Nadat hij voorzichtig om zich heen had gekeken en niets verdachts had gezien, stak hij de straat over. Voor hem lag een open akker.

Steeds rechtuit, herinnerde hij zich, hij sprong over een greppeltje en voelde de zachte, vochtige aarde onder zijn voeten. Had ik die vervloekte koffer maar niet meegenomen, wenste hij opnieuw.

Toen hoorde hij opeens geluid in het bos. Takken braken, een zaklantaarn lichtte op, toen nog een, en ongeveer twintig meter van de plaats waar hij net langs was gekomen naderden vanuit het donker twee gestalten.

Silbermann had zich bij het eerste geluid meteen op de grond laten vallen en trok nu de koffer naar zich toe, die met een dof geluid omviel. Van opwinding kreeg hij steken in zijn hart. Hij ademde met zijn mond wijd open en drukte zijn gezicht zo stevig tegen de grond als zijn toenemende behoefte aan lucht toeliet.

De mannen, die nu als vage silhouetten zichtbaar waren, stonden midden op de weg en lieten de lichtkegels van hun zaklantaarns heen en weer springen. Ze leken het niet eens te zijn over de richting die hij was ingeslagen. In elk geval overlegden ze fluisterend en gingen toen uit elkaar. De een bleef staan, de ander liep naar de greppel en scheen met zijn zaklantaarn alle kanten op, om uiteindelijk van Silbermann weg te lopen.

Ondertussen had de man die was blijven staan een sigaret opgestoken en liep nu langzaam recht op Silbermann af. De absolute zekerheid waarmee hij op hem afkwam had iets ironisch, zowel tegenover zijn collega, die al bijna vijftig meter verderop was en onverdroten de verkeerde kant op liep, als tegenover hem, die dacht zich te kunnen verstoppen.

Laat het niet waar zijn, bad Silbermann. Dit mag gewoon niet. Hij heeft me niet gezien, nee!

Tegelijkertijd wist hij dat de man, die nu zo'n tien passen bij hem vandaan stond, zijn hortende en stotende ademhaling al moest kunnen horen. Silbermann drukte zijn hand tegen zijn mond.

'Eh bien?' zei een bedaarde stem. 'Voulez-vous rester là?'

De lamp scheen in zijn gezicht.

'Je l'ai trouvé!' riep de gendarme naar de ander, die snel kwam teruggelopen.

Silbermann kwam moeizaam overeind. 'Je suis...' begon hij.

'Vous avez traversé la frontière,' onderbrak de gendarme hem, terwijl hij opnieuw met de zaklantaarn in zijn gezicht scheen. 'Il faut retourner!'

'Je suis réfugié,' vervolgde Silbermann met schorre stem. 'Je suis juif!'

'Tiens, tiens,' antwoordde de gendarme kalm. 'Mais quand même. Vous n'avez pas le droit de passer la frontière. Il faut venir avec un visa. Alors, venez!'

Intussen was zijn collega erbij gekomen. 'U moet terug naar Duitsland,' zei hij in het Duits.

'Maar ik ben een vluchteling! Ik ben Joods. Ze kwamen me arresteren. Ze stoppen me in een concentratiekamp!'

'We mogen u niet doorlaten. Kom mee.' De man greep hem bij zijn arm om hem terug te brengen, het bos in.

De gendarme die hem had ontdekt droeg zijn koffer en liet het gesprek aan zijn collega over.

Op de weg bleef Silbermann staan. 'Ik protesteer,' zei hij. 'Ik blijf hier. U hebt niet het recht, dit mag u niet doen. Ik ben hier in een vrij land!'

'U bent illegaal de grens overgekomen.'

'Ik moest wel. Ik word vervolgd.'

'Niet iedereen kan naar België komen.'

'Ik heb papieren! Ik heb geld! Wacht, ik zal het laten zien...'

'Kom mee!' De gendarme duwde hem voort.

Silbermann stribbelde tegen. 'U moet begrijpen,' smeekte hij, 'dat ik niet meer terug kan. Ik blijf maar één dag in België. Mijn zoon woont in Parijs. Daar ga ik ook heen.'

'Legt u dat maar uit aan de Belgische consul in Duitsland. Wij hebben orders...'

'Ik ga niet terug! Ik eis dat ik naar het bureau word gebracht! Het is toch niet mijn schuld dat ik illegaal de grens moest oversteken. Ik word vervolgd.'

'Dat is niet de schuld van België. Het spijt ons...'

Ze waren de straatweg overgestoken. Opnieuw bleef Silbermann staan.

'Dit kan niet!' zei hij. 'Dit kan absoluut niet.' Hij wendde zich tot de gendarme die zijn koffer droeg.

'Ik kan niet terug. Onmogelijk.'

'Mais oui, mon ami, dat kan heel goed,' antwoordde de man bedaard.

Plotseling rukte Silbermann zich los. 'Doe maar wat u wilt,' schreeuwde hij. 'Ik blijf... Je reste... je reste!'

'Als u niet vrijwillig teruggaat moeten we u in Herbesthal op de trein zetten. Het volgende station ligt in Duitsland, daar neemt de Duitse politie u over...'

'Dat kunt u niet doen!'

'Mais oui!'

Even zwegen ze alle drie. Toen grepen de gendarmes hem links en rechts stevig bij zijn arm en duwden hem voort.

'U weet de weg al,' zei de man die hem had ontdekt. 'Komt u vooral niet terug...'

'Anders moeten we u op de trein naar Duitsland zetten,' vulde zijn collega aan.

Ze waren aan de rand van het bos gekomen, maar Silbermann vergiste zich als hij meende dat de gendarmes hem nu zouden loslaten. Ze bleven hem vergezellen. Opnieuw bleef hij staan.

'Ik ga niet,' verklaarde hij met de moed der wanhoop. 'Ik blijf maar één dag. Ik beloof dat ik meteen doorreis. Ik heb tenslotte alles. Geld, papieren. Ik ben niet arm. Begrijpt u toch dat ze me zullen arresteren. Als ik niet kan blijven moet ik een eind aan mijn leven maken. België is mijn laatste hoop. Mijne heren, ik smeek u, ik heb nog nooit de wet overtreden.'

'U moet terug. Praten heeft geen zin. U moet terug!'

'Écoutez,' begon Silbermann opnieuw, terwijl hij zich tot de eerste gendarme wendde. 'Ik geef u vijfduizend mark. Dat is een vermogen...'

'Bent u helemaal gek! Vooruit!' antwoordde de gendarme kalm.

'Luister toch, dit is ook voor u een kans, en voor mij gaat het om mijn leven. Ik geef u tienduizend... ieder vijf.'

Hij kreeg een duw tegen zijn schouder.

'Hou je kop,' zei een ruwe, maar naar het Silbermann toescheen niet helemaal vaste stem.

'Vijftienduizend,' verhoogde hij zijn bod. 'En ik verzeker u dat ik er nooit een woord over loslaat. In mijn eigen belang. Wees nou verstandig en menselijk tegelijk. U bent met zijn tweeën, u krijgt allebei meteen uw geld. Denk na, zevenduizendvijfhonderd mark...'

'We zijn hier in België,' zei de gendarme, en het was Silbermann niet duidelijk of hij nu op de hogere moraal of op de lagere koers van de mark doelde.

'Ieder tienduizend...' verhoogde Silbermann nogmaals zijn bod. 'Dan kunt u met pensioen en een huis kopen.' Nu hij bij het zakelijke deel van het avontuur was aangekomen, sprak hij aanzienlijk rustiger en zelfverzekerder.

De twee gendarmes zwegen. Als ze elkaar maar niet wantrouwen, dacht Silbermann. Ze kunnen elkaars gezicht niet zien. Daarin schuilt het gevaar.

'We kunnen het heel snel regelen,' zei hij. 'Ik verlaat België. En u let goed op elkaar, omdat u tenslotte allebei...'

'Stil,' zei de tweede gendarme bars. Misschien probeerde hij zijn collega duidelijk te maken dat hijzelf niet minder sterk van karakter was dan zijn collega, die meteen nee had gezegd.

Het misverstand tussen die twee kost me nog de kop, dacht Silbermann wanhopig en hij begon opnieuw: 'Mijne heren, u bent...'

Maar nu schudde zijn rechterbegeleider hem door elkaar. 'Hou nou eindelijk eens uw mond,' gromde hij.

'Als u zo doorgaat leveren we u bij de Duitse politiepost af,' voegde de gendarme links eraan toe.

'Maar we moeten elkaar toch vertrouwen!' bezwoer Silbermann, die dacht dat hij het allemaal heel goed zag. 'Tienduizend, nu meteen, voor ieder van u, ik schat dat het zo'n vijftigduizend frank is...'

Konden ze elkaar maar zien, dacht hij, dan zouden ze meteen toehappen.

'Nu is het genoeg,' zei de gendarme aan zijn rechterkant. 'Nog één woord en we gaan richting Herbesthal.'

Silbermann zweeg. Ze waren bij de bosweg gekomen en bleven staan.

'Eh bien, monsieur,' zei de gendarme die zijn koffer had gedragen en deze nu neerzette, heel boos. 'U bent in uw vaderland. Kom in geen geval terug! Dat zou heel gevaarlijk voor u zijn!'

'Mijne heren,' smeekte Silbermann voor het laatst. 'Ik had niet de bedoeling u te beledigen. Dat zweer ik u. Maar denkt u er nog eens over na...'

'Als u nog één keer uw gezicht laat zien...' brieste de gendarme.

Toen draaide Silbermann zich om, liep het bos door en kwam struikelend over een wortel het Duitse Rijk weer binnen.

Hoofdstuk zeven

Silbermann stopte zijn vingers in zijn oren. De-ene-paal-is-als-de-andere, de-ene-paal-is-als-de-andere, op-de-vlucht, op-de-vlucht. De-ene-paal-is-als-de-andere… O, ik word nog gek, vreesde hij. Het monotone gezang van de wielen was een marteling.

Hoe moet je daar nou bij in slaap vallen, dacht hij, en met zijn linkerhand trok hij de aktetas weg die hij achter zijn rug tegen het kussen had gezet en waarvan de sluiting in zijn rug prikte. De koffer had hij langs de weg laten liggen nadat hij het geld eruit had gehaald en in zijn tas had gestopt. In de gemoedstoestand waarin hij zich na de mislukte grensovergang bevond, kon hij de koffer niet nog langer meeslepen.

Hij had de afgelopen nacht ruim anderhalf uur gelopen, waarna de grote vrachtwagen die hij had aangehouden hem meenam naar Mönchengladbach. De twee kibbelende bestuurders hadden hem aan Franz doen denken, en de droge opmerkingen die ze van tijd tot tijd maakten en de mopperige, maar positieve manier waarop ze naar de wereld keken, hadden hem goed gedaan en een beetje opgebeurd.

Nu zat hij weer in de trein, terug naar Berlijn. Het mislukte avontuur had hem zo gedeprimeerd dat hij niet nog een poging durfde wagen om België binnen te komen. Het ontbrak hem aan de besluitvaardigheid die voor zo'n onderneming noodzakelijk was.

Hij opende het raam en leunde naar buiten om frisse lucht te krijgen. De harde wind deed hem goed. Maar toen vloog er een vuiltje in zijn rechteroog en was hij vijf minuten bezig om het te verwijderen. Toen hij het raam dichtdeed was het in de coupé, waar hij tot dan toe alleen had gezeten, koel geworden. Hij at een stuk chocola en probeerde weer te slapen, maar het geratel van de wielen en het lichte schommelen en wiegen van de trein dreven hem bijna tot wanhoop.

Hij liep een paar keer heen en weer door de coupé, las aandachtig de bordjes met regels en voorschriften aan de wanden, ging weer zitten, stond opnieuw op en ging naar de gang om wat door de trein te lopen. Onverschillig bekeek hij de mensen die hem tegemoetkwamen, maar toen hij een man zag die hij voor een Jood hield fronste hij onwillekeurig. In het gangpad van de derde klas kwam hij nog zo'n verdacht Joods uitziend individu tegen.

Er zitten te veel Joden in de trein, dacht Silbermann. Daardoor lopen we allemaal gevaar. Dat heb ik trouwens allemaal aan jullie Joden te danken. Als jullie er niet waren, kon ik in vrede leven. Maar omdat jullie er zijn, word ik ook als zo'n pechvogel beschouwd! Ik onderscheid me in niets van andere mensen, maar misschien zijn jullie wél heel anders en ben ik niet een van jullie. Ja, als jullie er niet waren, zou ik niet worden vervolgd. Dan kon ik een normale burger blijven. Maar omdat jullie bestaan, word ik ook uitgeroeid. Terwijl we in feite niets met elkaar gemeen hebben!

Hij vond het onwaardig om zo te denken, maar toch dacht hij zo. Als veel mensen steeds maar tegen je zeggen: jij bent een prima vent, maar je familie deugt van geen kanten, of: je neven zijn slecht volk, in tegenstelling tot jou, dan kun je door zo'n algemene opvatting makkelijk worden aangestoken.

En precies zo verging het Otto Silbermann, die normaal gesproken niet tot die tragikomische figuren behoorde die 'Joodse antisemieten' worden genoemd. Momenteel was hij echter niet in staat om helder te denken, hij verkeerde in zo'n overspannen toestand dat hij het bestaan van zijn buurman al als belediging opvatte.

Jullie hebben me deze loer gedraaid, dacht hij korzelig, en hij staarde boos naar de man wiens uiterlijk hem aan dat van een geloofsgenoot deed denken. Die zag hem kijken en keek meteen geërgerd terug.

De man stond op en kwam op Silbermann af. 'Heb ik soms iets van u aan?' vroeg hij gepikeerd.

Silbermann zweeg verrast.

'Waarom staat u me zo aan te staren?' vroeg de man, duidelijk een gewone kantoorklerk.

Silbermann antwoordde niet.

'Hé,' de man tikte hem op de schouder, 'ik heb het tegen u!'

'Hou daarmee op,' zei Silbermann scherp.

'Als we niet in de trein zaten, dan...' reageerde de man en zijn ogen spuwden vuur.

'Nou, wat dan?' informeerde Silbermann koeltjes.

'Dat zou u wel zien!'

Een derde man, waarschijnlijk een vriend van degene die zich beledigd voelde, bemoeide zich ermee. 'Begin je nu weer ruzie te maken, Max?' vroeg hij hoofdschuddend.

'Hou je erbuiten.'

De vriend legde een hand op zijn schouder. 'Laat nou maar,' zei hij.

'Ik heb geen idee wat deze meneer van me wil,' zie Silbermann.

'Hebt u misschien gezegd dat hij een Jood is?'

'Ik heb helemaal niets gezegd,' antwoordde Silbermann verbluft.

'Anders had hij u wel een klap verkocht, want dat is hij is namelijk niet.'

'Ik laat me niet aanstaren alsof ik een bult heb en met allebei mijn ogen scheel kijk,' zei de man al wat verzoenlijker. 'Ik ben gewoon bij de partij, net als ieder ander.'

'Waarom zou ik u willen beledigen?' zei Silbermann. Hij draaide zich om en begaf zich naar de restauratiewagen voor het middageten. Daarna voelde hij zich beduidend beter en na lang wikken en wegen besloot hij naar Küstrin te gaan om zich met zijn vrouw op de nabije toekomst te beraden.

Misschien kan ik daar een paar dagen blijven tot het ergste voorbij is, hoopte hij. Ook kan ik dan mijn zoon nog eens bellen.

Van clandestiene pogingen heb ik voorgoed genoeg. Daar ben ik niet voor in de wieg gelegd. Ik ben gemaakt voor een gewoon leven, niet voor een buitengewoon. Hij herinnerde zich de scène in het bos bij de grens en de daaropvolgende terugtocht. Misschien had ik het toch nog een keer moeten proberen, dacht hij. Misschien was het dan wel gelukt. Zou ik ooit nog uit Duitsland wegkomen, vroeg hij zich af, en hij blikte bijna met bewondering terug op zijn vergeefse krachtsinspanning van de vorige dag.

Nu, bezien vanuit de restauratiewagen, verloor het avontuur veel van zijn dramatiek en hoewel hij het op dat moment als zijn zwaarste strijd om het bestaan ooit had ervaren, werd het nu een deprimerende, beetje tragische en zelfs bijna komische herinnering, wat zijn nederlaag iets minder ontmoedigend maakte.

Het had veel erger kunnen zijn, dacht hij, ik had door Duitse agenten opgepakt kunnen worden. Overigens is het niet alleen voor mij zuur afgelopen, want inmiddels is het weer dag en kunnen die Belgische agenten elkaar wél in de ogen kijken.

Dit beeld beviel hem zo goed dat hij er geruime tijd bij bleef stilstaan. Twintigduizend mark heb ik ze aangeboden, ik moet niet goed snik zijn geweest. Wat had ik dan de volgende agent die me aanhield moeten geven, en de daaropvolgende en die daarna? Hij glimlachte. Echt, dacht hij, ik ben veel taaier dan ik zelf wist.

Hij betaalde en ging weg. Hij hoopte de man die zijn antisemitismekaart had gespeeld niet opnieuw tegen te komen en dat gebeurde ook niet.

Door de overvloedige en goede maaltijd was Silbermanns humeur aanzienlijk verbeterd en toen hij in zijn coupé aan het raam was gaan zitten, viel hij vrijwel meteen in slaap, om pas enkele uren later in Hannover wakker te worden. Hij bestelde koffie bij een langslopende kelner van de restauratiewagen, opende het raam en keek naar buiten. Hij wenkte een krantenverkoper, kocht een paar tijdschriften, gooide ze achter zich op zijn plaats en bekeek toen de op het perron rondlopende reizigers.

Zijn belangstelling werd gewekt door een elegant geklede dame, die voor zijn raam met een andere, oudere dame stond te praten. Zonder echt te luisteren ving hij flarden van hun gesprek op.

'Niet te veel praten,' zei de oudere dame. 'Hoe minder je zegt, hoe beter het voor je is! Daar heb je tenslotte je advocaat voor, nietwaar? Onthou maar dat het een veel betere indruk op de rechter maakt als je die lasterpraatjes gewoon over je heen laat komen... Je hebt het helemaal niet nodig, per slot van rekening is hij de schuldige! ... En gedraag je voornaam... Rustig en voornaam, dat maakt altijd de beste indruk... Nergens op ingaan. Bij een schikking verlies je altijd het recht... Zeg trouwens tegen je advocaat dat ik altijd bereid ben om te getuigen. Je hoeft maar te schrijven, ik kom meteen... Ik weet hoe hij je behandeld heeft. Het is... Waar blijft die kruier nou? Heb jij het nummer onthouden? Ik ook niet... Dat moet je altijd doen, je weet nooit. Ah, daar komt hij... Hopelijk heb je een goede plaats. Niet te veel roken, dat is slecht voor je teint... En zoals gezegd, ik kan altijd komen, je hoeft maar te schrijven... En informeer je advocaat goed. Uit zichzelf weet zo'n man helemaal niets... Je hebt je veel te weinig met het proces beziggehouden... Hem verder laten observeren, absoluut! Hoe meer... De conducteur staat al te wenken, je moet instappen... Als je schrijft, neem ik direct de eerstvolgende trein!'

Silbermann draaide zich om.

Dat soort problemen zijn er ook nog, dacht hij bijna verbaasd. Voor vrouwen met een twistzieke of ontevreden vriendin moet je oppassen. Elfriede luisterde altijd alleen naar mij. Hij zuchtte.

De deur van de coupé ging open en er kwam een kruier binnen die twee koffers in het bagagerek legde en daarna terugging naar de gang, waar hij afwachtend bleef staan. Silbermann stak een sigaret op en bladerde in een van de tijdschriften.

Ik ben benieuwd, dacht hij.

Hij hoorde de kruier 'dank u wel' zeggen en er kwam iemand binnen.

'Heil Hitler,' groette een heldere vrouwenstem.

Silbermann keek op. 'Heil,' zei hij onvriendelijk.

Aanvankelijk bekeek hij de dame, van wie hij al zoveel wist, zonder veel interesse. 'Zal ik het raam dichtdoen?' informeerde hij.

'O, laat u maar open,' antwoordde ze. In haar grijsblauwe, bijzonder aantrekkelijke ogen, ogen waarin je kon verdwalen, lag een blik waaruit duidelijk bleek dat ze hem zag en een positieve indruk van hem had.

Haar gezicht was apart, hoewel niet mooi in klassieke zin. Maar haar ogen, die zo opvallend levendig keken, intrigeerden hem dermate dat hij het moeilijk vond een onafhankelijk, puur esthetisch en nuchter oordeel te vellen. Een vrouw zou misschien zeggen dat haar mond te groot en haar neus iets te klein was, maar Silbermann kon al geen echte objectiviteit meer opbrengen. Door de ogen van de onbekende was iets van de elektriserende spanning die ze in zich moest hebben op hem overgesprongen, waardoor een lichte warmtegolf door hem heen ging en hij niet meer in staat was tot een weloverwogen oordeel.

Ze stak een sigaret op, streek haar rok glad en opende haar handtas om er een lippenstift en een spiegeltje uit te halen, toen drukte ze de sigaret, waarvan ze maar een paar trekjes had genomen, in de asbak uit en begon geconcentreerd haar lippen bij te werken.

Silbermann herinnerde zich ooit afkeurend over zulke handelingen te hebben gedacht, maar nu vond hij de aanblik van een vrouw die zo liefdevol met zichzelf bezig was ook iets verkwikkends hebben. De daarmee gepaard gaande koketterie was niet per se verwerpelijk. Integendeel, in bepaalde gevallen viel er een zekere charme in te ontdekken en dat was hier het geval.

Hij vond dat hij er goed aan had gedaan zich in Mönchengladbach voor vertrek te laten scheren, hoewel hij nog geen direct verband zag tussen zijn opfrisbeurt en haar aanwezigheid. Hij bladerde in zijn tijdschriften, blij met het aangename gezelschap, zonder er verder aandacht aan te besteden.

Zijn langzaam terugkerende zorgen namen hem zo in beslag dat hij, toen ze hem na een minuut of tien iets vroeg, moest vragen om haar woorden te herhalen omdat hij niet had geluisterd.

'Ik vroeg alleen,' zei ze, en haar stem had absoluut een warme lichtheid, 'of de trein nog ergens stopt, of dat hij doorrijdt tot Berlijn.'

'Ik geloof dat hij in Maagdenburg en in Oebisfelde stopt,' zei Silbermann terwijl hij zijn tijdschriften weglegde.

'Dank u,' zei ze, en haar ogen waren onverminderd expressief. 'Ik ben namelijk vergeten iets te lezen te kopen.'

'Mag ik u misschien mijn tijdschriften aanbieden, mevrouw?' vroeg Silbermann.

'Heel vriendelijk van u, maar u wilt ze toch zelf ook lezen?'

'Maar niet allemaal tegelijk, ik heb er een heel aantal. Alstublieft.' Hij reikte haar twee tijdschriften aan. In haar ogen lag een onmetelijke ontspanning, zag Silbermann. 'Reist u voor het eerst op dit traject?' informeerde hij.

Ze zuchtte, zoals je alleen kunt zuchten als je door ervaring hebt geleerd gedisciplineerd en binnen de conventies te blijven wanneer je zucht.

Silbermann zweeg tactvol.

'Helaas niet,' zei ze uiteindelijk.

'Reist u dan niet graag?' vroeg hij belangstellend.

'Integendeel, maar soms zijn er aanleidingen…' Ze deed er het zwijgen toe.

'Dat is zo,' zei Silbermann en hij zuchtte heel onconventioneel. 'Er zijn dingen…'

Ze keek hem aan.

Dwaallichtjes, dacht Silbermann, echte, dansende dwaallichtjes.

Toen zei hij: 'Je kunt reizen om aan de rust te ontsnappen. Maar je kunt ook reizen om rust te vinden.'

Haar ogen glimlachten, dat wist hij zeker.

'Eerlijk gezegd reis ik om naar Berlijn te gaan,' zei ze.

Silbermann lachte.

Ik ben getrouwd, dacht hij, ik ben op de vlucht. Ik heb helemaal geen tijd om aan iets anders te denken dan aan mijn eigen treurige besognes. Ik kan en zal me niet op een dwaalspoor laten brengen.

'Toch ben ik oprecht blij,' zei hij, en hij leunde wat naar voren om dichter bij haar te zijn, 'dat ik deze trein heb genomen. Er is... zulk aangenaam gezelschap.'

Zonder antwoord te geven pakte ze een tijdschrift en begon erin te bladeren.

Silbermann had het gevoel dat hij een flater had geslagen. Hij keek uit het raam naar het voorbijvliegende, saaie landschap en was bang dat hij een rood hoofd had gekregen. Ben ik op zoek naar een avontuurtje, vroeg hij zich af. Nee, dat is allerminst mijn bedoeling. Het was misschien... maar dat is onzin.

'Hebt u toevallig lucifers?' vroeg ze.

'Zeker,' antwoordde hij, en hij begon haastig in zijn zakken naar lucifers te zoeken. Ten slotte vond hij ze en gaf haar vuur.

'Dank u,' zei ze en ze bekeek hem stil en uitvoerig. Toen zei ze opeens: 'Bent u toevallig advocaat?'

'Helaas niet,' antwoordde hij verrast.

'Het was zomaar een gedachte, het kwam ineens bij me op.' Ze verdiepte zich weer in het tijdschrift.

'Aha,' zei hij. 'Overigens wilde ik vroeger advocaat worden. Ik heb zelfs een tijdje rechten gestudeerd. Daar heb ik later nog profijt van gehad. Een beetje juridische kennis is nooit weg voor een zakenman. Kan ik u ergens mee helpen?'

'Daarom vroeg ik het niet,' antwoordde ze.

'Zie ik er dan uit als een advocaat? Met dossiers, processen, tariefregelingen en vonnissen?' vroeg hij glimlachend.

'Nee,' zei ze. 'Dat wil zeggen, ik weet het niet. Ik kan aan iemand zijn beroep niet afzien.'

'Mag ik vragen hoe u dan op het idee kwam?'

'Is dat belangrijk?'

'Het interesseert me, maar ik sta er natuurlijk niet op.'

'U deed me aan iemand denken,' verklaarde ze.

'Hopelijk steek ik gunstig bij hem af,' schertste hij.

Ze lachte, en weer bekeek ze hem openlijk en onderzoekend. 'Dat is moeilijk te zeggen,' zei ze uiteindelijk.

'De vergelijking valt dus ongunstig voor me uit?'

Nu moesten ze allebei lachen.

Ze is op een of andere manier heel los, dacht Silbermann. Misschien verbeeld ik het me maar, omdat ik meer van haar weet dan ik zou moeten weten. In elk geval bestaan er ook mensen die zo duidelijk door de moraal beknot zijn dat ik ze onsympathiek vind. Hij keek haar aan. Een mooie koorts, dacht hij, zonder te weten waarom juist dat hem te binnen schoot.

'Mag ik u iets vragen?' informeerde hij.

'Waarom niet? Het is aan mij om al dan niet antwoord te geven.'

'Ik wilde u vragen op wie ik lijk.'

'Dat is toch onbelangrijk,' antwoordde ze wat koeltjes.

'Op een of andere manier intrigeert het me.'

'Zullen we het daarbij laten?' zei ze, en ze keek weer in het tijdschrift.

Waarbij, vroeg hij zich af.

Hij zag dat ze het tijdschrift vrij dicht bij haar ogen hield. Ze is bijziend, maar te ijdel om een bril te dragen, dacht hij en onwillekeurig glimlachte hij. Hij vond deze kleine, dubbele zwakheid sympathiek en bijna ontroerend. Hij deed alsof hij in gedachten verzonken was, maar in werkelijkheid bestudeerde hij haar gezicht dat ontspande bij het lezen. Ze heeft geen hoog voorhoofd, stelde hij vast. In feite was haar voorhoofd zelfs laag te noemen. Ze is vast niet gecompliceerd of bijzonder problematisch, concludeerde hij. Eerder oprecht. Weer zuchtte hij. Ik zal er in elk geval niet achter komen, dacht hij spijtig.

'Hebt u het zo zwaar?' vroeg ze deels ironisch, deels belangstellend. Silbermann hoorde goedheid in haar stem, een uitgesproken vrouwelijke goedheid.

'Heel erg zwaar,' zei hij. Dat moest klinken als zelfspot, maar zijn glimlach oogde verkrampt.

'Zorgen?' informeerde ze op geïnteresseerde en attente toon en niet zonder betrokkenheid. 'Zaken zeker?' Ze schudde lieftallig haar hoofd, vol onbegrip over de wereld van transacties, vergaderingen, investeringen en faillissementen.

'Nee,' zei hij alleen.

Haar belangstelling werd zichtbaar groter. Persoonlijke problemen waren voor haar vertrouwd terrein en ze wist zeker dat zijn zorgen op het emotionele vlak lagen. Van fusies tussen ondernemingen wist ze niets, maar des te meer wist ze over de verschillen tussen twee mensen.

'Wat voor zorgen kan een zakenman hebben als ze niet zakelijk zijn?' vroeg ze.

In haar vraag lag geen platte nieuwsgierigheid; Silbermann meende alleen belangstelling, puur menselijke belangstelling te horen.

'Het gaat echt niet altijd om geld,' antwoordde hij, 'al zal ik de laatste zijn die het belang ervan betwist.'

'Zo bedoelde ik het ook niet,' zei ze.

Hij zweeg. Ten slotte vermande hij zich en vroeg: 'Denkt u dat ik een menselijk wezen ben, mevrouw?'

Ze glimlachte verbluft en werd toen serieus, omdat ze zich bewust werd van de toon waarop hij die zonderlinge vraag had gesteld.

'Ik denk het wel,' zei ze, en ze onderstreepte haar antwoord met een vastberaden knikje.

'Ik denk het ook,' antwoordde Silbermann. 'Ik lijd niet aan een zogenaamd minderwaardigheidscomplex.'

'Maar waarom zou u?'

De vraag deed hem goed.

'Ik ben Jood,' legde hij uit en hij keek haar bijna dreigend aan.

Ze nam het voor kennisgeving aan. 'Ach...' zei ze alleen.

'Jazeker! Misschien is het compromitterend voor u om met mij te praten.'

'Hoezo?' vroeg ze, terwijl ze hem rustig opnam.

'Nou, dat dacht ik. Ik ben niet alleen vogelvrij verklaard, maar in zekere zin ook tot paria gemaakt, nietwaar?'

'Waarom?'

'Ik heb geen idee waarom ik dit allemaal vertel. Als je een paar dagen gezwegen hebt, komen de woorden vanzelf. Ik ben namelijk op de vlucht. Ik heb niets gedaan en nooit van mijn leven iets met politiek te maken gehad. Toch wilden ze me arresteren en hebben ze in mijn huis alles kort en klein geslagen. Niet alles, nee, maar wel bijna alles. Ze pakken alle Joden op, zoals u weet. Ach, het is niet zo belangrijk. Neemt u me niet kwalijk!'

Hij was bijzonder geagiteerd door wat hij had gezegd. Ze keek hem nog steeds aan.

'Wat zou ik u kwalijk moeten nemen?' vroeg ze. 'U hebt heel wat meer om kwalijk te nemen.'

'Ik heb u met mijn verhaal overvallen. Een volkomen oninteressant verhaal. Ik ben nerveus, omdat ik word opgejaagd. Dat ben ik niet gewend. De oude toestand, het normale leven zit nog in me. Ik weet niet wat ik met de situatie aan moet. Ik was gewoon een vrij mens!'

'Kunt u niet naar het buitenland vluchten?'

'Waarheen dan?' schreeuwde hij bijna, maar beheerste zich toen. 'Ik word nergens toegelaten. Ik heb te lang gewacht, veel te lang gewacht. Ik heb altijd geloofd dat het niet zover zou komen. Ik ben immers frontsoldaat geweest. Ik was een burger als ieder ander. En de poging die ik ondernomen heb, is bij de Belgische grens mislukt. Ze hebben me gesnapt en naar de Duitse kant teruggebracht. Sindsdien reis ik. Tweede klas, hoewel ik nog steeds een vermogend man ben. Als ik word gearresteerd, dan schiet ik een kanon op de staat af, of een torpedo. Ik weet het nog niet precies.'

'Is het zo erg?' vroeg ze, en haar stem trilde een beetje.

Hij deed zijn best iets rustiger te praten. 'Ik overdrijf misschien een beetje,' zei hij. 'Maar als je kop moet rollen en je weet niet waarom, kun je daar niet kalm en nuchter onder blijven.'

'Waar wilt u nu naartoe?' informeerde ze belangstellend.

'Verder,' antwoordde hij. 'Meer weet ik ook niet. Ik reis, ik reis maar wat, tot ze toeslaan, tot de SA me tegenhoudt. Ze hebben me in beweging gezet, ze zullen me ook tot staan brengen.'

'Vreselijk,' zei ze, en er verschenen nog meer dwaallichtjes in haar ogen. 'Hoe houdt u het vol?'

Ze boog zich iets voorover en nam hem heel geïnteresseerd op. In haar gezicht wisselden belangstelling, nieuwsgierigheid, medeleven en een bijna opgewonden spanning elkaar af, leek het Silbermann.

'Dat is een vraag om aan een vrijwillige hongerkunstenaar te stellen,' antwoordde hij een beetje nors.

Nu hij zich had uitgesproken, werd hij door zijn problemen overweldigd en leek zijn situatie hem uitzichtlozer dan ooit. Met moeite hervond hij zijn balans.

'Neemt u me niet kwalijk,' zei ze. 'Mijn vraag was echt niet vervelend bedoeld.'

'Ik weet het, ik ben onbeleefd, maar de laatste drie dagen...'

'Ik begrijp het,' antwoordde ze zacht en ze wierp hem een warme blik toe.

Er groeide hoop in hem. Vasthouden, dacht hij, me aan deze vrouw vasthouden, samen met haar ontsnappen, weglopen. De hele situatie gewoon negeren, zo word je hem de baas, alleen zo.

Hij bekeek haar onderzoekend en uitdagend, zonder bijbedoelingen.

'Is er niemand die u kan helpen?' vroeg ze. 'Hebt u geen protectie? Geen relaties? Die kunnen vaak iets gedaan krijgen.'

'Mijn vrienden hebben niet zoveel geld voor me achtergelaten dat ik daar nieuwe van kan kopen,' zei hij, en hij schaamde zich meteen voor de grootspraak die in zijn woorden lag. Ik probeer nog steeds indruk te maken, dacht hij.

'Hebben ze u gechanteerd?'

'Geplunderd! Maar dat is nu niet meer van belang. Wormen eten lijken, zo gaat dat,' zei hij met een vals lachje.

'Mijn man is advocaat,' zei ze naarstig. 'Hij is bij de partij en staat heel goed aangeschreven, maar helaas kan ik niet met hem praten. Anders zou hij meteen iets voor u doen.'

'Ik moet helaas bekennen,' onderbrak Silbermann, die weer was gekalmeerd, 'dat ik beter op de hoogte ben dan ik eigenlijk zou mogen zijn. Ik was ongewild getuige van uw gesprek.'

Een ogenblik zweeg ze pijnlijk getroffen. 'O ja?' zei ze. 'Nou... Mijn vriendin heeft de prijzenswaardige gewoonte bij elk afscheid een soort repetitorium ten beste te geven, waar ik niet zoveel baat bij heb, maar anderen wel.'

'In elk geval moest ik tot mijn spijt vaststellen dat ik niet de enige ben met zorgen,' haastte hij zich te antwoorden.

'Betreurt u dat?'

'In uw geval wel, mevrouw. Hoewel ik waarschijnlijk het genoegen van uw gezelschap aan uw zorgen te danken heb.'

'Kon ik u maar ergens mee helpen,' bracht ze het gesprek weer op zijn problemen.

'Gelooft u me, het is al een hele steun om met u te praten.'

'Werkelijk?' Ze leek bereid hem te geloven.

'Echt waar,' verzekerde hij haar.

'Ik begrijp niet waarom uw geloofsgenoten worden aangevallen,' zei ze nu, en in haar woorden lag een zekere welwillendheid jegens hem. 'Ik had vroeger een Joodse vriendin. Als ik me niet vergis, is ze naar Palestina geëmigreerd. Maar dat wilde ik helemaal niet zeggen. Ik dacht aan iets anders. U ziet er zo arisch uit, is dat geen voordeel?'

'Ik heet Silbermann!'

'Aha. Dat is in deze tijd zeker geen erg gelukkige naam?'

'Nee. Overigens zou het ook niet helpen als ik Meier heette. Er staat een grote rode J in mijn paspoort.'

'O nee!' zei ze verontwaardigd. 'Waarom eigenlijk? Het klinkt misschien gek en normaal gesproken zeg je zoiets niet, maar ik vind u echt heel aardig.'

Hij maakte een buiginkje in haar richting, toen lachte hij. 'Helaas is de regering dat niet met u eens. Die vindt me helemaal niet... aardig. Die zegt gewoon: jij, Silbermann, bent een Jood! Daarmee zegt ze dat mijn persoon en mijn eigenschappen volkomen onbelangrijk zijn. Het gaat om Jood of niet-Jood zijn, niet om aardig of onaardig.

Het etiket is bepalend. De inhoud doet er niet toe.'

'Verschrikkelijk,' zuchtte ze, en Silbermann meende te zien dat het gespreksonderwerp haar een beetje begon tegen te staan.

Hij was verbaasd en ontstemd over zijn eigen mededeelzaamheid. Hoe kom ik erbij om zoveel over mezelf te vertellen aan een vrouw met wie ik niets te maken heb, die in het beste geval vaag geïnteresseerd is in het zonderlinge lot van een toevallige reisgenoot? Helpt het soms om een beetje te gaan zitten klagen? En zelfs als ik haar nieuwsgierigheid voor echte belangstelling heb gehouden, wat heb ik daaraan? Een vrouw vindt alles 'verschrikkelijk'. Dat zou ze ook zeggen als ik het over een treinongeluk had, of als een kennis zijn voet had verstuikt, of als ze zelf de tram had gemist. Verschrikkelijk!

Mijn lot wordt iets om over te babbelen, dat is alles!

Hij voelde het verlangen opkomen haar duidelijk te maken dat hij heel goed zonder haar medelijden kon, dat hij gewoon zin had gehad om te vertellen, om zijn stem te horen, om zijn situatie helder te krijgen, en zeker niet om haar een woord als 'verschrikkelijk' te ontlokken. Dat interesseerde hem niet. Dat kon hij missen als kiespijn.

'Waarom kijkt u me zo verbitterd aan?' vroeg ze met een glimlach.

'Pardon?'

'U kijkt zo geërgerd. Ik begrijp het heus wel, maar u moet snappen dat ik nergens mee te maken heb. Ik bedoel vanbinnen. Ik ben geen antisemiet.'

'En als dat wel zo was?' vroeg hij scherp. 'Wat zou dat veranderen?'

Ze keek hem boos aan. 'U bent misschien geïrriteerd,' antwoordde ze gekwetst, 'maar ik zou u toch willen vragen...' Ze wist niet wat ze verder moest zeggen, zweeg even en zei toen niet meer boos, maar met een vreemd, naïef lachje: 'Als ik een antisemiet was, kon ik u flink in de problemen brengen, nietwaar?'

'Ik ben niet bang,' verklaarde Silbermann haast minachtend. 'Nee, nee, bang ben ik niet meer!' herhaalde hij toen, alsof hij zichzelf moest overtuigen.

'Echt niet?' vroeg ze, en haar glimlach leek hem niet geheel ongevaarlijk.

'Probeert u me bang te maken, mevrouw?' vroeg hij en hij glimlachte nu ook.

'Nee,' zei ze zachtjes. Haar ogen hadden een bijna vochtige glans.

'Er is tegenwoordig niet veel voor nodig om tegenover een Jood voor roofdier te spelen,' zei hij ironisch.

Roofdier? Het leek wel of ze haar best deed om er op een zo gevaarlijk mogelijke manier onschuldig uit te zien.

'Ik zie al dat ik me weer moet verontschuldigen,' zei hij, en hij dacht: daar voelt ze zich door gevleid.

'Ach nee... waarom dan? Hoezo? Bedoelde u mij?'

Hij schudde zijn hoofd.

'Dat zou niet in me opkomen,' verzekerde hij. 'Dat wil zeggen, de schoonheid van het roofdier, de gevaarlijke elegantie, de...' Hij zuchtte. 'Ik kan niet eens meer complimentjes maken!' zei hij, en het klonk zo somber dat ze moest lachen.

'Waarom accepteren de Joden eigenlijk alles?' vroeg ze ernstig. 'Ik bedoel, waarom verdedigen ze zich niet? Waarom vluchten ze alleen?'

'Als we romantici waren,' antwoordde hij, trots op zijn gezonde verstand, 'hadden we de afgelopen tweeduizend jaar waarschijnlijk niet overleefd.'

'Is het dan zo belangrijk om te overleven?'

'Heel belangrijk! Overleven betekent overwinnen. Het is geen kunst je in de eerste de beste gletsjerspleet te storten, maar het is wel een kunst de berg over te komen. Leven vereist moed. Zelfmoord alleen wanhoop.' Hij zweeg even en zocht nog een andere vergelijking. 'Het is moeilijker een kar te trekken dan hem opzettelijk te laten staan,' besloot hij.

'En moet je alleen leven zodat je een of andere kar kunt trekken? Is dat niet een beetje weinig? Eigenlijk heb ik veel meer ontzag voor mensen die van hun leven één groot feest maken. Die doen wat ze willen en niet wat anderen van hen verwachten.'

Hij lachte hautain maar welwillend. 'Fraai,' zei hij toen, 'heel fraai! Wat zou u in mijn plaats dan doen? Stelt u zich eens voor, u bent een Jodin, ook nog eens een vermogende... en op de vlucht. Wat zou u doen?'

'Tja, ik zou me eerlijk gezegd kostelijk amuseren,' verzekerde ze stralend. 'Ik zou leven alsof elke dag de laatste kon zijn, en voor mij zou elke dag meer betekenen dan voor een ander een heel jaar. Ik zou... u lacht me uit! Waarom lacht u?' Ze fronste verontwaardigd haar wenkbrauwen.

'Hoe stelt u zich dat precies voor?' vroeg hij weer serieus. 'Denkt u echt dat u zich kunt amuseren als drie dagen daarvoor uw huis is overvallen? Als u weliswaar weet waar uw bloedverwanten zijn, maar niet naar hen toe kunt gaan? Als u bang moet zijn voor iedere SA'er, omdat hij u kan arresteren als dat in zijn hoofd opkomt?'

'Bent u getrouwd?' vroeg ze, zonder op zijn tegenwerpingen in te gaan.

'Ja, maar...' Hij verstomde. Misschien ben ik dat helemaal niet meer, dacht hij, misschien ben ik het geweest. Ik ben alleen. Nu ben ik immers alleen!

'En uw vrouw?'

'Ze is naar haar broer gevlucht, dat is een ariër,' antwoordde hij mechanisch.

'Verschrikkelijk,' zei ze en ze haalde een reep chocola uit haar handtas. Ze verwijderde het zilverpapier, keek peinzend naar de chocola, bood Silbermann er wat van aan, brak er ten slotte een stukje af, stak het in haar mond en begon er langzaam op te kauwen.

'Maar kunt u dan echt helemaal niets doen?' informeerde ze nogmaals, nadat ze een poosje zwijgend had zitten kauwen.

'Ja, ik kan me voor de D-trein gooien om hem op te houden. Dan staat hij twee minuten stil tot ze mijn kadaver opzij hebben geschoven. Gelooft u werkelijk dat ik, Otto Silbermann, kan ingrijpen in de wereldgeschiedenis? U bent een romantica.'

Maar in werkelijkheid begon het gesprek haar te vermoeien.

'U moet de humoristische kant ervan inzien,' stelde ze voor.

Verbluft keek hij haar aan. 'Nee,' zei hij toen vastbesloten. 'Dat is te hoog gegrepen. Welke humoristische kant? Wie kan verwachten dat ik lach om mijn eigen ongeluk? Lacht u soms als u een been breekt? Hebt u zoveel humor?'

'Misschien,' antwoordde ze. Zijn opwinding maakte meer indruk op haar dan zijn woorden.

'Dat geloof ik niet,' weersprak hij. 'Ik kan me in elk geval niet voorstellen dat u het een goede grap vindt als iemand u bespuugt.'

'Natuurlijk niet!' zei ze verontwaardigd. 'Wat verzint u toch een rare dingen.'

'Ik verzin ze niet, maar laten we erover ophouden.'

Zwijgend keken ze elkaar aan. 'Toch is er een bepaalde gelijkenis,' zei ze toen zacht. 'Hij kan ook op zo'n droge manier serieus zijn.'

'Wie? O, de advocaat?'

Ze antwoordde niet. Toen nam ze een sigaret en hij gaf haar een vuurtje, zodat ze elkaar van dichtbij in de ogen keken. Silbermann ging weer zitten.

'Als ik,' zei hij bijna terloops, 'geen Jood was en ook niet getrouwd natuurlijk, zou ik u vertellen dat u een grote aantrekkingskracht op me heeft.'

'Echt?' vroeg ze glimlachend. 'En waarom zegt u het dan als u dat eigenlijk niet wilt?'

'Ik weet het niet,' antwoordde hij. 'Het kwam er zomaar uit.'

'Waarom regelt u niet gewoon een ander paspoort?' wisselde ze van onderwerp. 'Als u een pas op naam van Gottlieb Müller zou hebben, zou alles toch heel eenvoudig zijn. Ik heb dat een keer in een film gezien, dat een man van identiteit wisselde, zeg je dat zo? Dus eigenlijk is het een puur technisch probleem. Geen mens komt op de gedachte dat u een Jood bent als u zich niet als Silbermann voorstelt. Het is eigenlijk heel eenvoudig.'

'Ik heb geen ervaring als oplichter,' zei hij, ontstemd over de manier waarop ze met zijn levensvragen en serieuze problemen speelde.

Met een beledigde en tegelijk beledigende blik nam hij haar op.

'Maar waarom? Het zou toch noodweer zijn. Met zo'n naam zou u kunnen leven en werken. U zou van alle zorgen bevrijd zijn.'

'Maar goed dat uw kennis de advocaat het niet hoort. De haren zouden hem te berge rijzen!'

'Ja, mijn man is zo ontzettend burgerlijk. Echt iemand die volgens de regeltjes leeft en alleen doet wat anderen ook doen. Maar voor u is het momenteel waarschijnlijk te moeilijk om volgens een leidraad te leven?'

'Mij hebben ze die in ieder geval afgenomen. Maar het feit dat ze een misdaad tegen mij begaan, rechtvaardigt nog niet dat ik dat zelf ook doe.'

Ze nam hem spottend op. 'Ja, ja, ik weet het al,' zei ze. 'Nobel is de mens, hulpvaardig en goed. Maar als hij bang is voor een ander, weet hij niet wat hij moet.'

'Dat is toch geen kwestie van bang zijn, laat staan van moraal, het is een kwestie van intelligentie en verantwoordelijkheidsgevoel. Mensen die geestelijk de weg kwijt zijn eindigen meestal in koudwaterbaden, oplichters in het tuchthuis en fatsoenlijke en verstandige mensen...'

'... op de vlucht,' hielp ze, terwijl ze hem aankeek.

Hij moest lachen. 'Ik ben pas drie dagen op de vlucht,' zei hij, 'vergeet dat niet. Een misdadiger is zijn leven lang op de vlucht en begaat misschien steeds nieuwe misdaden. Een normaal mens streeft naar stabiliteit in zijn leven en probeert uitzonderingstoestanden te boven te komen, maar niet door van zijn hele leven één grote uitzonderingstoestand te maken. Daar is op den duur niemand tegen bestand.'

'Een buitenstaander kan toch...'

'Misschien,' onderbrak hij. 'Maar zo ben ik niet. Ik kan en wil niet veranderen. Ik ben als burger geboren en zal als burger sterven. Misschien als een vluchtende burger, maar wel als burger, dat staat vast.'

'Met die moraal hebt u vast een groot deel van uw vermogen gered,' zei ze.

Hij wist niet meteen wat hij moest zeggen. 'Dat heeft er niets mee te maken,' zei hij ten slotte.

'Kom nou!' zei ze. 'Uiteindelijk zult u het erop aan moeten laten komen. U kunt niet aan het avontuur ontsnappen.'

'Jawel!' bracht hij er vastberaden tegen in. Toen voegde hij er hartelijk aan toe: 'Ik vind u heel erg aardig, mevrouw. Ik denk niet dat u zich kunt voorstellen hóé aardig. Maar van het leven, van het leven begrijpt u, denk ik, net zoveel als ik van romantische literatuur. Wees alstublieft niet boos op me.'

Ze schudde haar hoofd. 'Het ontbreekt jullie Joden aan innerlijk vuur,' zei ze, zonder zich door zijn houding of woorden beledigd te tonen.

'Vuur? Ik ben opgegroeid in een normaal milieu. Ik heb orde nodig! Duidelijkheid! Systeem, zo u wilt. Je moet in de drukte zijn opgegroeid om ertegen te kunnen.'

'Wees liever blij dat u nu gedwongen bent eindelijk eens uit uw schulp te kruipen,' zei ze nadenkend maar opgewekt. 'Het is natuurlijk een verschrikkelijke rampspoed... Maar toch kan ik me voorstellen dat u daardoor het gevoel krijgt dat u leeft.'

Silbermann lachte tot hij ervan moest hoesten. 'U bent aandoenlijk,' antwoordde hij. 'U krijgt het voor elkaar een stervende te feliciteren met het gevoel dat hij daarbij heeft.'

Hij boog zich naar haar toe en legde zijn hand op de hare, die lichtjes op haar knie rustte. Ze liet het toe, maar haar glimlach verdween en ze keek hem met bijna matte, onbeweeglijke ogen afwachtend aan. Hij streelde haar hand een paar keer en kuste die vervolgens.

'U bent een interessante vrouw,' zei hij, en in zijn stem lag een mengeling van oprechte bewondering, lichte spot en echte warmte.

Hoofdstuk acht

Dat had ik niet moeten doen, dacht Silbermann. Ik heb er gewoon het recht niet toe. Ik hou toch van mijn vrouw! Het komt natuurlijk door de situatie. Maar juist in deze situatie zou ik meer discipline moeten opbrengen. Ik had al in Küstrin kunnen zijn, ik had er al moeten zijn!

Hij keek op zijn horloge. Het was tien over halfzeven.

Een rendez-vous, dacht hij, hoelang heb ik al geen rendez-vous meer gehad? Uitgerekend nu... Ze hadden om halfzeven in Café am Zoo afgesproken.

Hij vertraagde zijn pas.

Ik kom gewoon veel te laat, besloot hij. Dan is het allemaal voorbij eer het echt is begonnen en hou je er zelfs het vervelende gevoel dat je iets hebt gemist niet aan over. Misschien komt ze niet eens opdagen. In elk geval weet je dat dan niet.

Wat kan die Ursula Angelhof nou voor me betekenen? Een avontuurtje? Alsof ik daarnaar verlang. Ik heb zo al problemen genoeg.

Hij liep nog langzamer, zag de Gedächtniskirche en bleef staan.

Ik moet mijn verstand gebruiken, nam hij zich voor. Ik moet het in een groter geheel plaatsen, dan keer ik wel om.

Hij liep door.

Die vrouw betekent helemaal niets voor me, dacht hij. Ik ken haar nú al veel te goed.

Hij versnelde zijn pas. Het was tien voor zeven.

Ze is vast al weg, dacht hij en hij wist niet of hij daar rustiger of onrustiger van werd. Ik reken erop dat ze al weg is.

Weer bleef hij staan.

Ik maak mezelf belachelijk, vond hij. Ze is gewoon een kleine sensatiezoekster. Is me er zoveel aan gelegen ook een keer haar sensatie te zijn? Zet je het lot van je gezin op het spel omwille van een paar ogen met dwaallichtjes?

Hij ging het café binnen.

'Hopelijk,' mompelde hij en hij wist niet precies wat hij daarmee bedoelde. Hij liep de grote gelagkamer door en keek om zich heen. Hij zag haar nergens. Ze zal wel niet zijn komen opdagen, zei hij bij zichzelf. Een korte affaire in de D-trein, dat was alles. Maar daar had hij ook geen vrede mee, hij kon het niet hebben dat hij voor niets was gekomen. Ik had me de wandeling kunnen besparen, dacht hij geïrriteerd, hij ging zitten en bestelde een kop koffie.

Het orkest werkte hem op de zenuwen.

Wat kun je jezelf toch voor de gek houden, dacht hij. Je hoopt dat ze komt, maakt jezelf tegelijkertijd wijs dat je haar niet meer verwacht, en je gelooft het allebei.

Hij legde een munt op tafel en stond op.

Adieu, Ursula Angelhof, zei hij in zichzelf ten afscheid, het is goed dat het zo is gelopen. Dat je niet bent gekomen. Als ik haar absoluut wil terugzien, zei hij troostend bij zichzelf toen hij het café verliet, kan ik altijd haar adres opzoeken in het telefoonboek. Maar eigenlijk kan het me niets schelen.

Hij liep naar het station. Onderweg verweet hij zichzelf dat hij de afgelopen dagen veel te weinig aan zijn vrouw had gedacht.

Maar ik weet toch hoe het met haar gaat, rechtvaardigde hij zich. Ik heb haar geschreven, telegrammen gestuurd. Ik heb aan haar gedacht, vaak zelfs! Maar eigenlijk had ik meer aan haar moeten denken. Drie dagen scheiden ons. Van buitenaf bezien is ons gezin verscheurd, maar innerlijk zijn we verbonden. We hebben samengeleefd en we zullen opnieuw samenleven, maar ik kan me nu al moeilijk voorstellen dat het weer wordt zoals het ooit was, zoals het vier dagen geleden nog was.

Kun je innerlijk eigenlijk nog tot rust komen, zelfs als je uiterlijk rustig bent? Alles is anders. Je bent je innerlijke zekerheden kwijt en het leven bestaat alleen nog uit een reeks toevallige gebeurtenissen waaraan je bent overgeleverd. Van subject ben je bijna object geworden.

Hij was bij het station aangekomen en kocht een kaartje naar Küstrin.

Terwijl hij de stenen trap op liep, dacht hij weer aan Ursula Angelhof. Het had zo mooi kunnen zijn. Waarom ben ik ook te laat gekomen? Ik ben haar opzettelijk misgelopen, en ze had zoveel voor me kunnen betekenen. Een verbinding met het heden, ze is een kind van deze tijd, die ze accepteert en aankan. Jazeker, dacht hij kwaad: gewelddadig en romantisch. Onwetend en arrogant. Ze heeft gevoel voor het filmische, voor het karakter van deze tijd. Maar ze is zo charmant! En dat kun je van deze tijd niet zeggen.

Toen hij zich in de trein in de zachte kussens liet zakken, herinnerde hij zich dat hij vergeten was zijn zus te bellen. Ik zal haar in Küstrin bellen, nam hij zich voor. Daarna dook hij in zijn krant.

Toen hij in Küstrin was uitgestapt bleef hij besluiteloos op het perron staan.

Eerst Ernst maar eens bellen, dacht hij. En als die niet thuis is zal ik zo nodig het dienstmeisje uitleggen hoe het zit.

De stationschef liep met zijn handen op zijn rug en een gewichtige uitdrukking op zijn nietszeggende gezicht heen en weer op het perron, en liet zich bij deze bezigheid niet storen door zijn vraag waar de telefooncel was, zodat Silbermann gedwongen was met hem mee te lopen. Hij moest zijn vraag herhalen eer de man uit zijn ambtelijke nevelen opdook en hem de weg wees.

Hij begeleidde Silbermann naar het hokje, en toen deze de hoorn van de haak had genomen, een tienpfennigstuk in het toestel had geworpen, het nummer had gedraaid en zich omdraaide, zag hij door het glas dat de man nog steeds voor de deur van de telefooncel stond en hem met zijn waterige blauwe ogen aankeek.

Toen hij Silbermanns blik opmerkte, tikte hij bij wijze van groet tegen zijn rode pet en maakte rechtsomkeert om zijn ronde te vervolgen.

Vreemd, dacht Silbermann, en hij bespeurde een onaangenaam gevoel in zijn maagstreek. Misschien had ik het hem niet moeten vragen, wie weet?

Zijn zwager nam op.

'Met Otto,' riep Silbermann nerveus. 'Hallo Ernst. Wat een verrassing, hè? Ik ben net in Küstrin aangekomen. Hoe gaat het met jullie? En met Elfriede?'

Ernst Hollberg reageerde niet meteen. Eindelijk zei hij: 'Zo? Ja, dank je, het gaat goed. Met Elfriede ook, natuurlijk. Ze is net een halfuurtje geleden met Hilde de stad in gegaan om boodschappen te doen. Jammer, anders had je haar zelf kunnen spreken.'

'Is ze al wat tot rust gekomen? Is alles goed met haar?'

'Nee, je hoeft je geen zorgen te maken. En hoe gaat het met jou?'

Hollberg was nooit een erg temperamentvolle man geweest, en toch ergerde Silbermann zich aan de onverstoorbaarheid in zijn stem.

'Dat kun je je vast wel voorstellen,' antwoordde hij verwijtend.

'Tja... Nou... Wat ben je van plan? Het gaat me natuurlijk niets aan. Zo heel precies hoef ik het ook niet te weten. Maar wat denk je te gaan doen?'

'Als het uitkomt zou ik graag een paar dagen bij jullie blijven, om een beetje tot bezinning te komen. Ik heb al drie dagen geen bed meer gezien.'

'Zo? Ja, maar dat gaat helaas niet, snap je? Over Elfriede hoef je je geen zorgen te maken. Zij kan bij ons blijven zolang ze wil, maar jij, nee, dat is helaas onmogelijk. Begrijp je dat? Als de partij erachter komt, ben ik er geweest. Maar als je geld nodig hebt... Heel veel kan ik je op het moment niet geven, maar een paar honderd mark natuurlijk wel.'

'Ik wil Elfriede spreken,' schreeuwde Silbermann bijna. 'Wat mij betreft blijft ze geen uur langer bij jullie! Dit is toch idioot! Net nu ik je nodig heb en een belachelijk kleine gunst van je vraag, wijs je me af! Ben je soms vergeten wat ik voor je gedaan heb?'

'Wind je alsjeblieft niet op, Otto,' zei Hollberg, in wiens onverstoorbare stem nu ergernis doorklonk. 'Ik kan me toch niet kapot laten maken door jou hier twee, drie dagen te laten logeren! Niemand kan van me verlangen dat ik me vanwege jou laat ruïneren, alleen omdat je me ooit geholpen hebt. Als de partij erachter komt dat ik een Jood in de familie heb en hem nota bene bij mij thuis laat logeren, kan ik mijn biezen pakken.'

'Heb je enig idee wat ik heb doorgemaakt?'

'Luister eens, Otto! Dat dramatische toontje is nergens voor nodig! Wees blij dat er voor Elfriede wordt gezorgd. Waar moet ze anders heen? Wil je haar soms meeslepen? Kriskras door Duitsland? Wees toch verstandig. Ik vind het heel egoïstisch van je om je vrouw in gevaar te brengen alleen omdat je zelf gevaar loopt. Omdat jij niet bij ons kunt blijven, mag zij dat ook niet? Nee Otto, ik dacht dat je... mannelijker was.'

'En dat zeg jij... slapjanus! Elfriede is al meer dan twintig jaar met me getrouwd. Vraag haar eens of ik haar ooit moedwillig aan welk gevaar dan ook heb blootgesteld.'

'Dat weet ik heus wel, Otto. Wees niet zo boos. Snap nou dat het gewoon niet kan. Je zou ons compromitteren. Elfriede mag blijven. Tenslotte is ze mijn zus, maar jij... Dat is heel wat anders.'

'Adieu,' zei Silbermann en hij hing op.

'Ik compromitteer hen,' mompelde hij radeloos, 'ik compromitteer hen.' Hij herhaalde de drie woorden zo vaak dat ze hun betekenis begonnen te verliezen. Toen stoof hij de cel uit en rende op de stationschef af.

'Wanneer gaat de eerstvolgende trein naar Berlijn?' riep hij.

'Over tien minuten,' zei de beambte, die bleef staan en hem aankeek alsof hij uitleg eiste voor dit ongebruikelijk gedrag.

Silbermann schonk geen aandacht aan hem. Hij liep door het hekje en rende naar het loket.

'Een kaartje naar Berlijn,' schreeuwde hij. 'Een naar Hamburg, een naar Keulen. Een naar... Wat hebt u nog meer? Zegt u het maar!'

Verschrikt staarde de loketbediende hem aan.

Silbermann smeet een briefje van duizend neer en brulde: 'Kaartjes! Kaartjes! Begrepen? Ik wil kaartjes!'

'Tweede klas Berlijn?' vroeg de beambte verzoenend.

'Kan me niet schelen, geef me kaartjes!'

De beambte keek hulpzoekend om zich heen.

Hij denkt dat ik gek ben, dacht Silbermann. Misschien heeft hij wel gelijk en ben ik dat ook. Hij beheerste zich en probeerde te lachen.

'Geeft u me maar een kaartje naar Berlijn,' bracht hij moeizaam uit, want de loketbeambte staarde hem aan alsof hij ieder moment om hulp kon gaan roepen.

Hoofdschuddend begon hij een kaartje voor Silbermann te zoeken.

'Waarom schreeuwt u eigenlijk zo?' vroeg hij toen knorrig, omdat hij er inmiddels van overtuigd leek dat deze ogenschijnlijk krankzinnige ongevaarlijk was.

'Ik heb een beetje te veel gedronken,' verklaarde Silbermann haperend, nu hij eindelijk doorhad in wat voor gevaarlijke situatie hij zichzelf had gebracht.

'Dat is nog geen reden om tegen iemand te schreeuwen. Hebt u het niet klein?'

Ja, dat had Silbermann wel.

Toen hij van het loket naar het perron liep, probeerde hij zolang de beambte hem kon zien een beetje te wankelen. Wat is dit dom, dacht hij, zo dom. Toen werd hij weer overweldigd door teleurstelling en woede.

Allemaal verraders, dacht hij, allemaal, allemaal, allemaal. Niemand houdt zijn rug recht. Slaafs gehoorzamen en zeggen dat ze wel moeten, maar ze wíllen het ook. Wat heb je aan die beroemde kansen als er niemand is om ze te benutten? Waarom blijft Elfriede bij haar broer? Weet ze dan niet dat ik hem compromitteer? Is ze nooit op het idee gekomen met hem te bespreken dat hij mij ook een tijdje moet opvangen? Of is ze het misschien met zijn opvattingen eens? Nee, dat is onmogelijk.

Is dat onmogelijk?

Ik ben op reis en haar broer met al zijn verstandige argumenten is daar. Misschien heeft ze er allang spijt van dat ze met een Jood is getrouwd. De tijden zijn veranderd! Terwijl je voor je vijanden handel bent, word je voor je vrienden een gevaar. Pech wordt uiteindelijk schuld. Wat heb ik dan nog te bieden?

Een kaartje voor de D-trein, meer niet.

Misschien heb ik me niet altijd gedragen zoals ik had moeten doen. Ik dacht dat ze het vergeten waren, maar nu herinneren ze het zich weer. Heb ik niet even geaarzeld om garant te staan voor Ernst? Maar ik heb het wel gedaan. Dat laatste is hij vergeten, maar toen ik aarzelde en hij even moest wachten, dat vergeet hij niet! En er is nog veel meer dat ze me kunnen verwijten, meestal kleinigheden, maar alles bij elkaar wordt het vanzelf een Joodse karaktertrek. Ik heb namelijk niet het recht om een gewoon mens te zijn, van mij verwachten ze meer.

Driftig gooide hij de sigaret weg die hij net had opgestoken. Wat ik ook gedaan heb, dacht hij, vandaag ziet het er anders uit, want nu ben ik iemand aan wie getwijfeld wordt, een Jood.

Hij stapte in de trein die inmiddels was gearriveerd.

Moet dit eeuwig zo doorgaan? Dit reizen, wachten, vluchten? Waarom gebeurt er niets? Waarom word ik niet aangehouden, gearresteerd, in elkaar geslagen? Eerst drijven ze je bijna tot wanhoop en vervolgens zien ze je niet meer staan.

Vanuit het raam zag hij een verrukkelijk, schoon boerendorpje voorbijschieten.

Allemaal decor, dacht hij. De enige realiteit is de jacht, de vlucht.

Hij leunde achterover.

Waarom ben ik ook te laat gekomen, vroeg hij zich somber af. Ik had weer mens kunnen zijn. Hij haalde zich haar gezicht voor de geest, haar ogen. Ik moet haar terugzien, dacht hij, en hij besloot meteen na aankomst in Berlijn haar adres op te zoeken en naar haar toe te gaan.

Toen hij in Berlijn het station wilde verlaten werd hij aangesproken. 'Silbermann,' zei een vertrouwde stem. 'U leeft nog?'

Hij draaide zich om. 'Ah,' deed hij, niet erg blij. 'U bent het, Hamburger.'

Ze gaven elkaar een hand.

Hamburger was een jaar of zestig. Hij was hardhorend en hield zijn hoofd altijd een beetje scheef, waardoor hij een geïnteresseerde maar tegelijk overijverige indruk maakte. Hij zag er echt Joods uit en had op straat al eens klappen gekregen van een lid van de Hitlerjeugd, omdat hij zijn arm niet had gestrekt toen er een optocht met partijvaandels voorbijkwam. Omdat hij zich verdedigd had, waren zijn laatste twee voortanden uit zijn mond geslagen. Sindsdien was hij erg schrikachtig, en zijn scheve gezicht had een permanente uitdrukking van grote bereidwilligheid. Hij klampte zich aan Silbermanns arm vast.

'Al zou ik honderd worden, wat God verhoede,' zei hij, 'de vreugde vergeet ik niet.'

'Welke vreugde?' vroeg Silbermann.

'U te zijn tegengekomen. U ziet er immers uit als een goj. Bij u is iemand veilig. Kom mee, Silbermann, laten we samen een kop koffie drinken. Overigens hebben ze Heinz gearresteerd.'

'Welke Heinz?'

'Mijn zoon natuurlijk.'

'Ach! Maar ze zullen hem toch weer snel vrij moeten laten.'

'Dat had u gedacht!'

Ze liepen het station uit en Silbermann ving de blik op van een SA-man die naar Hamburger keek. 'Praat alstublieft niet zo hard,' zei hij.

Maar Hamburger was hardhorend. 'Wat zegt u?' vroeg hij nog

steeds even hard. 'En hoe gaat het eigenlijk met u? Het lijkt erop dat u geluk hebt gehad! De anderen zijn voor het grootste deel... Nou ja, dat weet u ook wel. Vertel eens, waar gaat u heen? Weet u wat? We blijven bij elkaar.'

Ze gingen naar een café. Hamburger trok veel aandacht. Zodra ze waren gaan zitten schoof hij zijn stoel dicht naar die van Silbermann toe en zei zo zacht mogelijk: 'Tweeduizend rijksmark heeft die grap me gekost.'

'Welke grap?'

'Ze hebben me op straat aangehouden. Tjonge, wat ik heb meegemaakt! Gisteren was ik in Duisburg, in Essen, eergisteren was ik in München. Mijn zwager hebben ze ook gearresteerd. Heremijntijd! Daarvoor ben je dan zestig geworden. Daarvoor!'

'En hoe gaat het met de zaak?'

'Zaak? Zaak? Die bestaat helemaal niet meer! Ik durf niet eens naar de bank te gaan om geld te halen! Als ze de politie erbij halen, wat dan? Een koffie met melk, ober. Hebt u ook kranten hier? De *Frankfurter* misschien?'

'Nee,' zei de kelner, en het leek Silbermann dat ook hij verbaasd keek vanwege Hamburger.

'En wat mag het voor u zijn?' vroeg de kelner terwijl hij zich, een stuk vriendelijker, tot Silbermann richtte.

'Een koude schotel graag.'

'Voor mij ook een koude schotel,' zei Hamburger meteen. 'Wat doet u zoal, Silbermann?' vroeg hij toen. 'Laten ze u ongemoeid?'

'Ik ben gevlucht. Ik reis...'

'Weet u wat? We gaan samen reizen. Bij u voel ik me veilig. Op je zestigste ben je de snelste niet meer. Heremijntijd, waar is dat nou voor nodig, vraag ik u? Moet je daarvoor zestig worden, om je door zo'n kwajongen de tanden uit je mond te laten slaan? Ik had me allang moeten laten begraven. Maar ik heb het goede moment voorbij laten gaan. Rosa, dat was een slimme vrouw, die is bijtijds doodgegaan. U was toch op de begrafenis, herfst '34? Weet u nog? Sindsdien heb ik eigenlijk niets dan ellende gekend. Ze heeft in elk geval niets gemist. Ik zeg altijd,' zei Hamburger opnieuw veel te hard, 'dat ik als oude man nog altijd niet te klagen heb. Die jongelui van vandaag, het spijt me voor ze, maar ik heb in elk geval...'

'Zeker, zeker,' onderbrak Silbermann hem geïrriteerd. 'Excuseert u me een ogenblik. Ik moet even bellen.'

Hij stond op.

'Dat ik u ben tegengekomen!' zei Hamburger nogmaals. 'Je kunt in elk geval je hart weer eens bij iemand uitstorten. Maar gaat u vooral.'

Silbermann haastte zich naar de telefooncel. Hij werd steeds chagrijniger van zijn ontmoeting met Hamburger. Hij trekt veel te veel aandacht en ik daardoor ook, en dan dat vermoeiende, slappe geklets... Het is allemaal al somber genoeg, en dan moet je dat ook nog eens aanhoren.

Hij sloeg het telefoonboek open en zocht onder de letter A. 'Dr. Hermann Angelhof, advocaat en notaris', las hij. Dat is haar man, dacht hij, ik kan hem moeilijk bellen en naar haar adres vragen. Hij vroeg aan het buffet om een adresboek, maar dat hadden ze niet. Het ergerde hem dat de aanwezigheid van de oude Hamburger hem ervan weerhield zijn naspeuringen onmiddellijk voort te zetten.

Toen Hamburger hem terug zag komen riep hij over de hoofden heen: 'Kijk alsjeblieft even of je ergens een krant kunt vinden, Silbermann!'

Silbermann reageerde niet. Met samengeperste lippen liep hij naar de tafel en ging zitten.

Hamburger legde zijn brood neer en vroeg: 'Wat is er?' waarbij hij zijn hoofd nog schuiner hield dan gewoonlijk. 'Is er iets?'

Toen sloeg hij met zijn vlakke hand tegen zijn voorhoofd dat het kletste. 'Ik had uw naam niet moeten noemen,' zei hij luidkeels. 'Ik denk nog altijd dat het is zoals vroeger, dat wil zeggen, ik vergeet steeds hoe het nu is. Maar ik ben nu eenmaal een oude man. De ganzenbout is trouwens voortreffelijk. Dat kunnen ze hier wel. Dat moet ik toegeven.'

Silbermann zat met lange tanden te eten.

Ik wou dat ik met haar samen was, dacht hij, en nu zit ik met hem opgescheept! Hij keek toe hoe Hamburger met zijn ingevallen wangen zat te kauwen en hoorde hem zachtjes smakken. Hij walgde bijna.

'Deze ganzenbout,' zei Hamburger gelukzalig, 'maakt veel goed.'

Een paar minuten later klopte hij Silbermann op de schouder. 'Wij blijven bij elkaar,' zei hij welgemoed.

'U compromitteert me voortdurend!' gooide Silbermann er boos en opgewonden uit.

Hamburger keek hem aan. De tevreden uitdrukking die hij van het eten had gekregen verdween van zijn gezicht, zijn ogen werden groot en hij opende zijn mond alsof hij iets wilde zeggen, maar hij zweeg. Zijn hoofd zakte opzij tot het bijna op zijn rechterschouder lag. Toen stond hij zonder iets te zeggen op, trok zijn jas aan, die op de stoel naast hem lag, en pakte zijn hoed.

'Hamburger,' zei Silbermann, 'zo heb ik het niet bedoeld. Het flapte er gewoon uit. Ik blijf graag met u samen. Vanzelfsprekend. Het was maar een grapje. Ik wilde u niet kwetsen, echt niet. Doe niet zo raar, blijf hier, Hamburger. Ik geloof echt dat u met mij samen een beetje veiliger bent. Neemt u het toch niet...'

Hamburger glimlachte geforceerd. 'U hebt gelijk,' zei hij. 'Natuurlijk compromitteer ik u. Maar iedereen denkt natuurlijk alleen aan zichzelf. Tot ziens.'

Hij gaf hem een hand. Silbermann hield hem vast.

'Blijf hier,' zei hij. 'Ik ben een beetje overspannen. Vandaag hebben ze trouwens hetzelfde tegen mij gezegd. Nog maar een paar uur geleden. Nu begrijp ik dat er geen verschil is tussen mij en de anderen. Ga zitten en blijf hier.'

Hamburger schudde zijn hoofd. 'Nee, nee,' zei hij heel kalm. Toen tikte hij tegen zijn hoed en zei: 'Tot de volgende keer dan maar...'

Silbermann keek hem na.

Ik mag niet meer klagen, dacht hij. Becker, Findler en Hollberg hebben zich niet onfatsoenlijker gedragen dan ik daarnet. Zelfs het recht op morele verontwaardiging heb ik mezelf ontzegd. Ik zou die oude man achterna moeten rennen, hem vasthouden, bij hem moeten blijven. Misschien doen mijn boze woorden hem de das om. Ik ben zelf zo gevoelig en toch kan ik zo meedogenloos zijn. Ik blijf zitten, zie hem weglopen en ondanks alles ben ik blij dat ik van hem af ben.

Ontdaan keek hij om zich heen. Wat is eigenlijk het verschil tussen mij en jullie, dacht hij. We lijken beangstigend veel op elkaar.

Hij beëindigde zijn maaltijd, betaalde en verliet het restaurant.

Dwaallichtjes. Hij probeerde aan de vrouw te denken. Haar ogen leken echt... Maar opeens interesseerde ze hem niet meer. Hij zag de oude Hamburger voor zich, zijn vermoeide manier van lopen, zijn enthousiasme over het eten, en hij meende hem te horen zeggen: 'Moet je daar zestig voor worden!'

Silbermann stond weer voor het station.

Ik zou toch iets opzoeken in het adresboek, herinnerde hij zich. Maar hij stond al bij het loket. Mensen voor hem en achter hem. Waarnaartoe, vroeg hij zich af.

'Een kaartje naar München, tweede klas, alstublieft.'

Met het kaartje in zijn hand verliet hij het loket en glimlachte.

In elk geval leer ik Duitsland kennen, dacht hij.

Hoofdstuk negen

Silbermann drentelde door de trein en bleef staan luisteren bij een derdeklascoupé waar twee Reichswehrsoldaten harmonica speelden.

Om halfdrie komt de trein in Dresden aan, dacht hij. Als ik opschiet haal ik de aansluiting naar Leipzig. Maar ik hoef me niet te haasten. Wat moet ik in Leipzig doen? Teruggaan naar Berlijn, naar Hamburg en van Hamburg naar... Maar waarom zou ik me daar het hoofd over breken? Misschien stap ik onderweg wel ergens over. Hoe vaker je overstapt, hoe veiliger het is. Eigenlijk had ik een abonnement moeten nemen. Ik ben al bijna een onderdeel van de Reichsbahn geworden.

Een man die hij al drie keer was tegengekomen en die hem in zijn doen en laten sterk aan de dikke heer uit de trein van Dortmund naar Aken deed denken, kwam weer zijn kant op. Silbermann opende de deur van de coupé waar de soldaten zaten, ging naar binnen en nam plaats.

'Een vrolijke boel, hè,' zei hij met luide stem.

De soldaten glimlachten verlegen en hielden op met spelen. Silbermann zag de rug van de man die hij wantrouwde tevoorschijn komen. Hij bleef voor de coupé uit het raam staan kijken.

'Ja,' zei Silbermann enthousiast, 'je diensttijd blijft altijd iets moois.'

Hij keek naar de rug.

'Toen ik soldaat was, jullie waren waarschijnlijk net geboren, heb ik ook het nodige meegemaakt. Ik was erbij, bij de slag om Verdun. Dat kunnen jullie je niet meer voorstellen. Trommelvuur, mensen, tjonge.' Hij lachte.

De soldaten keken hem verlegen aan, ze wisten niet goed wat ze met hem aan moesten en hoe ze moesten reageren.

Silbermann hield de rug in het oog.

'Destijds waren jullie baby's,' zei hij woedend. 'Baby's, en nu zijn jullie de generatie waar alles om draait. Ik zal jullie iets vertellen,' vervolgde hij zijn wat onsamenhangende betoog, 'want jullie gaan misschien ook een oorlog tegemoet... Daar hebben jullie recht op. Zorg er maar voor dat je je amuseert nu het nog kan, straks is het te laat. Haha... We zaten met vier vrienden in dezelfde compagnie... Twee zijn er gesneuveld en twee leven er nog... Becker en ik... Maar het was een belevenis... de oorlog was een belevenis... dat laat ik me niet afpakken... een hele belevenis, ja... als je er tenminste niet aan onderdoor gaat. Jullie zullen wel zien... Jullie zullen wel zien. Daar word je pas een echte man... of een lijk. Ja, een hele belevenis... De tankslag bij Cambrai heb ik ook meegemaakt. Zo'n tank, die is stabieler dan... een gangspiegel, om maar wat te noemen... Jullie zullen het zelf zien! Ik zou wel mee... ik zou zo weer meegaan, alleen om zelf te zien hoe jullie het zien... haha... Het is namelijk niet zo eenvoudig om iemand een bajonet in zijn buik te rammen... als hij er ook een heeft. Er zijn namelijk twee soorten kogels... kogels die je afschiet en kogels die terugkomen... ja, zoals ik zei... Jullie gaan het misschien nog meemaken... retourvuur... ik niet. Maar waarom spelen jullie niet, jongens? Speel toch... in mijn compagnie was er altijd muziek, altijd! Becker had een mondharmonica... Man, als die speelde vergat je helemaal dat het oorlog was... Speel toch iets, speel!'

De trein ging langzamer rijden. De rug bij het raam was verdwenen.

'Ik moet overstappen,' zei Silbermann. 'Jammer... ik had jullie veel kunnen vertellen... ik ben erbij geweest... ook in Rusland. Opmars in '14... loopgraven, ondergrondse schuilplaatsen... twee keer zwaargewond... ja, maar ik moet overstappen... ik moet heel vaak overstappen... Ha.'

Hij stormde de coupé uit, rende het gangpad door en sprong uit de trein nog voordat die stilstond. Met zijn aktetas stevig tegen zich aangeklemd liep hij over het perron.

'De trein naar Leipzig?' vroeg hij al rennend aan een kruier. Die wees hem welke kant hij op moest.

Aardige kerels, dacht Silbermann, toen hij aan de soldaten dacht. Wat heb ik eigenlijk gezegd? Nou ja, maakt ook niet uit. Ze zullen er wel niet veel van begrepen hebben. Nu ga ik naar Leipzig, maar ik zou ook terug kunnen gaan naar Berlijn, het maakt niet uit. Ik hoef niet per se naar Leipzig! Zo sympathiek heb ik die Saksen nooit gevonden.

Opnieuw hield hij een kruier aan. 'De trein naar Berlijn?' vroeg hij.

'Die gaat over twintig minuten.'

Silbermann bedankte hem bijna uitbundig, liep daarna de trap af en haastte zich naar het loket om een kaartje naar Berlijn te kopen. Toen verliet hij het station om een luchtje te scheppen. Dresden, dacht hij. Hier ben ik zo vaak geweest. Is hier niet het hoofdkantoor van Solm & Co? Goede klant. Ik zou even langs kunnen gaan om goedendag te zeggen. Toch maar niet, slecht van betalen trouwens. Wissels, altijd wissels! Wanneer ik aan die wissel van Fanter & Sohn denk, word ik nog duizelig. Zestienduizend mark kwijt, in één klap. Wat moeten die mensen gedacht hebben? Een solide, oud huis en opeens...

Hij ging het station weer in en liep gewoontegetrouw naar het loket. Toen schoot hem te binnen dat hij al een kaartje had. Hij haalde het tegelijk met een stapel bankbiljetten uit zijn tas. Eigenlijk zou de Reichsbahn me korting moeten geven, dacht hij. Opeens voelde hij zich niet lekker worden. De stationshal begon te draaien. Hij zag treinen binnenrijden en wegrijden, hoorde getoeter, gerinkel, geratel van wielen, woorden, dichtbij en ver weg, hard en zacht...

Hij viel.

Een vrouw gilde. Er kwamen beambten aangelopen en mensen verdrongen zich om hem te zien. Een heer boog zich over hem heen, maakte Silbermanns overjas, jasje, vest en hemd los en legde zijn oor op Silbermanns borst.

'Zijn hart functioneert,' zei hij rustig, 'het is maar een flauwte.'

Daarna kwamen er ziekenbroeders die Silbermann optilden en naar een ziekenauto brachten.

Toen Silbermann bijkwam lag hij in een ziekenhuiskamer. Verbaasd kwam hij overeind, hij keek om zich heen en streek met zijn hand over zijn voorhoofd. Hij voelde een doffe pijn en probeerde te bedenken waar hij was.

Ik was op reis, herinnerde hij zich. Het laatst was ik in München... nee, ik ben teruggegaan naar Berlijn... daarna was ik in Dresden... en toen... nee, ik moet nog in Dresden zijn.

Alsof die veronderstelling hem geruststelde, liet hij zich in de kussens terugzakken. Behalve die hoofdpijn gaat het goed met me, stelde hij niet ontevreden vast. Toen schrok hij.

'Waar is mijn aktetas?' vroeg hij hardop.

Naast zijn bed zag hij een belkoord hangen. Hij drukte twee, drie keer op het knopje. Een al wat oudere verpleegster kwam binnen.

'Zuster, waar is mijn aktetas?' vroeg Silbermann meteen, en hij ging weer rechtop zitten.

'Rustig maar,' antwoordde ze, terwijl ze met uitgestrekte armen op hem af liep.

'Ik wil weten waar mijn aktetas is!' eiste Silbermann.

'Die is vast in bewaring genomen.'

'Zuster, ik maak u erop attent dat er vijfendertigduizend mark in zit.'

'Nee toch?' zei ze verrast.

'Jawel!' schreeuwde hij opgewonden. 'Vijfendertigduizend mark. Zo makkelijk laat ik die niet... Geen sprake van!'

'Maakt u toch niet zo'n lawaai!'

'Ik wil de directeur spreken, nu meteen.'

'Welke directeur? De dokter bedoelt u?'

'Kan me niet schelen. Ik wil mijn aktetas terug! Ik ben helemaal gezond en...' Hij stak zijn benen uit het bed. 'Hier blijf ik niet!' verklaarde hij.

De zuster sloeg haar handen in elkaar. 'Nou, nou, nou,' zei ze verwijtend.

'Ik eis mijn aktetas!' herhaalde Silbermann op hoge toon.

'Als die er is, krijgt u hem heus wel terug.'

'En mijn pak,' eiste hij, 'ik wil weg! Misschien kunt u eerst wat te eten voor me laten maken. Ik ben gewoon vergeten te eten, dat was het. Betalen kan ik ook.'

'Gaat u alstublieft weer liggen,' verzocht de zuster met klem.

Hij gehoorzaamde.

'Ik wil onmiddellijk de dokter spreken,' zei hij. 'Ik ben volkomen gezond. En ik heb geen tijd meer. Ik heb besprekingen, heel belangrijke besprekingen. Laat u hem alstublieft meteen komen!'

'U bent hier in een ziekenhuis, niet in een hotel! En schreeuwt u niet zo hard. U moet een beetje rekening houden met de andere patiënten.'

'Met mij houdt ook niemand rekening,' antwoordde Silbermann al een stuk rustiger.

'Als u een aktetas bij u had,' ging de zuster verder, 'dan krijgt u hem weer terug. U doet alsof u in een rovershol terecht bent gekomen. Niemand houdt u tegen.'

'Laat u alstublieft wat eten voor me maken,' vroeg Silbermann nog een keer, 'en geeft u me ook een fles rode wijn alstublieft. Rode wijn maakt alles draaglijk voor me.' Hij sprak nu heel rustig.

'Maar u zult toch een paar dagen moeten blijven,' zei de zuster.

'Moet ik dat?' vroeg hij, zich weer opwindend. 'Moet ik dat? Kunnen ze me daartoe dwingen? Ik kan me heel goed redden, hoor. In elk geval wil ik zo snel mogelijk mijn aktetas terug!'

De zuster zette haar armen in haar zij. 'Nu zal ik u eens wat zeggen,' reageerde ze boos. 'Ze hebben uw leven gered, in elk geval zijn ze u te hulp gekomen. U bent hierheen gebracht, niet om beroofd maar om geholpen te worden, en u gedraagt u...'

Silbermann sprong uit bed. 'Ik wil geen hulp,' riep hij, terwijl hij haar woedend aankeek. 'Ik wil helemaal niets! Ik wil alleen weg! Ik zie af van... hulp!' Hij slingerde haar het woord naar het hoofd alsof het een zware belediging was.

Ze liep de kamer uit en hij ging weer in bed liggen.

Rustig aan, beval hij zichzelf, ik moet absoluut rustig blijven! Hij voelde zijn pols. Ik heb geen koorts, constateerde hij. Ik had moeten eten. Ik heb te weinig en veel te onregelmatig gegeten. En dan alle opwinding van de afgelopen dagen.

Hij trok de dekens op tot aan zijn kin.

Eigenlijk lig ik hier prima. Eigenlijk zou ik rustig een paar dagen kunnen blijven. Weer keek hij de kamer rond. Keurig, vond hij. Ik zou echt moeten blijven. Nee! Nee! Het is een gevangenis! Het voorportaal van de gevangenis! Hier word je opgelapt zodat ze je daar in elkaar kunnen slaan.

De zuster kwam terug met een potlood en een groot vel papier. Silbermann keek haar wantrouwig aan.

'Uw tas en uw geld zijn er uiteraard,' zei ze. 'Dit is de lijst van uw eigendommen. Kijkt u die alstublieft door en zeg het als u iets mist.'

Silbermann nam de lijst aan en bestudeerde hem zonder al te veel interesse, omdat hij nu wist dat zijn belangrijkste bezit terecht was.

'Overigens is de dokter van mening dat u mag vertrekken,' voegde de zuster er nog aan toe.

'Dat is mooi,' zei Silbermann opgelucht. 'Hartelijk bedankt.'

De zuster maakte zich op om de kamer te verlaten, maar bij de deur draaide ze zich nog eenmaal om en vroeg: 'Bent u Joods?'

Silbermann schoot overeind. 'Nou en?' vroeg hij op zijn beurt.

'O, niets. Rustig maar. Hier doet niemand u iets. Als u wilt, kunt u rustig een paar dagen blijven. Maar misschien is het toch beter...'

'Ik wil weg,' zei Silbermann snel. 'U bedoelt het vast goed, maar ik wil weg. Ik ben ook weer helemaal in orde. Het was maar een flauwte, het is alweer over.'

Ze was de kamer al uit.

Wat gaat er nu gebeuren, zei Silbermann bij zichzelf. Zouden ze me echt laten gaan? Zou ik mijn geld terugkrijgen? Of... Alles is mogelijk. Een Jood met geld laten ze vast niet ontsnappen. Hij stapte uit bed, liep op blote voeten naar de deur, deed hem open en keek de gang in. Nu zit ik in de val, dacht hij. Ze hebben me te pakken! En vooral: ze hebben mijn geld. Het is allemaal één pot nat, ook dit ziekenhuis. Het is een totalitaire staat en die keert zich tegen mij. Tegen mij!

Hij zag een verpleger de hoek om komen, ging snel bij de deur vandaan en vluchtte zijn bed in.

Misschien zou ik tot rust komen als ik hier bleef, dacht hij. Maar kun je wel tot rust komen als je niet weet wat er van je zal worden? En hoe langer ik blijf, hoe gevaarlijker het wordt. Het geld lonkt...

Uit de karaf op het nachtkastje schonk hij een glas water in dat hij in één teug leegdronk. Ik heb honger, dacht hij. Waarom krijg ik niets te eten? Wat zijn ze eigenlijk met me van plan?

Er kwam een andere verpleger binnen die Silbermanns kleren op een stoel legde.

Waarom heeft hij mijn aktetas niet bij zich, vroeg hij zich paniekerig af. Hij voelde in de zakken. Die waren leeg.

'Waar is mijn paspoort? Waar is mijn geld?' begroette hij de zuster die nu ook binnenkwam met een dienblad met eten erop.

'Dat krijgt u straks terug,' zei ze geruststellend. 'U bent hier bij eerlijke mensen. Wat denkt u eigenlijk wel?'

'Is dit een staatsziekenhuis?' vroeg hij argwanend.

'Nee, een stadsziekenhuis.'

'Dus toch,' zei hij en hij begon te eten. Midden onder het eten hield hij opeens op. Ik suggereer gewoon dat deze mensen me bestelen, dacht hij angstig. Bovendien maak ik me verdacht. Wat zullen ze wel niet van me denken. Haastig werkte hij de rest van zijn maaltijd naar binnen. Zoiets mag me niet nog eens overkomen. Buiten kennis raken in vijandelijk gebied.

Een halfuur later verliet hij het ziekenhuis. Hij had al zijn spullen teruggekregen, en was daar zo verbaasd, ja bijna ontroerd over, dat hij de zuster honderd mark in haar hand had gedrukt. Ze had het geld pas aangenomen toen hij zich door haar afwijzing ernstig beledigd had getoond.

Al na een paar stappen had hij spijt dat hij was weggegaan, want hij voelde zich nog steeds zwak en versuft. Allereerst ging hij naar een postkantoor, waar hij zijn vrouw en zijn zus allebei een aangetekende brief met tweeduizend mark stuurde. Daarna voelde hij zich opgelucht, niet alleen omdat hij vond dat hij zijn plicht had gedaan, maar ook omdat hij nu minder risico liep.

Hij overwoog of hij meteen naar Berlijn zou terugkeren of nog wat in Dresden zou blijven, en besloot tot het laatste. Na eerst een beetje doelloos door de stad te hebben gelopen, stapte hij in de tandradbaan en ging naar boven naar Weiße Hirsch. Hij herinnerde zich wat Ursula Angelhof hem had aangeraden: ik zou me kostelijk amuseren als ik in uw schoenen stond! En ook al betwijfelde hij ten zeerste of hij in staat was een idee dat zover van hem afstond in praktijk te brengen, hij vond wel dat zijn gereis in elk geval iets van zijn verpletterende zinloosheid zou verliezen als hij probeerde de steden, waar een slechte wind hem naartoe voerde, tenminste een beetje te leren kennen.

Ik ben zo vaak in Dresden geweest, herinnerde hij zich, maar nog nooit boven in Weiße Hirsch. Van daaraf moest je een prachtig uitzicht hebben.

Terwijl hij omhoogging dacht hij afwisselend aan zijn vrouw en aan zijn kennisje uit de D-trein. Ik moet haar absoluut terugzien, dacht hij en hij voelde hoe hevig hij naar haar verlangde. Naar haar belangstelling, haar onverschilligheid, haar dwaze adviezen, haar speelse karakter. Ze is beslist geen zeurpiet. Goddank. En opeens had hij weer een doel, namelijk haar hoe dan ook op te sporen.

In Weiße Hirsch probeerde hij zich als een normale toerist te gedragen. Hij keek uit over Dresden, dat al in de schemering lag en waarvan hij eigenlijk alleen een paar lichtjes kon zien, maar deed zijn best het uitzicht te bewonderen.

Wat jammer dat Elfriede er niet bij is, dacht hij. Ze is dol op mooie vergezichten en ook het tochtje met de tandradbaan had haar vast veel plezier gedaan. Hij zuchtte. Zij is toch echt de enige die iets voor me betekent.

Daarna ging hij naar het restaurant, nam plaats aan een tafeltje en vroeg om een paar ansichtkaarten. 'En een fles moezelwijn,' zei hij geruststellend tegen de kelner, die bang was dat het bij een paar ansichtkaarten zou blijven.

Ik leef nog steeds, dacht Silbermann en hij probeerde te glimlachen.

Hij haalde zijn vulpen uit zijn zak en overwoog wat hij zijn vrouw zou schrijven. Moet ik haar vertellen dat ik in restaurant de Weiße Hirsch zit met een fles moezelwijn voor me en krampachtig mijn best doe me te verbeelden dat ik het leuk heb? Als haar broer die kaart ziet, zegt hij vast: 'Zie je wel. Kennelijk gaat het goed met hem.' En misschien zou ze zich daardoor zelfs laten geruststellen.

Maar ik wil niemand geruststellen!

Kwaad verscheurde hij de ansichtkaarten. 'Het gaat niet,' mompelde hij, 'ik kan het niet, dagjesmens spelen.' Hij riep de kelner, betaalde en vertrok.

Vervolgens ging hij met de tandradbaan terug naar Dresden. In de stad haastte hij zich om de tram naar station Dresden-Neustadt te nemen, waar hij de trein naar Berlijn hoopte te halen.

In een coupé is het altijd nog het behaaglijkst, dacht hij, toen hij een minuut voor vertrek instapte. Hij reisde weer tweede klas. Behalve hijzelf zaten er twee heren en een wat oudere dame in het compartiment. Silbermann begon meteen in de roman die hij bij een kiosk had gekocht. Na een halfuurtje begon hij moe te worden. Hij leunde achterover, deed zijn ogen dicht en viel al snel in slaap. Pas in Berlijn werd hij weer wakker.

De twee heren waren de coupé al uit, alleen de oudere dame die bedeesd zijn arm aanraakte om hem te wekken was er nog. 'Hartelijk bedankt,' zei Silbermann slaapdronken, en moeizaam stond hij op.

Ook de dame verliet de coupé en Silbermann trok omstandig zijn jas aan, zette zijn hoed op en maakte aanstalten haar te volgen toen hij plotseling voelde dat hij iets miste. Eén seconde dacht hij ingespannen na, toen herinnerde hij zich zijn aktetas. Zo snel hij kon liep hij terug naar zijn zitplaats, maar daar was hij niet. Vlug klom hij op een van de beklede zittingen om in het bagagerek te kijken, maar daar lagen alleen kranten. Silbermann haastte zich de coupé uit.

Heb ik hem soms al in Dresden laten liggen, probeerde hij zich te herinneren. Nee, want hij had de roman die hij op het station had gekocht er nog in gedaan. Dus is hij in de trein gestolen, concludeerde hij, terwijl hij naar de stationsuitgang liep.

De oudere dame?

Maar dan zou ze hem toch niet wakker gemaakt hebben, bovendien had ze behalve haar handtas alleen een klein koffertje bij zich.

De twee heren dus!

Hoe zagen die er ook alweer uit? De ene had een snor, meende hij zich te herinneren, een blonde snor. Mensen met een blonde snor zie je niet vaak.

Hij hield een beambte aan: 'Ik ben bestolen!' riep hij. 'Een blonde heer heeft me bestolen! Van mijn aktetas, mijn geld!'

'Dan moet u aangifte doen bij de spoorwegpolitie,' zei de man en hij liep door.

Had ik me hun uiterlijk maar goed ingeprent, dacht Silbermann wanhopig. Ik weet niet eens hoe ze eruitzagen, met die stomme doorsneekoppen!

Hij liep vlug door het hekje en bleef toen staan.

Misschien komen de dieven hier nog langs, hoopte hij. Ik blijf hier wachten. Maar toen realiseerde hij zich dat ze vast sneller waren dan hij. Daarom liep hij de stationshal door en besloot bij de uitgang te gaan staan. Maar het station had verschillende uitgangen en hij kon niet besluiten welke hij moest kiezen. Ook kwam er nu alleen nog af en toe een achterblijver voorbij, de meeste reizigers waren allang weg. Moedeloos ging hij op een bankje zitten.

Het is zinloos, dacht hij. Een dief wacht natuurlijk niet tot de bestolene wakker wordt en hem achternakomt. Hij is vast en zeker al weg.

Een politieagent slenterde langzaam voorbij. Silbermann sprong op en liep hem achterna.

'Ik ben bestolen,' zei hij met onvaste stem. 'Ze hebben eenendertigduizend mark van me gestolen, in de trein uit Dresden. Een aktetas, een leren aktetas.'

De politieagent bleef verrast staan, weifelde even, maar scheen hem toen te geloven.

'Hebt u al geïnformeerd of die tas – het geld zat toch in een aktetas? – misschien bij de hoofdconducteur is afgegeven? Voor dit soort aangelegenheden ben ik niet bevoegd. U moet u tot de spoorwegpolitie wenden. Ziet u dat bord daar? Ga er meteen heen om aangifte te doen. U moet het ook melden bij het Bureau Gevonden Voorwerpen.'

'Spoorwegpolitie?' zei Silbermann zachtjes.

'Natuurlijk! Daar zijn ze voor. Vooruit, wacht er niet te lang mee, haast u zich!'

Ze waren samen opgelopen en stonden nu voor het wachtlokaal.

'Ja,' zei Silbermann langzaam, 'natuurlijk moet ik naar de spoorwegpolitie. Dank u.'

'Vooruit,' herhaalde de agent terwijl hij op het wachtlokaal wees. 'Draai er niet te lang omheen en doe aangifte.'

'Ik weet het niet,' zei Silbermann op gepijnigde, besluiteloze toon.

'Wat weet u niet?' vroeg de agent, die argwaan begon te krijgen. 'Had u nou een aktetas of niet?'

'Natuurlijk had ik die. Met dertigduizend mark! Maar misschien kan ik beter nog een keer op het perron navragen of iemand hem heeft afgegeven.'

'Dan kunt u lang vragen. Als je de moeite neemt om dertigduizend mark te stelen geef je het niet meteen weer terug.'

'Maar misschien heeft iemand de tas gevonden.'

Ontstemd keek de agent hem aan. 'U zei daarnet toch dat hij gestolen was? Hoe kan iemand hem dan vinden?'

Silbermann voelde zich een beetje in het nauw gedreven. Op dit moment was hij net zo bang voor de spoorwegpolitie als voor het verlies van zijn tas.

Als ik aangifte doe, raak ik niet alleen mijn geld kwijt, maar ook mijn vrijheid. Doe ik geen aangifte, dan heb ik geen enkel vooruitzicht mijn tas en mijn geld ooit terug te zien. En dan is het ook afgelopen. Per slot van rekening was die tas het laatste wat ik had. Maar toen hoopte hij weer dat het onwaarschijnlijke was gebeurd: dat zijn tas was gevonden en afgegeven.

'Ik ga het toch nog eens vragen,' zei hij. Hij liet de politieagent, die hem verbaasd en hoofdschuddend nakeek, staan en ging terug naar het perron.

Pas bij het hekje merkte hij dat hij was vergeten een perronkaartje te kopen, maar tot zijn opluchting zag hij dat zijn trein er nog stond. Hij haastte zich naar de automaat, kocht een kaartje, liep over het perron en vroeg naar de hoofdconducteur.

'Heeft iemand een aktetas gevonden?' riep hij buiten adem van het rennen. 'Ik ben mijn aktetas kwijt. Er zat dertigduizend mark in.'

De hoofdconducteur bolde zijn wangen van verbazing. 'Dertigduizend mark,' zei hij respectvol. 'Poe, poe, allemachtig!'

'Heeft iemand een tas afgegeven?'

'Niet bij mij. Maar u moet aangifte doen bij het Bureau Gevonden Voorwerpen. Als u het mij vraagt: veel zin zal het niet hebben. Dertigduizend mark maakt ook van een eerlijke vent makkelijk een boef. In welke coupé zat u?'

'In de tweede klas,' zei Silbermann, die opeens hoop kreeg dat hij de tas over het hoofd had gezien toen hij de coupé doorzocht. Ze klommen de trein in, maar Silbermann kon niet meer precies aangeven welke coupé het was. Dus doorzochten ze alle rookcoupés in de tweede klas, maar zonder succes.

'Een heer met een blonde snor,' verklaarde Silbermann op de vraag naar zijn medereizigers. 'Hij kwam me al meteen verdacht voor, maar misschien is dat inbeelding achteraf. Het waren twee heren, zoals ik al zei, en de ene had een blonde snor.'

'En de dame?' vroeg de hoofdconducteur. 'Hebt u het haar niet gevraagd?'

'O,' zei Silbermann ongelukkig, 'daar heb ik helemaal niet aan gedacht. Zij had me wellicht een nauwkeuriger beschrijving van de dieven kunnen geven.'

'Vast en zeker,' zei de hoofdconducteur instemmend. 'U had het die dame moeten vragen.'

'Maar ik kan haar beschrijven. Ze had een grijs mantelpakje aan...'

De hoofdconducteur keek naar de klok.

'Gaat u naar de spoorwegpolitie en naar Gevonden Voorwerpen,' stelde hij voor. 'Zoals u ziet heb ik mijn best gedaan, meer kan ik niet voor u doen. Als u wilt, vraag ik of er iemand met u meeloopt zodat u het wachtlokaal sneller vindt.'

Hij boog zich uit het raam om rond te kijken.

'Nee, nee, bedankt,' zei Silbermann snel. 'Laat maar. Heel vriendelijk van u, maar ik weet de weg. Tot ziens.'

Hij verliet de coupé en terwijl hij zich met zijn krachteloze handen aan de stangen vasthield, klom hij de wagon uit. Toen liep hij langzaam in de richting van het toegangshekje.

Hij probeerde zichzelf moed in te spreken: eigenlijk heb ik alleen wat tijd verloren. Verder niets. Dat geld heeft me ook niet echt geholpen. Dat heb ik wel gezien.

Maar dergelijke overpeinzingen boden hem geen troost, want het was hem volstrekt duidelijk dat er iets beslissends ten nadele van hem was gebeurd: hij was niet alleen van zijn geld maar ook van zijn weerstandsvermogen, van zijn enige houvast beroofd. Hij meende dat deze slag zijn verdere leven zou bepalen en dat daarbij vergeleken de andere momenteel dreigende gevaren vrijwel volledig verbleekten.

Nu is er echt iets onherstelbaars gebeurd, dacht hij, en hoe hij ook zijn best deed uit een soort zelfbescherming te vluchten in slappe onverschilligheid, het lukte hem slechts ten dele. Hij liep de stenen trap af. Nu kan ik geen tijdwinst meer boeken, dacht hij, met het geld ben ik zelfs mijn tijdtegoed kwijtgeraakt.

Hij stond voor de deur met het bordje SPOORWEGPOLITIE.

Silbermann drukte de klink naar beneden, opende de deur en keek naar binnen.

Een knorrige stem begroette hem met 'Heil Hitler!'.

'Ik kom zo terug,' zei hij, hij draaide zich om en liep langzaam naar de bank waar hij al eerder had gezeten.

Aangifte doen, overwoog hij. De dief aangeven? Bij wie dan? Hij grijnsde gefrustreerd. Degene die is bestolen zullen ze arresteren, degene die is bestolen zullen ze een proces aandoen! Niet de dieven!

Hij liet zich achterovervallen, waardoor de leuning van de bank zachtjes kraakte. Zijn handen rustten met gespreide vingers plat op de zitting. Nu is het afgelopen, dacht hij. Over en uit! Toen sprong hij op en deed een paar stappen in de richting van het wachtlokaal. Aangifte doen, dacht hij, een dief aangeven bij een rover.

De deur van het wachtlokaal ging open en er kwam een beambte naar buiten die Silbermann vragend aankeek: 'Wat wilt u?'

Zwijgend draaide Silbermann zich om.

Ik moet het weloverwogen doen, dacht hij. Niets overhaasten. Hij liep terug naar zijn bank en ging weer zitten. De man bleef even naar hem staan kijken en liep toen door. Silbermann keek hem na.

'Mijn aktetas,' fluisterde hij bij zichzelf. 'Ik wil mijn aktetas terug! Dit kan toch niet waar zijn! Een uur geleden had ik hem nog.'

Zijn hoofd zakte op zijn borst.

Het kan toch niet waar zijn, dacht hij weer. Ik verbeeld het me maar. Een week geleden was ik nog eigenaar van Becker Schrott GmbH... een paar uur geleden nog een man met meer dan dertigduizend mark... een man met vooruitzichten, ondanks alles, jazeker. Met dertigduizend mark op zak was ik absoluut nog een levensvatbaar iemand. Had ik eindeloos veel mogelijkheden... ik hoefde ze maar te benutten! Reizen, vechten, me zorgen maken, mezelf kwellen, piekeren… allemaal voor niets. Mijn hele leven is zinloos geweest, alles wat ik ooit heb bereikt… Ik liep in Berlijn rond als Otto Silbermann, zakenman… ik had een gezin… vrienden… stond midden in het leven… ja, echt midden in het leven… ik hoorde daar thuis… Nee, ik hoorde daar niet thuis, dat heb ik me alleen verbeeld… dít hier is het echte leven, het echte… Deze bank hier… met lege zakken… het wachtlokaal waar ik niet naar binnen durf… dit is het echte, werkelijke leven van Silbermann… Ik zit op een bank… in het niets, en als het station gesloten wordt, sturen ze me ook nog weg van mijn bank.

Hij streek over de houten zitting.

Dit is wat ik heb bereikt, dacht hij. Hiervoor ben ik nu de grens overgeslopen en heb ik twee gendarmes gesmeekt om een beetje mededogen. Ach, had ik het nog maar een keer geprobeerd, zuchtte hij vergeefs.

Toen sprong hij plotseling overeind.

'Ik wil mijn geld terug!' gromde hij. 'Mijn dertigduizend mark!'

Weer liep hij naar het wachtlokaal. Jullie zullen me leren kennen, dacht hij in machteloze woede, om dan opnieuw voor de deur te blijven staan.

Hij pakte zijn portefeuille om te zien hoeveel geld hij nog had. 'Tweehonderdtwintig, tweehonderddertig, tweehonderdveertig,' telde hij binnensmonds in de gauwigheid. Hij had nog tweehonderdtachtig mark in bankbiljetten. Morgen, besloot hij en hij keerde om en liep naar de uitgang. Morgen…

Van tweehonderdtachtig mark zou een jongste bediende een paar maanden kunnen leven. Wat zou de dief met mijn geld doen? Hij weet heus niet dat het Joods geld is, daarom is hij misschien bang en denkt hij dat hij ze achter hem aan zitten, misschien reist mijn aktetas wel met hem mee door het land.

Bij de uitgang van het station bleef hij weer staan.

Toen we in 1919 de firma Seelig & Silbermann oprichtten, bedroeg mijn inleg dertigduizend mark, herinnerde hij zich weemoedig. Twintigduizend van mijn vader en tienduizend van Bruno geleend. Die dertigduizend was dus mijn oorspronkelijke begin. En nu is het het einde. Tot nu toe was ik alleen kwijt wat ik had verdiend, maar nu is ook het bedrag weg waarmee ik alles heb verdiend en waarmee ik in de toekomst misschien opnieuw iets had kunnen verdienen.

Ik zou het niet zo zwaar moeten opnemen, vond hij vervolgens, eigenlijk ben ik alleen het laatste deel kwijt van een verleden dat allang niet meer van mij was. Hij probeerde zich nogmaals over zijn verlies heen te zetten: heeft geld me ooit zekerheid gegeven? Nee! Alleen de illusie van zekerheid.

Ach, onzin, het was meer, veel meer! Het was mijn hele toekomst. Twintig jaar van mijn leven ben ik kwijt, twintig jaar! Wat ben ik ondankbaar geweest. Mijn leven lang is mijn vermogen een scheidsmuur geweest tussen de armoede en mezelf. Een enkele keer heeft het me niet kunnen helpen, maar dat stelde niets voor. Maar nu ben ik mijn hele leven kwijt! Nu heb ik me van mijn leven laten beroven! Ik ben dood. Compleet dood. Compleet.

Toen hij het station uit kwam liep hij naar een wachtende taxi en gaf de chauffeur het adres van zijn huis, omdat hij had besloten in ieder geval nog één keer in zijn eigen bed te slapen, voordat hij zijn zelfmoord – want zo beschouwde hij de beoogde aangifte – ten uitvoer wilde brengen.

Toen hij zag dat de auto langs een telefooncel reed, tikte Silbermann, die een idee had gekregen, met zijn vinger tegen de tussenruit. 'Stop,' riep hij. Honderd meter verder bracht de chauffeur de auto tot stilstand en Silbermann stapte uit. Hij betaalde en liep terug naar de telefooncel. Hij ging naar binnen, sloeg het telefoonboek open en zocht de letter A. Toen hij mr. Angelhof had gevonden, onderstreepte hij de naam gewoontegetrouw met blauw potlood en draaide het nummer.

Hij moest een hele tijd wachten. Eindelijk hoorde hij een slaperige stem: 'Hallo, wie is daar?'

'Meester Angelhof?' vroeg Silbermann zo beheerst mogelijk.

'Ja, Angelhof hier, maar...'

'Kan ik uw vrouw spreken?'

'Mijn vrouw? Nu, op dit tijdstip? Wie bent u eigenlijk? Wat denkt u wel?'

'Ik moet absoluut uw vrouw spreken,' zei Silbermann met klem. 'Het is heel, heel belangrijk.'

'Ja, maar kunt u me eerst even uitleggen wie u bent en wat u wenst? Iemand midden in de nacht zo overvallen, dat is me nog nooit van mijn leven overkomen.'

'Uw vrouw heeft haar handtas in de trein laten liggen,' loog Silbermann zonder op de eerste vraag in te gaan, omdat hij het moeilijk vond een valse naam op te geven. Hoe kom ik op een kwijtgeraakte handtas, vroeg hij zich af. Ach, mijn aktetas, natuurlijk. 'Ik heb haar tas gevonden,' vervolgde hij langzaam. 'Ik zou hem graag aan haar teruggeven.'

'Dan kunt u morgen bij me langskomen en hem afgeven,' stelde de advocaat iets milder gestemd voor.

'Helaas ben ik op doorreis, ik blijf hier maar kort.'

'Maar vannacht? Het is al erg laat. Had u niet eerder kunnen bellen?'

'Helaas niet, bovendien moet ik ook mijn eigen zaken regelen,' zei Silbermann brutaal.

'Zeker... begrijp ik... heel vriendelijk van u dat u... Maar misschien kunt u toch morgenvroeg langskomen?'

'Morgenvroeg? Ja, dat zou kunnen. Maar ik reis om tien voor halftien al door naar Hamburg.' Silbermann stond versteld van zichzelf: ik ken de vertrektijden al uit mijn hoofd. In sommige gevallen, zoals nu, kwam dat goed van pas.

'Dus als u zo vriendelijk zou willen zijn morgenochtend om acht uur bij mij langs te komen,' stelde de advocaat beleefd voor.

'Waar woont u?' vroeg Silbermann.

'Kurfürstendamm 65.'

'Ja, dat adres heb ik al uit het telefoonboek. Maar in de tas zit een brief aan uw vrouw die anders geadresseerd is. Ik geloof...'

Hij zweeg, maar zijn hoop dat de advocaat nu het andere adres zou noemen ging niet in vervulling.

Die bromde alleen: 'Dus?'

'Ja,' zei Silbermann, 'nu zit ik in een heikele positie. Ik weet echt niet wat ik moet doen. Ik geloof dat uw vrouw heeft laten doorschemeren dat u gescheiden leeft.'

'En waarom belt u mij dan?'

'Nou, dat weet ik niet. Zo precies ben ik ook weer niet op de hoogte van uw gezinssituatie, dat gaat me trouwens ook niets aan. Ik vroeg me alleen af waar ik de tas naartoe moest brengen. Ik zou hem het liefst aan uw vrouw zelf geven.'

'Levert u hem morgenvroeg maar op mijn kantoor af.'

'Ik weet niet of ik daar wel het recht toe heb, als u toch...'

'Goed, maar laat me nu met rust. Doe wat u wilt. Voor mijn part brengt u hem naar haar toe. Misschien is dat het beste.'

'Ik kan hem gewoon bij het Bureau Gevonden Voorwerpen afgeven,' deed Silbermann een laatste poging. 'Ik weet niet of het adres nog klopt. Op het bureau kunnen ze proberen uw vrouw te vinden.'

'Mij maakt het niet uit, misschien kunt u de tas bij pension Weler afgeven, als u hem mij niet toevertrouwt. Welk adres staat er op de brief?'

Silbermann sloeg snel het telefoonboek open.

'Ik zal eens kijken,' zei hij. 'Misschien, als ik genoeg tijd heb.'

'Welk adres staat er op de brief?' vroeg de advocaat opnieuw.

'Dat moet ik eerst opzoeken,' zei Silbermann. 'Mijn verontschuldigingen dat ik u heb gestoord. Tot ziens.'

Hij hing op. Hoopvol bladerde hij in het telefoonboek. Misschien had ik toch de straatnaam moeten vragen, dacht hij. Als het pension er niet in staat... Ik kan hem niet nog een keer bellen. Maar hij vond het adres en noteerde het. Toen liep hij weer de straat op. Avontuur, dacht hij bijna woedend. Avontuur!

Hij nam een taxi. Bij het pension aangekomen moest hij een paar keer bellen voordat er eindelijk werd opengedaan.

‘Ik wil mevrouw Angelhof graag spreken,’ zei hij.

Het dienstmeisje, in kamerjas, keek hem verbaasd aan. ‘Nu?’ vroeg ze ongelovig.

‘Ja, nu,’ zei hij beslist. ‘Ik ben op doorreis en moet iets afgeven,’ voegde hij er bij wijze van uitleg aan toe.

‘Kunt u het niet aan mij geven?’

‘Nee,’ zei Silbermann. Hij voelde in zijn zak en gaf haar een munt van drie mark. ‘Zegt u alstublieft dat ik er ben.’

Het meisje liet hem binnen en bracht hem naar de leeskamer. Toen Ursula Angelhof na een minuut of tien binnenkwam, was Silbermann in de makkelijke stoel waarin hij had plaatsgenomen al bijna in slaap gevallen. Ze nam hem in alle rust op en leek niet blij en ook niet erg verrast, alleen een beetje verbaasd. Silbermann sprong op.

‘Goedenavond,’ zei hij ter begroeting, en eigenlijk wist hij niet meer waarom hij gekomen was.

Zij leek het ook niet te weten.

‘Ik wilde je terugzien,’ verklaarde hij. ‘Ik heb je laatst niet getroffen omdat ik te laat was.’

‘Maar hoe wist u mijn adres?’ vroeg ze.

‘Ik heb het aan je man gevraagd.’ Hij was vastbesloten haar te blijven tutoyeren.

‘Aha,’ zei ze en het leek alsof ze even goedkeurend glimlachte. Toen werd ze weer serieus. ‘Dat had je niet moeten doen. Je weet toch hoe het ervoor staat.’

‘Maar ik wilde je terugzien,’ zei hij zachtjes.

‘Waarom?’ vroeg ze. ‘Dat heeft toch geen zin. Daarom heb ik me ook niet aan ons afspraakje gehouden.’

Onwillekeurig moest hij glimlachen. Natuurlijk, ze was helemaal niet gekomen.

‘Misschien heb je wel gelijk,’ zei hij toen.

Verbaasd schudde ze haar hoofd. ‘En?’ vroeg ze.

‘Het is… Ik weet het niet meer. Ik heb geen idee wat ik moet doen.

Geen idee! Het is afgelopen met me. In de trein van Dresden naar Berlijn is mijn geld gestolen.'

Haar ogen werden groot van schrik. 'Je geld?' vroeg ze.

'Ik weet echt niet meer waarom ik naar je toe gekomen ben… Ik wilde je zien… Maar… het heeft geen zin… het is allemaal zo… ik weet het niet.'

Hij stond op, pakte haar hand, bleef er lang naar kijken en kuste hem ten slotte.

'Tot ziens,' zei hij.

'Maar ik begrijp het niet,' zei ze. 'Je wilt toch iets? Wat dan? Moet ik je helpen… ik bedoel…'

'Nee, nee, nee.' Hij onderbrak haar bijna geïrriteerd en schudde zijn hoofd. 'Jij kunt me ook niet helpen.' Hij zuchtte.

Langzaam liep hij naar de deur. Opeens voelde hij een hand op zijn schouder. Hij draaide zijn hoofd om en keek haar vragend aan.

'Wil je hier blijven?' fluisterde ze.

Hij keek haar met een lege blik aan.

'Ik weet het niet,' zei hij toen. 'Ik geloof… het is misschien beter… ik ga.'

'Zoals je wilt,' antwoordde ze rustig. 'Maar wat ga je dan doen?'

'Ik ga helemaal niets meer doen!' antwoordde hij en hij vertrok.

Hoofdstuk tien

Silbermann wandelde met zijn gezin door Tiergarten. Eigenlijk had hij naar Potsdam willen gaan, naar het slot en het park Sanssouci, maar Eduard, die op de Neue See wilde roeien, had hem dat plan uit het hoofd gepraat.

Eduard was in een opperbest humeur omdat hij zijn feestprogramma had doorgedreven en daarnet ook nog toestemming van zijn vader had gekregen om naar het circus te gaan, en ook Silbermann was tevreden dat hij in Berlijn was gebleven, aangezien hij de maandag daarna belangrijke besprekingen op de agenda had staan en daarom vroeg naar bed wilde.

Het was prachtig weer en ze hadden het over de reis die ze die zomer zouden gaan maken.

'Eduard heeft nog een nieuw pak nodig,' vond mevrouw Silbermann, terwijl ze veelbetekenend naar haar zoon keek.

'Toen ik een jongen was,' verzekerde Silbermann, 'was ik veel zuiniger op mijn kleren.' Hij wendde zich tot zijn zoon: 'Heb je trouwens je huiswerk al gemaakt, Eduard?'

'Mmm,' zei die zonder hem aan te kijken.

'Mmm is geen antwoord,' verklaarde Silbermann. 'Vergeet niet om het me vanavond te laten zien.'

Eduard zweeg even, toen zei hij: 'De wiskundesommen heb ik niet helemaal begrepen.'

'Dat is het toppunt!' zei Silbermann verontwaardigd. 'En jij durft te gaan wandelen! En vanavond ook nog naar het circus? Wat denk je wel? Als je je wiskunde niet hebt gemaakt hoef je er niet aan te denken dat je met ons naar het circus mag.'

'Maar hij werkt al zo hard,' zei mevrouw Silbermann sussend.

Er werd aangebeld. Silbermann schoot overeind.

'Eduard moet...' zei hij versuft. Toen keek hij om zich heen. Hij lag in zijn slaapkamer, alleen.

'Aha,' zei hij en hij deed zijn ogen weer dicht.

Opnieuw ging de bel. Langzaam stond hij op, deed zijn pantoffels aan en terwijl hij de slaap uit zijn ogen wreef liep hij naar de deur.

Ze zijn stipt op tijd, dacht hij, want hij nam aan dat ze hem kwamen ophalen. Hij deed de deur open.

'Ik kom voor de melkrekening,' zei een vrouwenstem.

Silbermann bekeek de vrouw aandachtig.

'Zo,' zei hij slepend, 'u komt voor de melkrekening?'

'Inderdaad,' antwoordde de vrouw. 'Ik ben al vier of vijf keer langs geweest, maar er deed niemand open. Vandaag ben ik expres aan de voordeur gekomen omdat ik dacht dat de achterbel het niet deed.' Daarbij keek ze hem aan alsof ze hiermee had bewezen dat hij haar iets had misdaan.

'Het is negen vijfenzeventig,' zei ze nadrukkelijk en overhandigde hem een briefje.

'Een moment, alstublieft,' zei hij.

Hij ging naar de slaapkamer om geld te halen.

'Moet ik blijven komen?' vroeg de vrouw toen hij terug was. 'Want de flessen staan nog bij de achterdeur. Ik heb al drie dagen geen...'

'We hebben niets meer nodig,' onderbrak hij haar. 'Maar die fles daar wil ik nog wel hebben.'

'Moet ik die vierendertig pfennig opschrijven?' vroeg ze. 'Aan de andere kant, als u niets meer van me neemt...'

'Vierendertig pfennig,' zei hij. 'Dat is veel geld.'

'Melk kost overal hetzelfde,' zei ze verontwaardigd, waarschijnlijk gekrenkt in haar beroepseer.

'Uiteraard,' zei hij verschrikt.

Hij betaalde, deed de deur dicht en nam de fles melk mee naar de slaapkamer. Wat zijn de mensen gevoelig, dacht hij. De melkvrouw is al diep gekwetst als je denkt dat haar melk een pfennig te duur is. Dat laat ze zich niet zeggen. Maar ik... ik...

Hij opende de fles en nam een flinke slok.

Nu zou ik wel zin hebben in koffie, dacht hij terwijl hij zijn mond afveegde en naar de badkamer ging. Hij zette de warme kraan open en keek zonder ook maar ergens aan te denken hoe de badkuip volliep. Toen kleedde hij zich uit en ging in bad.

Wat heb ik dit gemist, dacht hij, terwijl hij behaaglijk languit in het water ging liggen. Hij bleef een halfuur in bad, daarna schoor hij zich en kleedde zich langzaam aan. Net toen hij zijn stropdas had gestrikt werd er weer aangebeld, dit keer aan de achterdeur.

Dat zal de bakkersrekening zijn, dacht hij bijna geamuseerd.

Het was de bakkersrekening. Hij betaalde en een paar minuten later liep hij de deur uit om in de konditorei aan de overkant koffie te gaan drinken. Hij deed een hele tijd over zijn ontbijt.

Toen hij klaar was besloot hij te gaan doen waartoe hij zich gisterenavond niet had kunnen zetten. Uiterlijk volkomen kalm ging hij het politiebureau binnen.

'Ik kom aangifte doen,' verklaarde hij zonder het 'Heil Hitler' van de agent te beantwoorden. Hij ging vlak voor het hekje staan en steunde er met beide handen op.

'Waar gaat het over?' vroeg de agent afkeurend.

'Ik ben bestolen.'

'Daar ga ik niet over. Ik neem alleen verhuismeldingen op.'

Silbermann wachtte even en zei toen: 'Misschien bent u bereid mij mee te delen wie daar dan wel over gaat?'

De man schrok op. Die toon kende hij. Hij bekeek Silbermann, zich vermoedelijk afvragend of het wel de moeite waard was zich voor hem in te spannen, beantwoordde die vraag kennelijk positief en zei een stuk beleefder: 'Gaat u alstublieft naar kamer drie.'

‘Waar is dat?’ vroeg Silbermann.

De agent stond op, kwam naar het hekje, wees naar een deur en zei: ‘De eerste kamer in de gang daar.’

Silbermann bedankte hem en stond enkele ogenblikken later voor kamer drie.

Hij klopte.

‘Binnen,’ klonk een barse stem.

Silbermann ging naar binnen. Achter een bureau zat een stevig gebouwde man in burger, die de krant waarin hij zat te bladeren snel weglegde om een stapel dossiers te pakken.

‘Ik kom aangifte doen,’ zei Silbermann terwijl hij dichterbij kwam.

‘Heil Hitler,’ groette de man en hij keek Silbermann met opgetrokken wenkbrauwen aan.

‘Goedemorgen,’ antwoordde Silbermann. ‘Zoals ik al zei kom ik aangifte doen.’

‘Bent u Duitser?’ vroeg de commissaris terwijl hij een dossier inkeek.

‘Jazeker,’ antwoordde Silbermann.

‘Groet u dan alstublieft ook met de Duitse groet. Dat zijn de voorschriften.’

‘Ik ben Jood.’

‘Dan bent u dus geen Duitser!’ De commissaris sloot zijn dossiermap en keek hem aan.

‘Daarover graag een ander keer,’ antwoordde Silbermann, die zich met moeite kon beheersen. ‘Ik ben gekomen om aangifte te doen.’

De man streek over zijn kin. ‘U weet dat het doen van valse aangifte strafbaar is?’

‘Ik ben niet van plan valse aangifte te doen.’

‘In elk geval raad ik u aan goed na te denken over wat u zegt.’

‘Wilt u niet eerst naar mijn aangifte luisteren?’

‘Dus u bent een Jood!’ stelde de commissaris met een knikje vast.

‘Ik ben hiernaartoe gekomen om aangifte te doen,’ herhaalde Silbermann voor de vierde keer.

'Het is mijn plicht u erop te wijzen dat u strafbaar bent als u...'

'In de trein is mijn aktetas gestolen,' viel Silbermann hem in de rede, terwijl zijn bleke gezicht langzaam roder werd. 'Er zat dertigduizend mark in. Kunt u dat opnemen?'

De commissaris legde een groot vel papier voor zich neer. 'En hoe kwam u aan die dertigduizend mark?' vroeg hij terwijl hij zijn pen in het inktpotje doopte, er voorzichtig een druppeltje afschudde en achteroverleunde. Hij keek een tijdje naar Silbermann, boog toen weer naar voren en begon te schrijven.

'Naam?'

'Otto Silbermann.'

'Hebt u een identiteitsbewijs?'

Silbermann overhandigde hem zijn paspoort.

'Goed,' zei de commissaris en hij schreef het nummer van de pas en een paar andere gegevens op.

'Mijn adres is nog hetzelfde,' verklaarde Silbermann.

De commissaris nam het zwijgend voor kennisgeving aan. Toen keek hij op en zei scherp: 'Ik heb u gevraagd hoe u aan dat geld bent gekomen. Wilt u antwoord geven?'

'Het is het restant van mijn vermogen,' antwoordde Silbermann. 'Ooit was ik een vermogend man.'

'En u sleept dat geld in een aktetas met u mee? Heel vreemd! En in welke trein zou dat geweest moeten zijn?'

'De trein van Dresden naar Berlijn. In een rookcoupé tweede klas.'

'Hebt u aangifte gedaan bij de spoorwegpolitie?'

'Nee, maar ik heb het bij de hoofdconducteur gemeld.'

'Waarom hebt u geen aangifte gedaan bij de spoorwegpolitie?'

'Omdat ik dat hier wilde doen.'

'Vreemd. Dus u beweert dat in de trein van Dresden naar Berlijn, in een rookcoupé tweede klas, een aktetas met dertigduizend mark erin van u is gestolen?'

'Ik beweer het niet, het is een feit.'

'Maar dat kan ik niet weten. Verdenkt u iemand in het bijzonder?'

'Ik reisde samen met twee heren en een oudere dame. De ene heer had een blonde snor.'

De commissaris moest lachen of hoesten, het verschil was niet te horen. 'Meer weet u niet?' vroeg hij. 'Zou u die mensen herkennen?'

'Ik denk het wel.'

'Hoe zag de aktetas eruit?'

'Bruin leer met een stalen slot. Alstublieft, hier is het sleuteltje.'

'Hebt u het nummer van de trein onthouden?'

'Nee, daar heb ik helaas niet aan gedacht.

'Hoe laat is het volgens u gebeurd?'

'Het was de laatste trein naar Berlijn, geloof ik.'

'Gelooft u! Hoe laat kwam de trein in Berlijn aan?'

'Tegen enen.'

'Is dat alles wat u te melden hebt? U beweert dat u in de laatste trein van Dresden naar Berlijn een aktetas bent kwijtgeraakt...'

'Hij is gestolen!' onderbrak Silbermann hem.

'U hoeft niet zoveel lawaai te maken! Ik ben niet doof.'

'En wat gaat u nu doen?' informeerde Silbermann.

'We zullen zien.'

'Ik loof tien procent vindersloon uit van het bedrag dat ik terugkrijg als de dader wordt gevonden.'

'Ten eerste moet u het geld terugkrijgen, ten tweede moet u het verloren hebben en ten derde...'

'U lijkt mijn aangifte niet erg serieus te nemen. Denkt u soms dat het een grap is?' onderbrak Silbermann hem, terwijl hij tegelijkertijd op de stoel voor het bureau ging zitten, omdat hij tot nog toe tevergeefs op een uitnodiging daartoe had gewacht.

De commissaris beschouwde dit onuitgenodigd plaatsnemen als een gebrek aan respect, maar wist niet wat hij moest zeggen. 'Laat me alstublieft uitspreken,' snauwde hij. 'Mijn mening staat hier niet ter discussie. U hebt aangifte gedaan, en het is aan mij die te onderzoeken en af te handelen. Wilt u me nu alstublieft uitleggen waarom u met dertigduizend mark in uw tas rondreist?'

‘Wie heeft u verteld dat ik rondreis?’

‘In elk geval was u in Dresden.’

‘Heb ik niet het recht naar Dresden te gaan?’

‘Daar hoef ik geen antwoord op te geven. Maar ik wil weten…’ Hij aarzelde, keek op het formulier dat hij net had ingevuld en vroeg toen, plotseling opkijkend: ‘Was u op weg om dat geld naar het buitenland te brengen?’

‘Wilt u de dief gaan zoeken of de bestolene verdacht maken?’ vroeg Silbermann op zijn beurt, want deze aanval kwam voor hem niet onverwacht.

‘Ik wil helemaal niets. Dat heb ik u al verteld. Hier ben ik niet ik, maar ambtenaar. Zo niet, dan zou u nog vreemd staan te kijken!’

‘Ik ben niet ik,’ herhaalde Silbermann, die zich niet langer kon beheersen, honend. ‘Wie bent u dan wel, als u u niet bent? Sinds wanneer hebben Duitse ambtenaren last van een gespleten persoonlijkheid?’

Woedend sloeg de commissaris met zijn vuist op het bureau. ‘Wat denkt u wel?’ schreeuwde hij. ‘Denkt u soms dat wij hier op die Joodse humor van u zitten te wachten?’

Silbermann sprong op.

‘Misschien is het Joodse humor,’ riep hij, ‘dat ik aangifte van diefstal moet doen bij degenen die me van al mijn rechten hebben beroofd. In elk geval is het de Duitse realiteit dat u zich, in plaats van de dief te gaan zoeken, allerlei brutaliteiten permitteert ten opzichte van de bestolene. U… meneer de commissaris… ik wil mijn geld terug… Mijn dertigduizend mark… Ik wil ze zo snel mogelijk terug hebben… Zorgt u daar maar voor… Ik heb aangifte gedaan… En ik wil meteen nog een aangifte doen… Mijn huis is door bandieten overvallen, ze hebben mijn meubels kapotgeslagen, mijn vriend Findler verwond… hier…’ Hij voelde in zijn zak en haalde het hakenkruisinsigne tevoorschijn. ‘Dit hebben die vandalen achtergelaten… Stelt u alstublieft een proces-verbaal op. Waar wacht u op? … Deze aangifte is veel, veel belangrijker. Schrijf maar op… Zit me niet zo aan te staren. Denkt u soms dat ik zelf mijn huis vernield heb? Noteert u maar: Findler, Theo Findler… hij is mijn getuige, hij was erbij… Ze hebben hem verwond… Hij was net bezig me kaal te plukken… Waar wacht u op? Waarom schrijft u niets op? U bent hier toch de ambtenaar, hebt u me net uitgelegd. U moet de rechten van alle burgers beschermen… Inbraak, huisvredebreuk, meneer de commissaris, bij mij gepleegd… lichamelijk letsel bij Findler… een grote dievenbende heeft op 9 november niet alleen bij mij… nee, overal… maar waarom schrijft u niets op? Ik zeg u toch: moordenaars, meneer de commissaris, inbrekers… struikrovers…' Hij wond zich steeds meer op. 'Heb ik me verdacht gemaakt door op reis te gaan? Ja? Ik ben gevlucht voor misdadigers, meneer de commissaris, vergeet u dat alstublieft niet. Het is ongetwijfeld een van de rechten van ons burgers om voor misdadigers te vluchten, nietwaar? En burgers hebben toch ook het recht hun geld mee te nemen? Of niet? Ze mogen toch aangifte doen? Vraagt u het maar aan Findler, vraagt u het toch aan Findler… Hij was erbij… hij zal het bevestigen… hij is getuige… Doet u maar een officieel onderzoek in mijn huis… Stelt u vast… controleert u het maar… Ook bij anderen… niet alleen bij mij… vrijheidsberoving… lichamelijk letsel… En de politie? Treedt die niet op? Waarom treedt die niet op? Ik zal u vertellen waarom niet, omdat…'

Hij staarde de commissaris aan alsof hij zich elk moment op hem kon storten. Het schuim stond op zijn mond, speeksel liep langs zijn kin. Twee agenten grepen hem beet en brachten hem naar een arrestantencel.

'Dieven!' schreeuwde hij. 'Ik wil mijn geld terug! … Helers! Jullie zijn allemaal helers… corrupte… omkoopbare sujetten… misdadigers… handlangers… Dertigduizend mark… jullie verdelen mijn geld… mijn geld! … de politie… het is… er bestaan nog wetten…'

De agenten deden de deur van de cel achter hem op slot. Silbermann beukte er met zijn vuisten tegenaan.

'Doe open!' brulde hij, volkomen buiten zinnen. 'Ik wil de commissaris spreken! Ik wil aangifte doen… Ik heb getuigen… ik heb getuigen!' Hij schopte tegen de deur. 'Geef mijn geld terug!' schreeuwde hij. 'Ik ga emigreren! Dat beloof ik… ik ga emigreren… maar ik wil mijn aktetas terug!'

De deur vloog open.

'Hou eindelijk eens je bek!' zei een agent, hij greep hem beet en schudde hem woedend door elkaar. Silbermann was stil. De agent liet hem los en ging weg. Silbermann tuimelde tegen de muur, liet zich op zijn brits vallen en begon te huilen. Een minuut of tien bleef hij zo liggen. Toen sprong hij weer op, liep naar de deur en brulde: 'Er zijn nog wetten! Er zijn nog wetten!'

Hij herhaalde die vier woorden steeds opnieuw. Ten slotte werd de deur weer opengegooid.

'Bent u helemaal gek geworden!' brulde een stem.

'Er zijn nog wetten!' herhaalde Silbermann geïntimideerd en een stuk zachter.

'Als u uw kop niet houdt, gaat u naar het gekkenhuis!'

De volgende dag werd Silbermann voorgeleid aan dezelfde commissaris bij wie hij aangifte had gedaan en in wiens aanwezigheid hij zijn woedeaanval had gekregen. Voorzichtigheidshalve bleven er twee politieagenten in de kamer.

'U weet,' begon de commissaris droog en zonder van zijn dossier op te kijken, 'dat u zich gisteren schuldig hebt gemaakt aan zeer grove beledigingen, niet alleen tegenover mij, maar tegenover het hele ambtelijke apparaat. Bovendien hebt u lasterlijke beweringen gedaan die een belediging zijn voor het Duitse volk als geheel.' Nu keek hij op. 'Wat hebt u daarop te zeggen?' vroeg hij.

Silbermann zweeg.

'Wilt u soms in een concentratiekamp belanden?'

Silbermann zweeg.

'We brengen u voor de rechter!'

Silbermann zweeg.

De commissaris sprong op. 'Wat denkt u eigenlijk?' brulde hij. 'Wilt u eindelijk uw mond eens opendoen?'

'Ik heb aangifte gedaan,' zei Silbermann hees. 'Er is dertigduizend mark van me gestolen. Mijn huis is overvallen!'

De commissaris ging weer zitten. 'Wilt u nu uw gezonde verstand eens gebruiken?' vroeg hij iets zachter. 'Met deze houding bereikt u niets. Dat begrijpt u toch wel.'

Silbermann keek langs hem naar buiten.

'Als ik wil, kan ik u op staande voet naar een concentratiekamp laten brengen. U dwingt me er bijna toe. Daar zullen ze u wel manieren weten bij te brengen!'

'Hebt u mijn aangifte nagetrokken?' vroeg Silbermann. 'Is het geld gevonden?'

'Begint u weer? Spreek alstublieft alleen als u iets gevraagd wordt!'

Hij hield Silbermanns soldatenboekje omhoog, dat ze hem gisteren in de cel samen met zijn andere papieren hadden afgenomen.

'U bent dus soldaat geweest,' zei de commissaris op mildere toon. 'Ergens in de achterhoede zeker?'

'Blijkt dat uit mijn papieren?' vroeg Silbermann.

'Papieren kunnen vervalst zijn.'

Zonder te antwoorden haalde Silbermann zijn schouders op.

'Ik heb niet gezegd dat ze vervalst zijn, ik heb alleen gezegd dat ze vervalst kunnen zijn,' verklaarde de commissaris. 'Dus, wat moet ik nu met u? Wat stelt u voor?'

'Ik eis dat u gaat zoeken waar mijn aktetas is.'

'Wat een brutaliteit,' zei de commissaris, maar er zat een zekere waardering in deze constatering. 'Ik zal u naar het concentratiekamp laten brengen! Daar kunt u weer tot bezinning komen en leren hoe een Jood zich vandaag de dag hoort te gedragen. En denkt u maar niet dat ze u niet klein krijgen.'

'Integendeel,' zei Silbermann, 'daar ben ik zelfs van overtuigd.'

'Waarom gedraagt u zich dan zo?'

'Ik ben een aktetas met dertigduizend mark kwijt. Ik ben hierheen gekomen om aangifte te doen.'

'U hebt u onbeschoft gedragen en u hebt... Ik laat u opsluiten!'

'Dat dacht ik al,' zei Silbermann bedaard. 'Dat wist ik al voordat ik hiernaartoe kwam.'

'En waarom bent u dan toch gekomen?' vroeg de commissaris nieuwsgierig.

'Omdat het me niet kan schelen wat er met me gebeurt. Omdat ik jarenlang belasting heb betaald en eis dat de politie haar plicht doet, ook voor mij.'

'De politie is er niet voor u!' De commissaris keek hem peinzend aan. 'Westelijk front?' vroeg hij toen. 'Hoelang?'

'Wat heeft dat ermee te maken?'

De commissaris lachte. 'Donder op,' zei hij met krachtige stem. 'En laat u zich hier niet meer zien. Vooruit, schiet op, maak dat u wegkomt.'

'Ze hebben dertigduizend mark van me gestolen, en mijn aktetas.'

'Dus niet!' zei de commissaris. 'U kunt gewoon uw kop niet houden. Meier, breng die man weg. Dan wil je genade voor recht laten gelden...'

'Kom op, Jood, meekomen,' zei de politieagent, terwijl hij hem bij zijn arm pakte.

Silbermann duwde de hand weg. 'Bedoelt u mij?' vroeg hij. 'Mijn naam is Silbermann. Ik wens niet...'

'Hahaha,' lachte de commissaris. 'Dat krijg je ervan, Meier! Gooi die kerel op straat. Laat hem lopen. Frontsoldaat, daar blijft toch iets van hangen, zelfs bij een Jood.'

De agent begeleidde Silbermann naar de deur.

'Ik zou mijn smoel maar houden,' raadde de agent hem aan. 'De volgende keer hebt u minder geluk.'

Silbermann keek hem kwaad aan.

'Laat uw Sherlock Holmes maar komen en mijn aangifte onderzoeken. Ik kom terug.'

Hij wierp de agent een norse blik toe en liep weg.

'Wat een pech,' mompelde hij. 'Nu moet ik de hand aan mezelf slaan, dat hadden zij toch kunnen doen.'

Een uur lang zwierf hij doelloos door de stad. Toen stond hij opeens voor het huis van zijn advocaat. Hij ging naar binnen, nam de lift naar de tweede verdieping en belde aan.

Löwenstein deed zelf open. 'U bent het,' stelde hij vast. 'Ik dacht dat het de politie was...'

'Ik dacht dat u gearresteerd was,' antwoordde Silbermann wrevelig.

'Wat komt u hier dan doen?' wilde Löwenstein weten, terwijl hij hem binnenliet. 'Overigens ben ik net vandaag vrijgelaten.'

'En wat bent u nu van plan?' vroeg Silbermann, die zijn jas wilde uittrekken.

'Over een uur vertrekt mijn trein naar het buitenland.'

'Hebt u een visum?'

'Nee. Maar ik heb het adres gekregen van een man die me over de Nederlandse grens kan helpen. Ga mee, Silbermann.'

'Dat heb ik al eens geprobeerd! Bovendien heb ik nog maar tweehonderd mark. Er is dertigduizend mark van me gestolen. Toen ik langs uw huis liep dacht ik, misschien weet Löwenstein hoe ik aan geld kan komen.'

'Maar als het gestolen is... Allemachtig. Hoe kunnen ze nou dertigduizend mark van je stelen! Daar let je toch op. Aan de andere kant, ooit raakt iedereen zijn geld kwijt. U hoeft daar in elk geval niet eerst voor dood te gaan. Wees blij met hoe het is. Gaat u mee?'

'Ik heb genoeg van het reizen,' zei Silbermann langzaam.

'Denkt u soms dat ik het leuk vind? Beslis alstublieft nu meteen. Ik heb echt geen tijd. Ik moet nog allerlei dingen regelen, en mijn trein gaat over een uur. Wat zegt u ervan?'

'Ik heb niet genoeg geld meer.'

'Ik zal u wat lenen. Tweehonderd mark vertrouw ik u wel toe.'

'Aardig van u. Tot ziens.'

Löwenstein hield hem tegen. 'Dus?' vroeg hij. 'Wat wordt het?'

'Ik wens u veel geluk,' antwoordde Silbermann. 'Maar ik heb mijn buik vol van het reizen, weet u. Het verveelt me.'

Stomverbaasd staarde de advocaat hem aan.

'Wat is er met u aan de hand?' vroeg hij. 'Het verveelt u! Heb je ooit zoiets gehoord? Uw leven staat op het spel, beste man. Begrijpt u dat?'

Silbermann staarde terug.

'Ik wil mijn geld terug!' zei hij. 'Dertigduizend mark! Ik eis... Ik... Ik moet erover nadenken... Laat u zich niet ophouden.'

'Er is iets niet in orde met u,' constateerde Löwenstein.

'Ja,' zei Silbermann kalm. 'Dat gevoel heb ik ook vaak... de wereld is krankzinnig... dat wil zeggen, ik weet niet meer wat ik moet beginnen... Eigenlijk betekent het dat je zelf...'

'Onzin,' onderbrak Löwenstein hem vlug. 'Een verstandig man als u. Dus, hoe staat het? Gaat u mee? U moet snel beslissen helaas.'

Silbermann schudde zijn hoofd, gaf Löwenstein een hand en nam afscheid.

Terwijl hij langzaam de trap af liep, bedacht hij wat hij nu moest doen. Je zou toch op reis moeten kunnen gaan. Alleen... Die Löwenstein praat me te veel. Ik ga gewoon naar Hamburg. Dat vond ik altijd een mooi traject. In een coupé op weg naar Hamburg voelde ik me altijd het prettigst. Maar ik zou ook weer naar Dortmund kunnen gaan. Dan kan ik onderweg tenminste slapen.

Bij de voordeur bleef hij staan.

Het zal Löwenstein wel lukken, dacht hij. Dat is een handige vent... niet voor één gat te vangen. Eigenlijk zou ik met Löwenstein... maar mijn geld? Hoe moet het dan met mijn geld? Misschien vinden ze het toch nog... en dan zit ik in het buitenland en heb ik helemaal niets!

Hij stapte op een tram.

Ik ga maar naar de zaak, dacht hij. Ik moet de post eens doornemen die intussen is binnengekomen. Ik heb me trouwens helemaal niet meer met de zaak beziggehouden... dat is lichtzinnig, ja, bijna onverantwoord.

Hij sprong van de tram.

De zaak? Die bestaat toch niet meer, schoot hem te binnen.

Hij hield een taxi aan en gaf de chauffeur Beckers adres.

Misschien dat híj me wat geld kan geven, een paar duizend mark, wie weet?

Al bij het volgende kruispunt liet hij de auto stoppen en stapte hij uit.

Het is zinloos, dat voelde hij wel. Alles is zinloos!

Hij sprong op een passerende tram.

'Waar wilt u heen?' vroeg de conducteur.

'Adolf-Hitler-Platz.'

Hij kocht een kaartje.

Wat moet ik daar, vroeg hij zich af.

Hij reed twee haltes mee en stapte toen weer uit.

Waarheen, dacht hij bang. Waarheen? Ik lijk wel gek, ik had met Löwenstein mee moeten gaan. Maar ik ben dat reizen zo zat!

Hij liep een kroeg binnen, ging zitten en bestelde een glas bier.

Ik ben gewoon gek, dacht hij opnieuw. Misschien is dat nu wel het beste voor me, het slimste. Deze tijd maakt je immers vanzelf gek. Maar deze en soortgelijke gedachten overtuigden hem er ten slotte van dat hij juist verstandig was geweest en zich dus ook niet kon onttrekken aan de plicht om verstandig te blijven.

Hoe moet ik het allemaal voor elkaar krijgen, dacht hij wanhopig. Mijn verstand zegt dat ik zelfmoord moet plegen. Maar ik wil leven! Ondanks alles wil ik leven! Daar heb je al je verstand voor nodig, maar dat kan het niet aan, het keert zich tegen me. Het ontkent mijn bestaan. Wat moet ik er dan mee? Omdat ik het begrijp, dacht hij ongelukkig, daarom word ik wanhopig. Ach, begreep ik het maar verkeerd! Dat kan helaas niet meer. Behalve de lijst van mijn verliezen bezit ik niets meer, echt helemaal niets.

'En wat blijft er over?' zei hij hardop tegen zichzelf, zo hard dat de paar mensen in het café hun hoofd in zijn richting draaiden. 'Wat blijft er over?' vroeg Silbermann nogmaals hardop.

Zijn bier werd gebracht. Hij stond op en betaalde.

Ik ga me laten arresteren, dacht hij. Ik ga terug naar het politiebureau, dan word ik aangehouden. De staat heeft me vermoord, die moet me ook maar begraven.

Hij stond weer op straat en hield een taxi aan. 'Naar het dichtstbijzijnde politiebureau,' zei hij. Maar toen hij was ingestapt had hij daar alweer spijt van.

Misschien, dacht hij, misschien... Je weet nooit... Moet ik toch niet met Löwenstein meegaan? Hij tikte tegen de ruit en gaf de chauffeur het adres van de advocaat. Hij zal al wel vertrokken zijn, vermoedde hij.

Toen de auto stopte moest de chauffeur hem wakker maken, want Silbermann had toegegeven aan zijn vermoeidheid en was in slaap gevallen. Hij ging weer met de lift naar boven.

Hij zal al wel weg zijn, dacht hij toen hij op de bel drukte.

Löwenstein deed al na een paar seconden open. Hij was aangekleed en had een kleine koffer in zijn hand.

'Hebt u erover nagedacht?' vroeg hij. Hij kwam naar buiten en sloot achter zich af. 'Ik werd opgehouden. U hebt geluk. Kom mee!'

Ze namen samen de lift.

'Het heeft me allemaal veel te veel tijd gekost,' zei de advocaat geërgerd.

'Hoe moet het nu met uw zaken? En met uw geld?'

'Weg is weg,' antwoordde Löwenstein volkomen rustig.

Zijn houding wekte in hoge mate Silbermanns bewondering. Toen ze op de begane grond kwamen, zagen ze twee heren die voor de lift stonden te wachten. Silbermann stapte als eerste uit, liep langs hen heen en deed vier, vijf passen in de veronderstelling dat Löwenstein hem zou volgen. Toen hoorde hij opeens het woord 'gearresteerd'. Hij draaide zich snel om.

Op dat moment deed een van de twee heren de advocaat, die bleek was weggetrokken en Silbermann met zijn ogen een signaal gaf door te lopen, net een stel handboeien om.

Silbermann bleef staan. 'Wat is er aan de hand?' vroeg hij rustig.

Een van de twee greep hem al bij zijn arm. 'Kent u deze man?'

'Natuurlijk. Dat is mijn advocaat.'

'Komt u dan maar meteen mee naar het bureau. Bent u ook een Jood?'

'Ja,' zei Silbermann.

Ze werden afgevoerd.

Hoofdstuk elf

'Ik heet Schwarz,' zei de gevangene en hij liep op Silbermann af om hem de hand te schudden. 'Ik ben volkomen normaal,' voegde hij er meteen aan toe. 'En wat hebt u uitgespookt?'

'Niets,' zei Silbermann, terwijl hij op het bed ging zitten.

Schwarz kwam hem achterna. 'Aha, dus dat is uw truc,' antwoordde hij. 'Natuurlijk.'

Silbermann fronste. Hij vond zijn celgenoot niet erg sympathiek. Alleen al diens vormeloze, pafferige gezicht met de bloeddoorlopen oogjes wekten een zekere weerzin bij hem op.

'Mijn truc?' vroeg hij en hij ging liggen.

'Daarom bent u toch hier. Iedereen simuleert! Ik heb ook gesimuleerd, maar ik ben volkomen normaal.'

'Dat zal wel,' antwoordde Silbermann en hij sloot zijn ogen.

Schwarz schudde hem aan zijn schouder. 'Ze willen me steriliseren!' zei hij angstig.

'Wat willen ze?' Silbermann kwam overeind.

'Ja, ze willen me steriliseren. Ik heb een handtas gestolen en toen heb ik gedaan alsof ik gek was. En nu willen ze me steriliseren! Maar dat laat ik niet gebeuren. Ik ben niet schizofreen. Ik ben normaal! Ik heb een verloofde. Ik...' Schwarz ijsbeerde door de cel.

Silbermann drukte zijn handen tegen zijn slapen. 'Ik heb hoofdpijn,' zei hij.

Schwarz bleef staan. 'Dat is uw truc!' verzekerde hij. 'Maar u zullen ze ook steriliseren!'

'Onzin,' zei Silbermann kalm.

'Geen onzin! Wat hebt u uitgespookt? Vertel me eens wat u hebt uitgespookt!'

'Helemaal niets,' herhaalde Silbermann geïrriteerd. 'Ik ben Jood, als u het precies wilt weten.'

'Dat is uw truc,' verklaarde Schwarz. Hij ging voor Silbermann staan. 'Heb je rassenschennis gepleegd?' vroeg hij met een stompzinnige grijns.

Silbermann draaide zich naar de muur. Een bewaker opende de deur en schoof het eten naar binnen.

'Hé,' zei Schwarz. 'Deze hier is een Jood. Dat laat ik niet over mijn kant gaan! Ik ben nationaalsocialist. Ik wil niet met een Jood in dezelfde cel...'

'Wees jij maar stil,' antwoordde de bewaker. 'Jij wordt binnenkort gesteriliseerd.'

'Nee!' brulde Schwarz. 'Nee!'

Grijnzend sloot de bewaker de deur. Schwarz begon weer te ijsberen. Toen ging hij voor de deur staan en begon erop te bonzen.

'Weg met de Joden!' brulde hij. 'Weg met de Joden!'

Zijn geschreeuw werd door de andere gekken overgenomen en opeens brulden tientallen stemmen door elkaar: 'Weg met de Joden! Weg met de Joden!'

Silbermann sprong op van het bed. 'Koppen dicht!' schreeuwde hij.

Schwarz keek hem angstig aan en zweeg. Maar de anderen bleven schreeuwen: 'Weg met de Joden! Weg met de Joden!'

'Ze gaan je steriliseren,' fluisterde Schwarz terwijl hij zich angstig in een hoek drukte. 'Ze gaan je vast en zeker steriliseren.'

Een sleutel knarste in het slot.

'Wat is hier aan de hand?' vroeg de gevangenbewaarder.

'Ik wil niet samen met een Jood...'

'Jij hebt helemaal niets te willen...'

De gevangene zweeg. Toen de bewaker weg was, begon Schwarz opnieuw te brullen: 'Weg met de Joden! Weg met de Joden!'

Silbermann ging weer liggen. Hij drukte zijn handen tegen zijn oren. 'Binnenkort ga ik op reis,' zei hij hardop.

'Wat ga jij?' vroeg Schwarz terwijl hij dichterbij kwam. 'Wat ga jij?'

'Waarom maken ze hier zoveel herrie?' vroeg Silbermann zachtjes.

'Gekken, allemaal gekken,' zei Schwarz, 'maar mij willen ze steriliseren!'

Silbermann stond op. 'Ik wil hier niet blijven,' zei hij. 'Ik wil weg! Om zeven uur gaat er een trein naar Aken… om tien over acht een naar Neurenberg… om tien voor halftien een naar Hamburg… om tien uur een naar Dresden… Er zijn zoveel treinen… oneindig veel treinen… Ik wil weg!'

'Dat is je truc,' zei Schwarz overtuigd. 'Kom, schreeuw mee: Weg met de Joden…'

Nawoord
door Peter Graf

Op 29 oktober 1942 bevindt Ulrich Alexander Boschwitz zich op ongeveer zevenhonderd mijl ten noordwesten van de Azoren aan boord van de MV Abosso als het door de Engelse regering gecharterde passagiersschip door de Duitse onderzeeër U 575 wordt getorpedeerd en om 23.00 uur MET zinkt. Ulrich Boschwitz is pas zevenentwintig als er een eind wordt gemaakt aan zijn leven en dat van zijn 361 medepassagiers. Zijn laatste manuscript heeft hij bij zich.

Een paar weken eerder heeft hij in de laatste brief aan zijn moeder, Martha Boschwitz-Wolgast, gedetailleerd vastgelegd wat er als hij zou overlijden met zijn al gepubliceerde of in veiligheid gebrachte manuscripten moet gebeuren. In die brief, van 10 augustus 1942, komt ook zijn roman *De reiziger* ter sprake. Hij vertelt zijn moeder dat hij het boek, dat in 1939 in Engeland en in 1940 in Amerika in een Engelse vertaling is verschenen, recentelijk nogmaals grondig heeft bewerkt en dat hij de eerste 119 pagina's van het gecorrigeerde manuscript heeft meegegeven aan een medegevangene die onderweg is naar Engeland. Aan het tweede deel is hij nog niet toegekomen.

Ulrich Boschwitz adviseert zijn moeder de correcties te laten verwerken door een ervaren letterkundige. Hij is ervan overtuigd dat zijn roman door deze aanpassingen aanzienlijk zal verbeteren, waardoor de kans op publicatie in het hopelijk snel bevrijde Duitsland groter wordt. De in het Engels geschreven instructies eindigen met de woorden: '*I really believe there is something in the book, which may make it a success.*' Blijkbaar heeft Martha Boschwitz-Wolgast de correcties van haar zoon nooit ontvangen, in elk geval maken ze geen deel uit van zijn fragmentarische nalatenschap die tegenwoordig wordt bewaard in het Leo Baeck Institute, Center for Jewish History in New York. Ook zijn nicht en naaste familielid Reuella Shachaf heeft geen idee waar ze zijn.

In december 2015 kwam ik in contact met Reuella Shachaf, toen Avner Shapira, literatuurcriticus van de Israëlische krant *Haaretz*, me wilde interviewen naar aanleiding van de Hebreeuwse vertaling van een door mij herontdekt boek: Ernst Haffners roman *Bloedbroeders* uit 1932. Na verschijning van het interview stuurde Reuella Shachaf me een mail, die me via Avner Shapira bereikte. Daarin vertelde ze over haar uit Berlijn afkomstige oom Ulrich Boschwitz, wiens boeken in verschillende talen waren verschenen, maar nooit in zijn moedertaal. Misschien, schreef ze, zou ik, als uitgever en redacteur, belangstelling hebben voor de in 1938 ontstane roman *De reiziger*, waarvan het originele Duitse typoscript zich niet, zoals de rest van de nalatenschap, in New York bevond, maar sinds eind jaren zestig in het Deutsche Exilarchiv van de Deutsche Nationalbibliothek in Frankfurt lag. Het klonk allemaal dermate interessant dat ik eind 2015, een paar dagen voor Kerstmis, naar Frankfurt ging en een hele dag besteedde aan het lezen van het getypte, unieke exemplaar van de roman.

De tekst boeide me meteen, maar het was ook volkomen duidelijk dat het typoscript nooit was geredigeerd en dat het boek behoorlijk aan kwaliteit zou winnen als dat wel gebeurde. Ook omdat Ulrich Boschwitz zelf de noodzaak daarvan had ingezien – en zoals gezegd de roman na publicatie in Engeland en Amerika opnieuw had bewerkt – besloot ik na rijp beraad zijn familie toestemming te vragen het manuscript voor de eerste Duitstalige uitgave op eenzelfde manier te redigeren als ik met elke andere tekst die ik uitgeef of heruitgeef zou doen. Met dit verschil dat er nu geen communicatie met de auteur mogelijk was. Maar op dat moment zat ik nog steeds in het kale kamertje in de overigens indrukwekkende Nationalbibliothek, waar ik voor de eerste keer al lezend de lotgevallen volgde van Otto Silbermann, die onder druk van de pogroms in november 1938 bang en doelloos door Duitsland zwerft en voortdurend gevaar loopt opgepakt of verklikt te worden.

Toen ik laat in de middag de bibliotheek verliet, was het al donker, het miezerde en alles wat ik op weg naar mijn hotel in de stationswijk van Frankfurt kon zien, leek ongelooflijk triest en versterkte de treurige stemming die ik door het lezen had gekregen. In het hotel aangekomen, begon ik met het opfrissen van mijn kennis over de verschrikkelijke gebeurtenissen die tussen 7 en 13 november 1938 in Duitsland en Oostenrijk hadden plaatsgevonden, en wilde ik ook snel meer te weten komen over Ulrich Boschwitz, die met zijn roman vermoedelijk het eerste literaire document over die gruweldaden had vervaardigd.

Tegenwoordig is uitvoerig gedocumenteerd dat de geweldsexcessen geen uiting waren van de volkswoede die volgens Joseph Goebbels tot uitbarsting kwam omdat de op 7 november 1938 door een Poolse Jood in de Duitse ambassade te Parijs neergeschoten gezantschapssecretaris Ernst Eduard vom Rath twee dagen later aan zijn verwondingen bezweek. Die aanslag, gepleegd door de zeventienjarige Herschel Grynspan, was slechts een excuus om de leden van de SA en de SS in het hele land opdracht te geven in burgerkleding synagoges in brand te steken en Joodse winkels te plunderen. Hiermee begon de systematische vervolging van de Joden, nadat hun eerder al stap voor stap hun rechten waren ontnomen.

Wie een blik werpt in de internationale kranten die vanaf 10 november 1938 verslag doen van de pogroms, zal zien hoe weinig geloof er destijds al aan de officiële lezing van de nazi's werd gehecht. In 1938 zijn er nog veel buitenlanders in Duitsland. Journalisten, ambassademedewerkers, zakenlieden en andere ooggetuigen brengen in hun eigen vaderland rechtstreeks verslag uit van de gebeurtenissen.

De algemene ontzetting leidt er niet toe, zoals men misschien zou denken, dat in het buitenland de bereidheid om te helpen toeneemt en dat het meer Joden wordt toegestaan te immigreren. Het tegendeel is het geval.

Wanneer het de in Duitsland achtergebleven Joden in één klap duidelijk wordt dat ze hun leven alleen nog kunnen redden door te vluchten, gaan geleidelijk alle grenzen voor hen dicht. Het wordt voor Joden vrijwel onmogelijk om legaal Europese landen als Frankrijk, Engeland of Zwitserland binnen te komen. Ook visa voor de Verenigde Staten of voor Zuid-Amerikaanse landen zijn nauwelijks meer te krijgen, nog afgezien van de exorbitante kosten die een vlucht naar deze landen met zich meebrengt. Dat is precies de uitzichtloze situatie waarin de romanfiguur Otto Silbermann zich bevindt. Maar Ulrich Boschwitz maakt met zijn held niet alleen aanschouwelijk in welke val de honderdduizenden Duitse Joden zitten. Al schrijvend vecht hij ook wanhopig tegen zijn eigen lot en verwerkt hij er bovendien een deel van zijn eigen familiegeschiedenis in.

Otto Silbermann is een Berlijnse zakenman, welgesteld en van Joodse afkomst, maar een Duitser in hart en nieren. Hij heeft in de Eerste Wereldoorlog gevochten, is drager van het IJzeren Kruis en tot de machtsovername in Berlijn een man van aanzien.

Ook de vader van Ulrich Boschwitz was een goed gesitueerde zakenman, die in 1915 overleed, een paar weken voor de geboorte van zijn zoon. Zijn Joodse afkomst, waardoor het lot van zijn familie vanaf 1933 wordt bepaald, heeft tot dan toe nooit een rol gespeeld, hij was zelfs bekeerd tot het christendom. Ulrich en zijn zus Clarissa groeien dan ook op in een protestants ouderlijk huis. Hun moeder, de schilderes Martha Boschwitz-Wolgast, was een nazaat van onder andere de Lübecker familie Plitt, waar bestuurders en theologen van aanzien uit zijn voortgekomen. Het willekeurig buitensluiten uit de maatschappij, de stigmatisering en de zich verhevigende Jodenvervolging waar ook Ulrich en Clarissa slachtoffer van werden, was voor hen dan ook een grote schok.

Na de machtsovername door de nationaalsocialisten keert Clarissa bewust terug naar haar Joodse wortels, in 1933 vlucht ze met de nachttrein van Berlijn naar Zwitserland en sluit ze zich aan bij de zionistische beweging. Ze emigreert naar Palestina, waar ze aanvankelijk in een kibboets woont. Ulrich en zijn moeder blijven tot 1935 in Duitsland. Onmiddellijk na de afkondiging van de Neurenbergse rassenwetten verlaten ze Duitsland en emigreren naar Zweden. Het jaar daarop gaan ze naar Oslo. Daar schrijft Ulrich Boschwitz zijn eerste, niet in het Duits verschenen roman *Menschen neben dem Leben*, die kort daarop, in de zomer van 1937, onder het pseudoniem John Grane bij Bonnier in het Zweeds verschijnt onder de titel *Människor utanför* en door de Zweedse pers enthousiast wordt ontvangen.

Het succes van dit boek maakt het hem mogelijk naar Parijs te gaan, waar hij een paar semesters aan de Sorbonne studeert. In *De reiziger* woont de zoon van Silbermann in Parijs, waar hij tevergeefs probeert een verblijfsvergunning voor zijn vader en zijn arische moeder te krijgen. Omdat dat mislukt, probeert Otto Silbermann illegaal binnen te komen, maar hij wordt door de Belgische grenswacht tegengehouden. Reuella Schachaf kan zich herinneren hoe in hun familie het verhaal de ronde deed dat Ulrich Boschwitz zich tijdens en na zijn Parijse tijd in Brussel en Luxemburg ophield en dat hijzelf aan de Luxemburgse grens door douaniers is opgepakt.

De roman heeft daarom trekken van een autobiografie en van een familiebiografie. De wanhoop en uitzichtloosheid die Otto Silbermann in hun greep krijgen, ervoer Ulrich Boschwitz ook toen hij hoorde van de novemberpogroms. Onmiddellijk na die gebeurtenissen schrijft hij, als in een koortsroes en in slechts vier weken tijd, *De reiziger*, dat al in het voorjaar van 1939 bij de Londense uitgeverij Hamish Hamilton in het Engels verschijnt onder de titel *The Man who Took Trains* en in 1940 in de Verenigde Staten bij Harper in New York onder de titel *The Fugitive*. Het lijkt of Ulrich Boschwitz moet vechten tegen zijn machteloosheid en op literaire wijze getuigenis wil afleggen van de misdaden die in Duitsland en Oostenrijk worden gepleegd en waar de wereldgemeenschap onverschillig of op zijn best passief tegenover staat.

Zijn held Otto Silbermann geeft de anonieme slachtoffers een gezicht, maar weerspiegelt ook Ulrich Boschwitz' eigen verscheurdheid. Otto Silbermann is namelijk niet altijd een sympathiek mens, zo nu en dan kijkt hij diep neer op zijn lotgenoten, en ook niet alle Duitsers die hij op zijn vlucht tegenkomt zijn slecht. Hij ontmoet de meest verschillende archetypes uit de Duitse samenleving: actieve, schuldige mensen die misdaden begaan, meelopers, bange mensen die slaafs gehoorzamen, empathische en moedige mensen die hulp bieden. Zo ziet hij het land en de mensen waar hij naar zijn gevoel nog altijd deel van uitmaakt.

In zijn nalatenschap bevinden zich enkele in 1936 ontstane venijnige en satirische gedichten. Daarin zegt hij bijvoorbeeld: *Zolang er Duitsers zijn, wordt Duitsland weer vrij*. Blijkbaar heeft hij op dat moment de hoop nog niet opgegeven, maar Ulrich Boschwitz beschrijft ook de andere Duitsers. De eerste strofe van zijn gedicht getiteld 'De vereniging van burgermannetjes' luidt:

Trouwe ogen, trouwe handen,
brede borst en onderkin,
zie ze staan, strak en onbewogen
gelijkgeschakeld Duits van zin.

Een ander gedicht gaat over Joseph Goebbels. Aan het slot van deze 'Josephslegende' schrijft hij:

Joseph was een werkeloze,
kleine kloteredacteur
Maar nu, nauwelijks te geloven,
is hij multimiljonair.

Met zijn vogelbrein bevrucht hij
de elite van ons land
De legende wordt tot waarheid
De zegepalm ligt in zijn hand.

Het zijn even woedende als stuntelige pogingen om aan zijn tegenstrijdige gevoelens uitdrukking te geven. Ook regels waarin hij zichzelf moed inspreekt ontbreken niet:

Alleen wie hoopt kan verder leven
Want wie niets meer voor zich ziet
Heeft in de geest al opgegeven
Lang voor hij zingt zijn laatste lied.

Op dat moment is hij eenentwintig. Een jonge man die in zijn eentje in Parijs zit en zich wanhopig verzet tegen de naderende catastrofe. Leven of dood, de kansen zijn gelijk, en daar is hij zich terdege van bewust. Maar voor het doek valt heeft het noodlot nog een paar verschrikkelijke en absurde wendingen voor hem in petto.

In 1939, vlak voor het uitbreken van de Tweede Wereldoorlog, volgt Ulrich Boschwitz zijn moeder in haar Engelse ballingschap. Zoals bijna alle Duitsers die het naziregime zijn ontvlucht, worden ook hij en zijn moeder geïnterneerd. Alleen al op het eiland Man zitten 25.000 mensen vast. In juli 1940 wordt Ulrich Boschwitz met het voormalige troepentransportschip HMT Dunera naar een interneringskamp in Australië overgebracht. Op het overvolle schip, waarop zich behalve Joodse en politieke emigranten ook Duitse en Italiaanse krijgsgevangenen bevinden, heersen rampzalige toestanden. Er zitten niet alleen veel te veel mensen op het schip, de passagiers worden bovendien door de bemanning mishandeld en beroofd. De overtocht van zevenenvijftig dagen is een kwelling en een zwarte bladzijde in de Engelse geschiedenis. Onder de 'Dunera Boys' bevinden zich veel Joodse intellectuelen. Een voormalige medegevangene van Ulrich

Boschwitz heeft in een brief aan Reuella Shachaf het kampleven beschreven, waarin cultuur een belangrijke rol speelde.

Vanaf 1942 worden sommige geïnterneerden weer vrijgelaten. Als eersten degenen die bereid zijn in het Engelse leger tegen nazi-Duitsland te vechten. Ulrich Boschwitz aarzelt lang, uit angst voor de oorlog en de lange overtocht, en misschien ook om andere redenen, die we echter niet kennen. Hij blijft onvermoeibaar schrijven en vertrouwt een medegevangene toe dat hij meer vreest voor het verlies van zijn laatste manuscript dan voor zijn eigen leven.

Ulrich Boschwitz stierf in oktober 1942, zijn manuscript is verdwenen. Desondanks kunnen we deze auteur nu voor het eerst ontdekken en daarmee ook zijn roman *De reiziger*, die als een belangrijk, vroeg en contemporain literair document een duistere periode uit de Duitse geschiedenis beschrijft. Het is een indrukwekkende en verbazend bedachtzame roman van iemand die goed kan observeren, een roman die zich laat lezen als een pleidooi voor meer menselijkheid, en die nu toegankelijk is voor de nazaten van de mensen voor wie hij eigenlijk is geschreven: de 'Duitse Duitsers', zij die de idealen van het humanisme nastreven.

Na de oorlog zijn verschillende pogingen gedaan een uitgever voor het boek te vinden. Bekend is dat Fischer Verlag het heeft afgewezen. Niemand minder dan Heinrich Böll heeft zich voor deze roman sterk gemaakt, zoals blijkt uit een brief die in het Deutsche Exilarchiv bewaard wordt bij het typoscript en enkele andere documenten. Böll heeft het manuscript aanbevolen bij Middelhauve Verlag, de uitgeverij waar in 1949 zijn tweede boek, de verhalenbundel *Der Zug war pünktlich (De trein had geen vertraging)*, was verschenen. In die brief schrijft hij: 'Je mag niet toestaan dat een mens zich omwille van jou vernederd voelt.' In het naoorlogse Duitsland was Heinrich Böll een hartstochtelijk voorvechter van een humane samenleving en een strijder tegen het vergeten. Maar ook zijn aanbeveling leidde niet tot publicatie. Er zouden decennia voorbijgaan voor deze roman kon verschijnen. Ik dank Reuella Shachaf dat ze me op het spoor van dit boek heeft gezet en me het vertrouwen heeft geschonken het in de huidige vorm uit te brengen.

Ik ben ervan overtuigd dat ik het typoscript respectvol en in overeenstemming met de versie die eraan ten grondslag ligt, heb bewerkt. Ik hoop dat ik daarmee recht heb gedaan aan Ulrich Boschwitz' roman en dat alle kwaliteiten van dit indrukwekkende werk duidelijk naar voren komen.

Peter Graf
Najaar 2017